KB217892

時間

시간 時間

홋타 요시에 堀田善衛 장편소설

박현덕 옮김

글항아리

차례

1937년

1938년

일러두기

『시간時間』의 초판은 1955년 신초샤新潮社에서 출판되었고 이후 『홋타 요시에 전집堀田善衛全集 2』(지쿠마쇼보筑摩書房, 1993)에 포함되었다. 2015년 이와나미출판사에서는 전집을 저본으로 삼아 헨미 요의 해설을 붙여 『시간』의 문고판을 출간했으며 한국어판은 이와나미 문고판을 우리말로 옮긴 것이다.

1937년

11월 30일

형을 샤관下關에 있는 해군 선착장까지 배웅해주고 왔다.

갑판 위까지 넘쳐나는 많은 승객 가운데 형이 근무하는 사법부의 공무원과 그 가족들이 대거 뒤섞여 있었다. 정부가 이전하는 한커우漢口로 떠나는 이들의 얼굴에는 먼지가 잔뜩 묻어 있었다. 평생을 단정한 법복 차림으로 사법관으로서의 권위를 잃지 않으려 마음을 닦아온 사람들이기에, 죄인을 사형에 처할 때조차 흔들림이 없을 텐데, 오늘은 코 양 끝에 시커먼 게 쌓여 있어도 아무렇지 않은 듯하다. 아니, 아무렇지 않은 게 아니라, 콧방울에 먼지를 잔뜩 묻히고는 조급한 마음에 숨까지 헐떡이며 상대방이 뭐라 말을 해도 제대로 대답도 못 하는 모양새였다. 겁에 질려 허둥지둥 쩔쩔매는 게 보나마나 위장이 뒤집힐 듯한 기분일 것이다. 그런데 묘하게도 형을 포함한 배 위의 대관들은 배웅하러 온 우리―즉 시시각각 위기 국면에 빠져들고 있는 이곳 난징南京에 남아야 하거나 아니면 아직 탑승권을 손에 쥐지 못한 사람들―를 때로는 측은한 눈빛으로, 때로는 경멸하는 시선으로 바라보는 것이었다. 난징에서 도망쳐 나간다는 게 뭐 그리 대단한가! 얼떨결에 특권 덕분에 여길 빠져나갈 수 있게 된 자들이 남아 있을 수밖에 없는 사람들을 멸시하다니, 이게 대체 뭔가!

뭐 그렇다고 화를 내봤자 별수없다. 이곳을 빠져나가는 승객 대부분은 아마 무의식적으로 저런 눈을 하고 있는 것이리라. 그렇다고 해도 형 천잉창陳英昌의 시선은 다르다. 일등 선실에 처자식과 하인들까지 합쳐 모두 12명을 거느리고 앉아 몸을 떠억 뒤로 젖히면서 했던 말이 잊히지 않는다.

"난 정부와 사법부의 명을 받들어 한커우에 가지만, 넌 난징에 남아서 우리 조상님들 신주 위패와 집안 재산, 살림살이들을 지켜라. 넌 해군부 소속이라 해도 문관이니까, 해군부로부터 난징 철수 명령이 떨어지면 곧장 사표를 내고 집에 머물면서 집안 재산이 줄어들지 않도록 해라. 어쩌고저쩌고……"

사람을 바보 취급해도 정도가 있지, 일본군이 난징 포위 태세를 갖추고 당장이라도 총공격에 나설 판국인데 누가 집안 재산을 지키겠다고 약속한단 말인가? 게다가 재산이 줄지 않게 하라는 말에는 정말 한 대 콱! 줄지 않게 하라는 건 늘려놓으란 뜻이다. 난징이 일본군 손에 떨어진 뒤에 재산을 늘리려면 대체 뭘 해야 되겠는가? 저 사법관, 우리 형이기도 한 천잉창 씨는 정말 모른단 말인가? 설령 알고 있으면서도 그렇게 말했다면 양쯔강에 빠져 뒈져야 한다. 그러고 보니 이삼 일 전인가, 배에 올라타자마자 마음이 놓여서 오히려 미쳐버렸는지 터벅터벅 반대편 뱃전 쪽으로 걸어가 그대로 양쯔강에 첨벙 뛰어든 사람이 있다는 소문을 들었는데, 뭐 그럴 수도 있겠다. 허나 아무런 동정심도 들지 않는다. 배에 탄 사람과 배에 타지 못한 사람은, 이제는 완전히 다른 세상 사람인 것이다. 그러니 나는 배에 탄 사람들을 냉랭한 시선으로 바라보고 있었다고 할 수 있겠다. 물론 겉으로는 아는 얼굴 몇몇에게 무사평안을 기원한다고 말했지만 사실은 내 알 바 아니라는 기분이었다. 나는 이런 비상 상황에서도 사법관의 권위를 잃지 않는 저 형이 밉다. 부잣집 가장으로서의 위세를 잃지 않는 잉창이 밉다.

징 소리를 신호로, 내가 생각하기에도 멋쩍을 정도로 "무탈히 잘 지내시게"라든지 "꼭 다시 만나세" 같은 빤한 인사를 수차례 나누고 서는 배에서 내려와 한동안 선착장을 어슬렁거렸다.

장안江岸을 배회하기는 올여름, 정확히는 7월 7일 루거우차오에서 일본군이 전쟁의 빌미를 잡은 이래로 참 오랜만이다. 하지만 지금 나는 느긋하게 그렇게 해도 될 것 같았다. 산책이란 참으로 좋구나. 그리고 이를 바이샹白想이라고 표현하는 것도 참으로 아름다운 말이구나 하고 생각했던 기억이 난다.

문득 고개를 돌려 성 밖에 솟아 있는 쯔진산紫金山을 바라봤을 때, 등줄기에 뭔가 차가운 것이 쓱 지나갔다. 늦가을 황금빛 석양에 비친 수목 없는 험준한 이 바위산이 정말로 보랏빛과 황금색으로 빛나는 황제처럼, 그리고 인간의 애환을 소외시킨 역사 그 자체인 양, 강남 광야의 한가운데에 존재하고 있는 것이다. 나는 그 처절─이라 하련다─한 아름다움에 새삼스레 감동을 받았다. 그리고 난징은 적군의 손에 떨어진다고 확신했다. 또한 언젠가는 우리 손으로 되돌아온다고 확신했다.

주변이 어둑해지며 소란스러워지는 가운데서도 석양의 빛을 받아 황제의 색을 띤 쯔진산은, 이때의 나에게는 거의 종교에 가깝게 느껴졌던 것이다. 저 자금색의 산, 인간의 역사가 다 끝난 뒤에도, 이 지상의 생명체가 모조리 모습을 감춘 뒤에도, 완만한 능선 어딘가에 때로는 험준한 저 모습 그대로 계속 존재해나갈 것이 틀림없다. 중국의 자연은 쉬안우호玄武湖나 시호西湖처럼 사람 손이 닿은 것이든, 또 저

산처럼 자연 그대로의 것이든 모두 어딘가에 인간을 소외시킨 것 같은 무언가를 감추고 있다. 인간의 역사 이전부터 그리고 역사 이후에도 그러할 것이라고 생각하게 만드는, 그런 비정함을 품고 있다. 역사 이후의 자연(그런 말이 있는지 없는지 모르겠지만), 그 풍경을 보고 싶다면, 제군들, 늦가을 저녁 무렵 난징으로 오시게나. 그리고 쉬안우호를 앞에 둔 성벽 위, 쉬안우문玄武門 누각에 올라 쯔진산을 바라보게. 나는 이렇게 말하고 싶다.

그러면 제군들은 지금부터 수만 년 혹은 수십만 년 이후의 풍경과, 또 그만큼의 예전 풍경을 한눈에 볼 수 있을 것이다. 저 산 입장에서 보면 시간이란 처음부터 멈춰 있는 것이다. 인간으로부터 조금도 방해받지 않는 저 노골적인 자연을 나는 사랑한다.

인간의 역사 이전이든 이후든 이 가혹한 아름다움을, 우리는 두터운 성벽으로 그것을 거부하고, 성벽으로 따뜻한 피와 부드러운 살을 가진 인간을 지키고, 정신을 지키며 살아왔던 것이다. 성벽은 적군으로부터도 그 무엇으로부터도, 아니 애당초 무한한 광야와 거기에 불쑥불쑥 솟아 있는 바위산들이 내뿜는 딱딱한 질감의 아름다움으로부터 인간과 그 정신을 지키기 위한 것이다…… 쯔진산의 뒤편에는 지금 일본군이 숨어 있다.

일본군은 언젠가 이 자연으로부터 소외되어 중국에서 내쫓길 것이다. 그들은 몇 번이고 또다시 반격해올지도 모른다. 그렇지만 그들이 이 가혹한 아름다움을 소유하고, 이와 더불어 살아갈 수 있을까? 아니다!

나는 일본에 가본 적이 없다. 일본 특유의 곡선이 많은 그 글자들을 읽지 못한다. 형 잉창은 도쿄 데이코쿠대학 법학사이지만 나는 일본을 모른다. 하지만 나는 형이 들려준 이야기나 그림엽서, 화보 등을 통해 일본의 자연에 대해 어느 정도 알고는 있다. 푸르름이 짙다 못해 검은색에 가까운 나뭇잎에 뒤덮여 수액 냄새가 물씬물씬 올라올 것 같은 그런 자연에 친숙한—그 자연은 우리 중국의 자연과는 다르니 인간에게 친숙함을 허락하지 않을까?—일본인들은, 우리 중국인의 정신이 얼마나 자연과 맞서 싸워왔는지를 과연 이해할 수 있을까? 일본의 정원 문화 같은 것도 원래는 우리 중국의 문화에서 배워갔던 것이겠지만, 우리는 그들처럼 자연과 하나가 된다거나 하는 것을 이상으로 삼고 있지는 않다. 우리는 자연과 싸우고 자연에 저항하며 역사와 정신을 쌓아왔던 것이다.

그들은 성벽의 의의를 이해하지 못한다. 만리장성도 사실은 지극히 정신적인 것이다. 아무리 전제 군주라 하더라도 오로지 방위만을 목적으로 그만큼의 희생을 치르게 하지는 못할 것이다.

주위에는 땅거미가 지고 있었다. 양쯔강은 맹렬한 속도로 흐르고 있다. 쯔진산도 어둠에 잠겼다. 그러나 산꼭대기만은 진홍색으로 빛나고, 산 정상에 있는 혁명기념탑은 마치 단검이 꽂힌 것 같은 모습으로 빛나고 있다.

출항을 알리는 기적 소리가 몇 차례 들렸다. 공습을 받을까봐 저녁 무렵이 돼서야 일제히 출항하는 것이다. 양쯔강의 바닥은 심하게 울퉁불퉁할 텐데……. 즉 좌초의 위험을 감수하고 떠나는 것이다. 탐욕이 많은 형이 어떻게 되든 간에 더 이상 내 알 바 아니다.

마차나 인력거를 잡아서 돌아가려고 장안에서 난징역까지 걸어가고 있는데, 부웍, 부웍 하면서, 깊은 물속에서 거대한 거품이 올라와 수면에서 터지는 것 같은 둔탁한 포성이 들렸다. 아직은 거리가 멀다. 하지만 열흘 남짓 내에 저 게으른(왠지 그렇게 느껴진다) 소리는 눈앞에서 섬광을 발하며 터질 것이다. 역 앞에는 마차도 인력거도 없었다. 아니 사실은 역 앞 광장은 가재도구나 여자아이들을 가득 실은 마차, 인력거, 자동차로 북적대고 있었다. 빈 차는 거의 보이지 않고 있더라도 요금을 평소의 100배나 불러댄다. 나는 조금 전에 쯔진산을 바라보고 아아, 아주 깊은 평정심을 얻었을 텐데, 평소의 100배나 되는 요금을 낸다는 것은 이 평정심에 위배된다. 결국 이장문揚江門을 통해 해군부까지 걸어서 돌아왔다.

12월 3일

난징은 완전히 포위되었다. 적은 이미 전장鎭江, 단양丹陽, 쥐룽句容, 츠산후赤山湖, 리수이溧水, 모링관秣陵關 등 난징 주변의 마을들을 점령했고 어제 2일에는 공습이 있었다. 우리 군은 계속해서 전선에서 후퇴해, 시내를 통과해 어디로 가는지도 모른 채 무거운 발걸음을 옮겨갔다. 패전이다. 시내의 인구는 50만이라고도 하고 100만이라고도 한다. 그 차이가 큰 것에 놀랄지도 모른다. 평소 인구는 70만 정도인데, 지금은 시를 떠난 사람들의 수와 시로 들어온 사람들(그들은 난징에 대해 무슨 희망을 품었을까?) 모두가 엄청나다보니 정확한 수치를 아무도 모른다.

　　장제스 주석이 한커우에서 패배했다는 소문이 있었는데, 해군부에 가서 확인해본 바로는 사실 무근이었다. 적이 풀어놓은 밀정들이 곳곳에 잠입해 있다는 이야기를 들었다. 정원에서 관청 직원들이 서류를 태우고 있었다. 볼일이 있어서 교통부에 간 김에 형 잉창이 무사히 빠져나갔다는 것을 알리려고 그 옆에 있는 사법부에 들렀는데, 거기서도 서류를 태우고 있었다. 패전이란 문서 소각에서부터 시작되는 모양이다. 그리고 어느 관청이든 사람이 없어 쓸쓸한 산골짜기 같다. 돌아오는 길에 중앙 당사 사료진열관 앞을 지났다. 사료 대부분은 이미 후방으로 옮겨졌을 것이다. 앞으로는 바로 우리 자신이 사료가 될

차례다. 진열관 문에 '샤오郡위원 국장전례담당처'라는 팻말이 걸려 있었다. 국장은 치러지지 못할 것이다. 그보다 앞서 이 나라의 장례가 치러지지 않으면 다행이다.

마지막 업무, 즉 서류 소각을 끝내고 집으로 돌아왔다. 오는 길에 백부를 만났다. 시청 위생부에 근무하는 백부는 어디서 들었는지 어제 2일 공습 때 적기를 요격했던 전투기는 소련의 지원을 받아 한커우에서 급히 보낸 것이라 한다. 백부는 초롱초롱한 눈빛으로 양손을 휘둘러가며 파란 하늘을 가리키면서 이야기했다. 물론 흥분할 만도 하지만 어딘가 모르게 이상한 느낌이 들었다. 늘 입가에 하얀 거품을 물고 있는 백부가 소련제 전투기에 침입당한 것 같은 느낌이었다(표현이 좀 이상하긴 하지만). 위기가 닥쳐오면서 우리 내면이 실로 다양한 이물질에 침입당해 뒤흔들려 있다는 걸 깨달았다. 우리는 굉장히 여성적인 존재로 변해가고 있는 것이다. 발기한 남근, 즉 대포가 그것을 받는 몸이 된 이 도시를 향해서 진격하고 침입해오려 하고 있는 것이다. 이것을 생각하면 나는 마음이 약해진다. 마음에서 남근을 잃어버려서는 안 된다.

우울한 기분으로 집에 돌아왔다. 화물차로 부상병을 옮기는 것을 보면서 피 냄새를 맡았기 때문이기도 하다. 처음으로 공포가 심장을 찌르곤 하는 느낌이 들었다.

관청이 텅 비기는 했어도, 단지 다른 곳으로 옮겨가서 일하고 있는 것뿐이라고 우길 수 있다. 하지만 형네 가족이 떠난 텅 빈 집의 아무 소리도 나지 않는 고요함은 참기 힘들다. 휑한 적막함 속에서 잠시 관청이란 게 뭘까 생각한다. 관청이란, 그리고 권력이란 참으로 추상적인 거구나. 중화민국 정부의 해군부라고 하는 기능은, 한커우로 옮겨갔다. 소속 인원도 대부분 옮겨갔다. 해군부는 난징에 존재하지 않는다. 그것은 그리 다르지는 않지만 아무래도 납득이 잘 되지 않는다. 게다가 적은 이 추상적인 기능에 눈독을 들여 정복하려고 진격해오는 것이다. 권력이라는 것은 실로 기괴한 얼굴을 하고 있다. 가장 추상적인 동시에 가장 현실적인 것. 적군의 배후에도 역시 똑같은 게 있을 테다. 군부라는 육체적인 집단 내부와 배후에 있으면서, 군부가 싸우게끔 만드는 어떤 추상적인 힘. 수백만 사람의 목숨을 하찮은 것으로 만드는 에너지⋯⋯.

애당초 이런 걸 생각하고 있는 것 자체가 어쩌면 내가 이 텅 빈 성의 주민임을 증명하는 건지도 모르겠다. 그렇지만 지금 생각해놓지 않으면 앞으로 영원히 생각해도 다다르지 못할 것만 같은 무언가가 있다는 점만큼은 확신할 수 있다. 나는 이제 권력의 자기장 안에 있지 않다. 오늘 그것을 벗어난 것이다. 그리고 나는 권력이 내린 명령과 그것을 받아들임으로써 발생한 임무만을 지니고 있다. 자력의 중심은 저 먼 한커우로 옮겨갔다.

임무는 적에 관한 것이다.

지금 생각해두지 않으면—요 며칠 동안 여러 현상이 매우 명료하게 보이게 되긴 했지만—앞으로 적이 수도로 진입한 이후에는 대체 어떻게 될지, 이것만큼은 전혀 짐작이 가지 않는다. 오늘 오후 백부의 이야기를 남녀의 성기에 비유했던 그 생각이 아무래도 불길한 전조로 생각되지 않을 수 없었다.

아내가 잉우英武를 데리고 들어왔다. 임신 9개월이다. 잉우는 다섯 살. 형은 내 아내를 데려가주지 않았다. 그래서 잉우만이라도 데려가 달라고 했는데 그마저 거부했다. 일본군과의 전투에 아직 성안은 위험하지 않다는 것이 그 이유였다. 그럼 왜 자기네만, 그것도 거추장스럽게 하인들까지 데리고 피난 가는 것인가? 생각을 말자, 생각을 말아.

"우리…… 이 집을 나가서 어딘가 좀더 작은 집으로 옮기는 편이 낫지 않겠어요?"

아내가 말했다.

무리도 아니다. 방이 아홉 칸이나 되는 삼층짜리 저택을 부부와 시중 드는 노파만으로 건사할 수 있을 리 만무하다. 하지만 집을 옮길 수가 없다. 형은 분명 우리가 가산을 지키는지 어쩌는지 감시할 스파이를 어딘가에 배치해두었을 테니까.

"나…… 왠지 무서워요. 산파한테는 전화하면 바로 와달라고 일러두기는 했지만요."

낯빛은 창백하고, 짧게 자른 머리가 뺨을 덮은 데다 머리 양 끝은 굳게 다문 입술에 닿아 있다.

"응."

"게다가 슬슬 약탈이 시작되는 것도 같고……."

"일본군이?"

"아뇨, 그보다 먼저 난민들이……."

"그래……."

분명한 건 아무것도 없다. 앞으로 어떤 일이 일어날지는 그 누구도 모른다. 약탈이 일어날 수도 있고 아닐 수도 있다. 일본군은 약탈을 할 수도 있고 하지 않을 수도 있다. 아니면 식량과 땔감이 문제일지도 모른다. 식량도 땔감도 결코 풍족하지 않다. 실제로 나는 난민들이 거대한 공관에서 난방용 스팀 라디에이터나 마루 판자까지 이것저것 뜯

건들을 가지고 나가는 것을 봤다. 라디에이터 같은 걸 대체 무엇에 쓰려는 건지……. 마루 판자는 물론 땔감으로 쓰거나 아니면 판잣집을 지으려는 것이다.

문득 이런 생각이 들면서 소름이 돋았다. 형은, 우리가 자멸하기를 바라고 있는 게 아닐까? 자멸하는 건 불 보듯 뻔한 건지도 모른다. 나는 지금 그런 비극적인 취미는 갖고 있지 않다.

"물론 여차하면 이런 집 따위는 버려야지. 형이 뭐라 하든, 형은 형이고 나는 나야."

아내는 그제야 누런 이를 드러내 보였다.

임신한 뒤로 모처우莫愁는 계속 이가 흔들린다고 말했다.

"게다가 귀중품은 대부분 장독에 넣어 마루 밑에 묻어뒀으니까."

아내와 나는 모처우호莫愁湖 근처를 자주 산책했었다. 그 호수의 이름은 육조 시대에 후판湖畔에 살던 시인 모처우의 이름에서 유래된 것인데, 나는 아내를 이 이름으로 불러왔다. 본명은 칭쉐淸雪다.

"그러니까 나중에 일본군이 입성한 후에는 그저 빈집 지키는 사람처럼 보이는 옷으로 바꿔 입고, 그만큼 조심스럽게 살고 있으면 괜찮아. 내가 지시받은 임무는 그보다 훨씬 나중에, 어느 정도 진정되지 않으면 시작할 수 없는 것이야. 그러니……."

"그렇네요……."

모처우와 잉우는 극중 인물이 퇴장하듯이 허공을 딛는 듯한 발걸음으로 서재를 빠져나갔다. 잉우는 문가에서 돌아보며, "아빠, 내일은 일찍 일어나?" 하고 물었다.

연일 피로가 겹쳐 나는 일찍 일어나지 못했었다.

두 사람이 나간 뒤 책상 서랍을 뒤져서 종이 한 장을 꺼냈다. 장제스 주석에게 일본군이 보낸 항복 권고문이다. 지난달 22일 아침에 한 커우로 피난 가는 상사를 배웅하러 중산中山 비행장에 갔었다. 한커우행 비행기가 하늘로 사라진 뒤, 점심을 먹고 있는데 경보가 울려서 헐레벌떡 뛰어나왔다. 그리고 오후 2시 반 중앙군관학교 바로 위에서 적기가 전단지를 뿌리는 것을 봤다. 그중 한 장을 주웠다. "일본군은 이미 장난江南을 석권했음"이라는 문구로 시작하여, "생각건대 장닝江寧 땅은 중국의 옛 도읍으로 중화민국의 수도이며, 명나라의 효릉, 중산릉 등 명승고적이 모여 있어 동아시아 문화의 정수라 생각됨"이라는 내용이 적혀 있었다. "동아시아 문화에 이르러서는 이를 보호보전하는 데 열의가 있음……"

믿기 힘들다고 내 마음이 말한다. 이런 걸 믿는 놈이 바보인 거다. 하지만 수세에 처해 있다는 것은 얼마나 비참한가? 나는 내 개인의 정신력으로 이 수세로부터 회복하지 않으면 안 된다. 국가와 민족의 의지 같은 거창한 것을 생각해서는 안 된다.

또다시 부웍, 부웍 하는 그 게으른 소리가 들려왔다. 천을 덮은 북을 두드리는 소리와도 비슷하다. 어디선가 어두운 밤 연못이 붉은 불꽃의 거품을 내뿜고 있는 것이다.

무섭다. 그런데 적어도 나는 그 공포라는 것의 실체를 예전부터 알고 있다. 하지만 그래도 무섭다.

12월 4일 저녁

수도 방위는 절망적이다. 난징은 이제 절망의 수도가 되었다. The capital of despair……. 이하 영어로 쓰기로 한다. 마음을 차분히 하기 위해 심사숙고를 요하는 수단을 고르려 한 것일 뿐이다.

Miss Y. came from Soo-chow (…)
……………………………………

양양楊孃이 쑤저우蘇州에서 찾아왔다. 쑤저우는 난징과는 엎어지면 코 닿을 거리다. 12만 병력이 쑤저우 방어선에 있었을 텐데. 그리고 부근의 징후京滬(난징-상하이) 철도를 따라 콘크리트로 만든 토치카 진지가 있었을 텐데. 그걸 건설하는 데 3년이나 걸렸을 텐데. 그런데 쑤저우성은 지난달 19일에 함락됐다.

양양은 내 사촌 여동생쯤 된다. 처음엔 누가 왔나 했다. 전혀 알아볼 수가 없었다. 머리를 자르고 손발이며 얼굴이 온통 상처투성이인데다 군데군데 고름도 차 있었다. 눈을 보니 이건 거의 늙은이의 눈이었다. 열흘 동안 걸어왔다고 한다. 오는 도중에 야간 교전에 휘말려 일가족이 뿔뿔이 흩어져버렸다고 한다.

"아직 아무도 도착 안 했어요?"

불안에 떨며 묻는다.

"어째서 상하이로 안 간 거야?"

모처우가 묻는다.

소녀는 눈을 들어 모처우를 노려본다. 상하이로 가면, 그래서 외국 조계지로 들어가면, 전쟁은 존재하지 않는다. 중화민족은 이제 민족 대이동의 시기를 맞았다. 여학생의 마음도 다시 후방으로의 대이동, 대변화를 시작하고 있다고 해야 할까? 하지만 그녀의 눈에서 내비치는 후방으로 가고자 하는 의지는, 형의 그것과는 달리 적이 전진해오고 있다는 의미다. 잉우는 같이 놀 상대가 생겨서 엄청 좋아한다. 모처우도 기뻐하는 것 같았다. 그녀는 이제 몸을 거의 움직일 수 없는 상태다.

그런데 나는 왜 앞에서 절망의 수도라고 적었던 걸까? 그것은 양양의 이야기에 내가 심히 동요했기 때문이다.

이하는 양양의 이야기다. (영어로는 안 쓰련다. 그런 겉치레가 무슨 쓸모가 있으랴.)

일본군은 지난달 19일 새벽에 쑤저우에 입성했다. 일본군이 생각보다 빠르게 도착한 데다 연일 계속된 비로 인해 진흙투성이가 된 우의를 입고 있었던 탓에, 쑤저우를 수비하고 있던 중국군 부대는 일본군을 후퇴하는 아군으로 생각했다. 그래서 다수의 병사가 일본군 대열에 들어가 같이 행군해 성내 수비병도 길을 열어 그들을 맞이했다.

서로 싸우는 병사라기보다 완전히 지쳐버린 비참한 민중이 연출한 비극인가, 희극인가? 이건 대체 무슨…….

그리고 이튿날인 20일, 즉 밥을 먹으면서도 졸 정도로 피로에 지친 민중이었다가, 원기와 질서(?)를 회복한 군인으로 되돌아온 일본군이 벌인 행동은 나를 두려움에 떨게 만들었다.

양양이 말하기를, 20일 아침 예쁜 항아리나 도자기 제조를 업으로 하는 양양 일가의 집에 한 장교가 인솔해온 20명가량의 적병이 들이 닥쳤다. 그들은 난폭하게 행동하지는 않았다. 물론 충분히 비꼬아서 말하는 것이지만. 병사들의 총검으로 호위를 받고 있던 장교가 통역을 통해 한 시간 내로 집을 비우라고 명령했다.

"우리는 제군의 집을 접수한다."

양양 일가는 황급히 집 뒤편의 작업장으로 옮겨갔다. 가재도구는 가져가지 못하게 했다. '우리는 양민의 생명과 재산을 보호할 의무가 있기 때문'이라는 게 그 이유였다.

한 사람당 두세 벌의 여벌 옷과 취사도구만 가져갈 수 있게 했다.

그날 오후 양양은 작업장의 다락방에서 수풀 사이로 집의 정원을 내려다보고 있었다. 정원에 차총을 해놓고 땅딸막한 일본군들은 부지런히 움직이며 집 내부를 정리(!)하다가 이윽고 총을 가지고 들어 갔다. 언제까지 이 접수라는 것이 계속되는 건지 그 기간은 명시되지 않았다.

이층 창문에서 뭔가가 반짝 빛났다. 양양은 처음엔 불꽃인 줄 알았다고 한다. 그러고는 정원에 있는 돌판에 무언가가 부딪혀서 깨지는 소리가 났다. 하나, 둘, 셋. 양양은 그 소리를 헤아렸다. 좀더 제대로 보려고 다락방을 나와 옥상으로 올라갔다. 양양의 어머니가 그런 데 있으면 총 맞는다고, 첩자인 줄 알면 어쩔 거냐고 소리쳤다. 하지만 정원에서 나는 그 소리에 결국 그녀의 어머니는 입을 다물었고, 그녀의 아버지, 그녀의 남동생, 또 직공 대부분이 옥상에까지 올라오게 되었다.

집 이층에는 그녀의 아버지가 온 정성을 쏟아 만든 도자기와 항아리 중 특히 마음에 들어하는 것이 30개 정도 보존되어 있었다. (그중에는 둘레가 한 아름 혹은 두 아름이나 하는 거대한 것들도 포함되어 있다. 대체로 작은 것은 만들지 않았다.)

검은 로이드안경을 쓴 그 장교―그런데 일본인이란 뭐랄까, 왜 저렇게도 남들과 똑같이 안경을, 그것도 새까만 안경을 쓰고 있는 걸까? 그 단정한 복장의 장교가 베란다에 있던 항아리를 하나씩 하나씩 들어다가 정원에 있는 돌판에 떨어뜨리고 있는 것이었다. 양양이 말하기로는 마치 고속영화를 보고 있는 느낌이었다고 한다. 그리고 너무나도 머나먼 곳에서 일어나고 있는 일을 눈앞에서 보고 있는 느낌이었다고 한다. 그것은 내가 포탄 소리를 게으른 소리라고 생각한 것과 어딘가 비슷하다. 장교는 마치 어떤 의식을 치르는 사람처럼 숙연한 표정으로 항아리를 들어다가, 때로는 머리 위로 높이 들어올리고는 얍 하는 작은 주문을 읊으며 내던졌다. 지금 그 소리가 마치 귀에 들리는 것 같다. 베란다에 있던 항아리를 다 처리하자 이제는 방 안에 있는 것들을 하나씩 꺼냈다. 이윽고 병사들도 베란다로 올라왔다. 모두 묵묵히 항아리를 꺼내 내던졌다. 그런데 이윽고 불가피한 순간이 찾아오자 침묵의 제전은 시끄러운 광기의 파괴 행위로 변했다. 술이 들어온 것이다. 먹을 것도 들어왔다. 저녁의 어둠도 들어왔다. 비명을 질러가며 살아 있는 생명체, 즉 여자도 끌려 들어왔다.

양양 일가는 그날 밤사이에 작업장을 빠져나와 이튿날 아침 난민 대열에 동참했다.

나는 공포라는 게 뭔지 알고 있다고 앞에서 적었다. 하지만 그것은 공포가 아니라 공황이었던 건지도 모른다. 10년 전, 정확히 말하면 1927년 4월 12일의 일이다. 장제스는 상하이에서 그때까지 함께 싸워온 노동자와 학생 등 세력을 일거에 잔혹무참하게 탄압하고 살해했다. 그때 상하이의 거리와 어두운 밤은 두번 다시 떠오를 일 없는 거대한 잠수함처럼 느껴졌다. 쥐새끼마냥 친구들 집을 전전하면서 계엄령이 내려진 거리를 몰래 도망쳐다녔다. 밤도 거리도 건물도 전혀 무해한 것들이 마치 생명 있는 것으로 변해 모두 눈이 달려 나를 응시하고 있었다. 밤은 수억만 개의 눈을 가진 것처럼 느껴졌다. 도로도 건물도 현실에서의 그 효용을 잃어버렸다. 그 당시 나는 학생이었다. 발을 딛고 있던 대지가 점점 계단 모양으로 솟아오르더니 그 계단의 정점에는 교수대가 서 있는 그런 꿈도 꾸었다. 또, 등 뒤에서 총에 맞고는 몸에 난 그 구멍을 메우기 위해 열심히 삽으로 땅을 파고 있는 그런 꿈을 꾼 적도 있다. 지금도 가끔 꾼다.

그런데 이번은 그때와 다르다. 지금 쑤저우 쪽에서 아니 방방곡곡에서 포위해 마치 고속영화처럼 서서히 옥죄어오고 있다. 이 공포는 말하자면 집단적인 공포다. 나 혼자가 아니라 우리 전부를, 또 이런저런 도자기나 항아리가 아니라 모든 항아리를 몰살시키는 게 아닐까 하는 예감에서 오는 것이다. 나는 양양의 이야기를 듣고 크게 동요했다. 특히 그 장교가 광기나 열의를 조금도 보이지 않고서 묵묵히 항아리를 부수고 있었다는 부분이……

내가 지나치게 생각하는 건지 모르겠지만, 그건 이미 더 이상 일본군이 문명의 가치를 알고 있는지 아닌지 하는 문제가 아니다. 일본군이 안경을 쓴 귀신인지 아닌지 하는 것도 아니다. 어쩌면 그 장교는, 표현이 좀 묘하긴 한데, 멍한 마음과는 전혀 다른 맑은 거울과 같은 심경으로 항아리를 들어올려 던지고 있었던 것은 아닐까? 부하 병사들이 몰려들어와 그 거울을 흐리게 한 게 아니었을까? 공상에는 한도 끝도 없다. 특히 이렇게 포위된 성에서는 공상을 먹고 살아갈 수밖에 없는 건지도 모른다. 하지만 지금 나는 무언가 확실한 것 앞에 서 있는 기분이 든다. 그만큼 양양의 이야기는 나 자신이 마치 그 자리에 있었던 것처럼 선명하게 다가왔다.

이제 앞으로 이 난징에서 어떤 일이 일어날지 예측할 수 없다. 하지만 어떤 일이 일어난다고 해도, 일본군이 상하이에서 저질렀던 만행을 보도하는 신문, 그런 신문과 같은 사고방식으로는 안 된다. 이 중국이라는 문명과 자연 한가운데서 일어나고 있는 전쟁을 극복하기 위해서는 우선 모든 것을—적의 거동도 아군의 거동도 정확하게—그 원형이 어떤 것인지까지 되짚어보는 것부터 시작하지 않으면 안 된다.

그 점에서 양양은 아주 정확하게 사태를 봐왔다. 그리고 적절한 시점에 탈출했다. 아마도 그녀가 제일 먼저 탈출하자고 주장했던 것은 아니었을까? 새로운 세대이자 새로운 정신이다.

12월 5일

춥다.

　식량. (미국제 우유 포함)

　땔감.

　두 달 치.

　아무것도 할 일이 없다. 빨리 태어나면 좋을 텐데. 늦지 말아야 할 텐데. (그런데 대체 어떤 시점보다 늦지 말아야 한다고 생각하는 걸까?) 모처우의 자연은 일본군의 진격처럼 느리다.

　양양과 함께 이 집안의 열쇠를 조사해봤다. 덕분에 이 집에는 열쇠와 자물쇠를 채울 곳이 열여덟 군데나 있다는 걸 알게 되었다.

　양양은 당분간 여기에 머물기로 했다. 한커우로 간 형 일가로부터 연락이 온 다음에 출발하기로 했다. 모처우는 등에다 폭신한 베개를 받치고 침대에서 뜨개질을 한다. 힘겹게 숨을 쉬고 있다.

　거리는 난민과 후퇴해온 병사들로 부풀었다가 후방으로 피난 가는 사람들로 다시 쪼그라든다. 바람 구멍이 양쯔강을 향해 나 있는 풀무와 같다. 포탄 소리는 이 풀무를 반복해서 밟고 있는 것이다. 외국인과 유력 상인들의 손으로 난민지구가 설립되었다는 소문이 있다.

　평범한 관리로 일했던 지난 8년을 회상해본다. 그리고 자신이 살아왔던 세상에 진절머리를 내던 내 모습을 발견한다. 말이 해군부지 사실 해군 회사였다. Naval Company다. 강과 바다를 세력 범위로 하는 갱단과 뭐가 다른가? 하물며 형이 있던 사법부야……. 그렇지만 어느 나라 정부든 갱단처럼 영리단체의 요소를 지니고 있는 법이다. 지금 나는 그런 세상에 진절머리가 나 있다. 하지만 그래도 그 진절머리 나게 하는 녀석들에게 같은 인간으로서 애착을 갖고 있다.

유보할 수 없는 증언을 하지 않으면 안 된다. 그러기 위해서는 자신에 관한 한 온갖 부정과 타협을 거부하지 않으면 안 된다. 그런데 온갖이라는 건 뭘 말하는 걸까? 내 과거는 밝지 않다. 배신의 그림자로 차 있다. 악으로 차 있고, 병균으로 차 있고, 자연으로 가득 차 있다. 부식되어서 썩은내가 진동하는 부분도 있다. 이런 것들과 싸우지 않으면 안 된다. 즉 눈을 부라리며 직시하지 않으면 안 된다. 그러기 위한 거대한 기회가 이제는 계속해서 들려오는 둔탁한 포탄 소리와 함께 서서히 다가오고 있는 것 같다.

문을 열어둔 불단 앞을 지나면서 손을 모으고 싶어져 합장을 했다. 금빛 번쩍이는 불상이 아니라, 하얀 얼굴에 붉은 입술과 검은 눈썹, 검은 눈동자, 검은 머리카락을 지닌 생생한 부처님 얼굴을 바라보고 있으니, 정신세계란 실제 세상보다 훨씬 더 피비린내 나며, 피와 정액이 찐득거리는 세상인 것 같았다. 피나 정액 냄새가 나지 않는, 흔히 말하는 정신적인 것이나 사상적인 것은 믿지 말 것. 그리스도의 피, 환희불.

예를 들면 오백 아라한의 그로테스크한 표정이 가장 현실적인 것이라 믿을 것. 그로테스크한 것만이 사라지지 않는다는 것. 쯔진산. 광대한 대륙에만 깃든 데몬demon.

오늘 갑자기 생각이 나서 치과에 다녀왔다. 딱히 이가 아프거나 한 건 아니다. 틀니가 약간 삐져나와 있는 것을 수리했다. 돌아오는 중에 치통에 대해 생각했다. 아마도 치통이 있는 사람은 죽기 직전에도 이가 아프겠지? 이가 아프다, 아프다 하면서 죽겠지? 그 사람의 마지막 감각은 이가 아프다는 거 말고는 없을지도 모른다. 치통이 생사의 갈림길이 될지도 모른다. 평소라면 나는 이런 생각을 '쓸데없다' 한마디로 날려버리거나, 남이 말했다면 '장난하나? 너 약간 어떻게 된 거 아나?' 이러고 말았을 것이다. 지금은 농담인지 진담인지 구분이 잘 안 되는 느낌이다.

말하자면 지금 나는 혹은 우리 농성자들은 무언가를 생각하는 데 가장 적합한 상태에 놓여 있는지도 모른다. 우리는 무언가가 도래하기를 기다리고 있는 것이다. 그 무언가는 일본군이 도래하면서 가지고 오게 될 어떤 상태다. 그리고 내가 제정신을 잃지 않는다면 앞으로 일어나게 될 일은 가장 정신적인 일이 될 것이다.

12월 6일

시내 곳곳에서 큰 화재가 발생했다. 우리 집 부근에는 커다란 저택들이 띄엄띄엄 있을 뿐이니, 자기 집에다 불을 지르든지 아니면 직격탄을 맞지 않는 이상 불이 날 걱정은 없다.

맞은편 집에서는 아침부터 연못을 파내고 있다. 대체 무슨 생각일까? 전쟁의 불꽃이 눈앞에 있고 포탄 소리가 성 안팎을 뒤덮고 있는데, 아무리 지름이 방 2칸 정도 되는 작은 연못이라고는 하지만 이 추운 날 차가운 물을 가지고 노는 것은 이해하기 어렵다. 인간이 하는 일이란 알 수 없는 법이다. 초어와 가물치雷魚를 잡고 있었다.

비명 소리가 들려 철문을 밀어젖히고 안으로 들어갔다. 소좌(소령) 계급으로 전쟁터에 있어야 할 그 집 장남이 연못 바닥에 내려가 하인들과 함께 진흙투성이가 되어 활약하고 있다. 부대가 해산한 건가 아니면 잠시 휴가를 받은 걸까? 마지막에 한 마리 남은 거대한 가물치—길이가 세 척은 돼 보였다—를 쫓아 두꺼운 몽둥이로 머리를 노려 내려치고 있었다. 그 큰 가물치가 하인을 덮쳤던 것이다.

가물치는 피를 흘리고 흙탕물을 튀기면서 더 깊이 연못 바닥으로 들어가려는데, 안타깝게도 더 내려갈 바닥이 없었다. 완전히 바닥에 다다른 것이다. 가물치는 필사적이다. 흙탕물을 마구 튀기고 있다. 장남의 아내와 아이들도 나와서 보고 있다. 넘어졌던 하인은 피와 진흙을 씻어내고는 연못 바닥에 내려가는 게 무서워서 싫다고 한다. 보니까 하인의 얼굴은 마치 표백된 듯 창백하게 질려 있었다. 갑자기 기분이 상한 젊은 주인은 연못 밖으로 나와 몽둥이를 던져버리고 집에 들어가더니 이윽고 권총을 들고 나와서는 가물치를 쏴버렸다.

무의미한 살생이다. 연못의 주인이라고 할 수 있는 가물치를 무의미하게 죽이거나 해서는 안 된다. 나는 미신을 별로 믿지는 않지만 분명 이제 저 집엔 액운이 미칠 것이다. 우리가 바로 지금 파헤쳐지고 있는 연못 바닥의 가물치와 다를 게 없다.

저녁 무렵 위생부에 있는 백부가 왔다. 황급하게 왔다가 황급하게 갔다. 입가에 하얀 거품을 물고서 혼자서 떠들다가 할 말을 다 했는지 온다 간다 말도 없이 돌아갔다. 그가 돌아가고 나니 여러 불길한 풍문 때문에 분위기가 영 좋지 않다. 아마도 그는 날마다 몇 집씩 돌아다니면서 저렇게 떠벌리고 다니는 것일 게다. 그게 저 사람의 일, 즉 그는 불안을 퍼뜨리는 사람이 된 것이다. 공습이 있었을 때 연기를 피워서 적에게 신호를 보낸 자가 있었다든가, 이제 성안에서 일본군에게 내응하는 자가 분명 생길 것이라든가, 한커우로 간 피란선이 침몰했다든가, 난민들이 쌀집을 습격한 모양이라든가. 그러다가 갑자기 목소리를 낮추고서는, 일본군이 성을 점령하면 열다섯 살 이상의 청장년들을 철사를 가지고 생선 엮듯이 묶어놓고 기관총으로 다 쏴 죽인 다음에 그중 다행히 살아남은 사람들, 즉 백 명에 한 명꼴로 있을 운 좋은 사람들은 강제 노역을 시킬 것이라든가…….

이 모든 것이 거짓말일 수도 있고 진실일 수도 있다. 왜냐하면 우리 농성자들은 이미 기대만으로 살아가고 있기 때문이니까. 최악의 상태가 올지도 모른다는 기대가 일체의 모든 것에 현실성을 부여하고 있는 것이다. 어제 쯔진산을 바라보며 마음이 북받쳐 올랐던 건 아마도 이 기대가 내 안에서 태어났음을 알리는 첫 징조였던 건지도 모르겠다. 백부 같은 사람은 일본군이 입성한 후 미처 날뛸 것이라 기대하고 있는 것이라 할 수 있다. 그것은 본인에게 심리적으로는 이미 기정사실이다……. 그가 지인들 집집마다 황급히 돌아다니고 있는 것은 그 기대가 어서 사실로 자기 눈앞에 나타나기를 바라기 때문이다. 그는 기다리고 있다. 만에 하나 일본군이 지극히 신사적이라면 그는 크게 실망할 것이다. 희망이건, 기대건, 모두 아름다운 말이다. 하지만 오늘 이후로는 희망은 그렇다 치고 기대라는 말은 입가에 하얀 거품을 물고 있는 모습으로 느껴질 것이다. 가장자리에 자잘한 기포를 두른 두꺼운 입술 그 자체일 것이다. 우리는 일본군에 포위되어 있을 뿐만 아니라 우리 자신의 기대에도 포위되어 있다.

그런데 희망 쪽은…… 아군은 시내에 있다. 그리고 끊임없이 움직이고 있다. 백부의 이야기에 따르면, 쑨원 선생의 능묘를 지키는 부대는 결사의 대오를 갖추고 그곳을 사수하라는 명을 받았다고 하는데, 다른 부대는 아마 모두 이동하고 있을 것이다. 포탄을 발사하는 소리와 그것이 폭발하는 소리가 각각 따로 들리는 걸 보면 시내가 탄착거리에 들어간 모양이다.

지금은 희망이 후방에 있다. 거리감에 묘한 착오가 느껴진다. 산하를 광복시킬 희망은 시시각각 후방으로, 우리 배후로 후퇴를 거듭하고 있다. 후방으로 떠난 사람들의 시점에서는 우리가 되돌려야 할 과거로 보일지도 모른다. 일본군은 그 후퇴하는 우리의 희망, 즉 우리의 미래를 쫓아서 전진하고 있는 것이다.

개국 이래로 모든 근대 중국인이 그랬던 것처럼 나에게도 희망이란 개항장, 즉 바다 저편으로 나가는 출구와 바다 저편에서부터 배에 실려 들어오는 문물들에 대해서 알고 싶다는 정열과 동일했다. 그런데 이제는 바다로부터는 일본군이라는 절망이 침입해오고 있고, 희망은 바다를 등지고 중국 대륙 안쪽으로 방향을 틀어서 한 걸음 한 걸음 시시각각 되돌아가고 있다. 도시는 서구화되는데 시골은 언제까지나 태곳적 그대로인 이런 변칙적인 중국 문명은 지금 엄청난 깨어남과 혼돈의 시기를 맞이한 것이다. 도시의 학생들은 농민, 즉 중국을 알고, 농민은 도시 사람들의 사악함을 알게 될 것이다. 중국인은 모두 중국의 사실을 알게 될 것이다. 희망이 우리 뒤편으로 핏기가 가시듯 사라지고, 적군이 우리 성안으로 들어오려 하고 있다. 누가 보더라도 지금 우리는 두려움에 떨고 있을 수밖에 없는 상태라 할 수 있다.

이 전율이야말로 앞으로 닥쳐올 점령이라고 하는 암흑 속에서 밝힐 수 있는 불빛이다. 멀리 후방으로 도망간 그들이 아니라, 조용히 그들을 배웅했던 우리가 전쟁터 한가운데서 전쟁을 경험하는 것이다. 나는 이 사실이 잘 납득되지 않는다. 아무래도 도망가는 저들이 전쟁 쪽으로 가는 것이고, 우리는 정당한 명분이 있는 전쟁이 아니라 무언가 부끄럽고 답답한 그런 분위기에 갇혀 있는 것처럼 생각된다. 지배자의 교체는 우리 정신의 기압골에 급격한 변동을 수반하는 법이다. 나는 혁명에 의한 해방이 어떤 기분일지 알 것 같기도 하다.

이 긴장과 전율을 지속할 수 없게 되어 등불을 껐을 때, 그것이 아무것도 아닌 일상으로 생각될 때, 이상한 일이 생활의 수단으로 변했을 때, 사람은 배신을 한다.

그런 위험은 내 안에도 존재한다. 이 생각은 아마 사태를 이 지경까지 몰고 온 사람들, 우리가 영도해온 책임자들에 대한 분노와 의심과 반항을 품고 있다. 적이건 아군이건 간에 매우 훌륭하긴 하나 아무런 의미 없는 연설을 읊는 사람들에 대한 미움을 품고 있다…….
하지만 이건 뒷날로 미루자. 아직 난징에 머물러 있는 정부 수뇌부에 대해서 지금 한 소시민이 의심을 품고 있다면, 수령들도 좋은 기분이 들지 않을 테고 나도 썩 좋은 기분은 아니다. 요컨대, 내 안에는 많은 생각이 일치되지 않은 채 가상의 협정을 맺어 공존하고 있는 셈이다.

요즘 보도되고 있는 소식 중에 좋은 게 전혀 없기에 모처우에게 들려주기 위한 가짜 보도를 지어내야 한다. 말하자면 보도국이 선전국의 일을 하고 있는 셈이다. 관청에서 일할 때가 떠오른다.

내가 거짓말하고 있는 것을 양양이 옆에서 감시하고 있다. 모처우와 양양이 때때로 눈을 맞춘다. 관청에서 나오는 공지와 그걸 보는 민중과의 관계. 그 관계는 거짓말을 기초로 한 조화다. 정부라는 존재가 만약 전쟁 선포를 두려워하는 경우가 있다면 그것은 분명 그 아슬아슬한 조화를 흐트러뜨릴지도 모른다는 불안이 있기 때문일 것이다. 공산당의 공동 전선 요구에 대해서 미적미적거리고 있던 것도 그런 이유에서다.

오늘 집 안 정리를 끝냈다. 불필요한 것과 귀중품 사이의 구별이 지금은 없어졌다.

내일부터는 참호를 파러 간다.

12월 7일

나는 오늘 하루 병사가 되었다. 폐가를 정리하고 거기에 참호를 파라는 명령을 받았다. 폐가의 주춧돌이 의외로 깊이 박혀 있어서 곡괭이로 파내려다 운 나쁘게도 곡괭이가 부러졌다. 그래서 나이 어린 지휘관한테 엄청 무섭게 혼이 났다. 그 나이 어린 지휘관이 곡괭이가 부러진 걸 보고는 전혀 생각지도 못한 일이 일어났다는 얼굴을 했던 것에 나는 몹시 놀랐다. 커다란 돌을 상대하는데 도구가 망가질 수도 있다는 가능성에 대해서 전혀 생각하지 않았던 모양이다. 일순간 나를 죽이려는 줄 알았다. 게다가 그는 변명을 듣지도 않았다. 나로서는 적이 온 뒤에는 이미 늦는다고 생각했기 때문에 무리를 해서 서두른 거였다. 나중에는 그가 나에게뿐만 아니라 돌과 부러진 곡괭이에게도 화를 내고 있는 게 아닌가 하는 생각마저 들었다. 명령이라는 것은 오로지 인간에게만 할 수 있는 것이다. 명령을 내리는 데 익숙해진 사람은 판단력이 흐려지는 모양이다. 저 어린 지휘관의 상관, 그 위 또 그 위로 위로 피라미드를 거슬러 올라간 정점에는 대체 어떤 괴물이 있는 걸까?

하지만 참호를 파는 일은 유쾌했다. 진지했다. 그래서 나는 모처우가 얼마나 불안한 마음으로 집에 있는지 이해가 됐다. 나 자신의 경우를 생각해본다면 불안하니까. 어제 적은 표현을 빌리자면, 내 안에는 많은 생각이 가상의 협정을 맺어서 존재하고 있으니까 이런 걸 쓰고 있는 것이다.

일을 마치고 나와서 또 하나의 무서움을 느꼈다.

그것은 난징이라는 도시가 성벽에 둘러싸여 있다는 것 자체가 무언가 무서운 일을 야기시키는 게 아닐까 하는 것이다.

난징은 중국의 수도다. 중화민국 정부의 소재지다. 그렇기 때문에 대도시이며, 크게 번영한 도회지라고 적들은 생각하는 게 아닐까? 그런데 난징의 실상은 일개 지방도시 수준을 넘지 않는다. 그 역사는 분명 오래되었다. 베이징北京과 상응하는 이름으로 불리는 이유이기도 하다. 하지만 정부가 중화민국 17년(1928) 4월에 난징을 특별시로서 수도로 삼았을 당시의 인구는 겨우 17만 정도였고, 산업이라고 해봐야 농산물 특히 달걀 정도로, 재래식 방식이라 품질이 좋지 않은 수자繻子와 단자緞子를 생산하는 정도였다. 지금은 인구가 50만에서 100만 사이라고는 하지만 시내에는 광대한 보리밭이 있고, 뽕밭이 있고, 연못과 늪도 있고, 샛강도 있고, 구릉지도 있다. 그래서 그 사이사이를 너비가 약 8미터인 중산로中山路를 비롯해 잘 정리된 포장도로들이 바둑판같이 관통하고 있지만 건물들은 그리 많지 않고 오히려 논밭이나 늪지가 더 많은 편이다. 넓은 길과 좁은 길, 새 건물과 낡은 건물, 큰 집과 작은 집이 뒤섞여 있는 아직은 미완성의 수도다. 관공서, 학교, 은행, 외국 공관을 제외하면, 요컨대 삼류 수준의 일개 지방 도시에 지나지 않는다.

그들은 아마도 실망할 것이다. 그리고 수도를 함락하더라도 결코 전쟁이 끝나지 않을 것에 또다시 실망할 것이다.

그래도 상하이처럼 집들이 즐비하다면 건축물의 위용에 압도되어 마음속의 난폭함을 통제할 수 있을지도 모르겠다. 하지만 이 도시는 큰 건축물이 각각 띄엄띄엄 세워져 있는 데다 지금은 내부도 텅 빈 상태다. 위용 같은 건 옛 사적지에나 있을 뿐.

이 도시 전체가 내게는 불길하게 생각되지 않을 수 없었다. 게다가 이런 심적 상태야말로 재앙을 불러들이기 십상이라는 것을 인지하고 있더라도 어쩔 도리가 없다.

참호를 파면서 느낀 게 또 하나 있다. 어제 사실이라는 것에 대해서 뭐라 뭐라 적었는데, 이 사실이라는 것은 참으로 맥없다는 것이다. 양쯔강을 밑변으로 하여 반원형으로 포위된 도시에서는 병력이 밖으로 뛰쳐나가더라도, 그게 퇴각하여 도주하는 것인지 아니면 공격하러 나가는 것인지 제대로 알 수가 없다. 지휘관은 지도를 보면서 전진인지 퇴각인지 알고 있을지도 모른다. 그러나 지도상의 그것이 무엇을 의미하는 걸까? 지도상에 있는 것은 그저 전진·퇴각이라는 글자 그대로의 의미뿐이다.

내 눈이 어떻게 된 건가? 보는 것 모두가 기괴하고, 그로테스크하며, 해석 불가능하게 느껴진다.

길가에 횡사한 시신들에 뒤섞여 숨이 겨우 붙어 있는 자들도 내버려진다. 부상병과 난민은 서로 뒤섞여 길가에 드러누워 있다. 점점 수용 능력이 부족해지고 있다는 게 느껴진다.

늦은 저녁 한커우에서 처음으로 연락이 왔다. 상태가 나쁘고 잡음이 많았다. 하지만 마췬馬羣소학교의 국기 게양탑은 어쨌거나 제대로 작동하고 있는 모양이다. 지하실 준비도 끝났다. 하인 훙위洪媢가 제1차 상하이 전쟁의 경험자라는 게 든든하다. 일가 중에서 쉰여덟 살 노인에게 마음을 의지한다는 것, 생각해보면 참 웃긴 일이다.

12월 8일

새벽에 총성이 가까운 곳에서 울려 눈이 떠졌다. 곧장 모처우의 상태를 보러 갔다. 흠칫 놀라서 몸이 출렁이며 불안한 표정으로 나를 보고 있다. 가만히 커튼 틈새로 내다보니 맞은편 집에 사는 젊은 부부와 아이들이 승용차와 트럭에 나눠 타고 떠나려는 중이었다. 총성은 남편이 권총을 시험 발사해본 것이었다. 그 남자는 권총으로 가물치를 쏘거나 시험 발사하는 것 말고는 전투에는 일체 쓰지 않을 모양인가 보다. 승용차건 트럭이건 관청이나 공관에서 훔쳐온 것일 게다. 번호판이 뜯겨져 있다. 창문을 여니 손을 흔들며 건강히 잘 계시라고 인사를 한다. 나도 그냥 무사히 잘 가시라 했다.

아침 먹기 전에 잉우와 양양과 함께 집 주변을 산책했다. 1킬로미터쯤 떨어진 곳에 있는 마천소학교의 국기 게양탑을 보고 있자니 저절로 입꼬리가 올라간다. 양양은 내가 뭘 그리 히쭉거리는지 의아한 눈치지만 이것만큼은 말해서는 안 된다. 저 소학교는 점령될지도 모른다. 그리고 작은 학교치고는 너무 높은 저 게양탑에는 세계에서 가장 미적 감각이 떨어지는 흰 바탕에 빨간 동그라미가 그려진 깃발이 올라갈지도 모른다. 하지만 저 깃대는 그 자체로 내게 특별한 일을 해주고 있는 것이다.

형으로부터는 아무런 소식이 없다. 아직 우정국의 무선전신은 살아 있는데도 말이다. 양양은 한동안 초조해하다가 자기가 어디에 머물 건지 아니면 혼자서 어디로든 떠나야 할 건지 결심해야겠다고 한다. 집 주위를 쓱 한 바퀴 돌고 나서 이제 빈집이 된 맞은편 집을 지그시 바라본다. 뭔가 기분이 막 요동친다. 약탈, 방화, 살인……. 빈집은 사람을 끌어당긴다. 사람이 생활했던 흔적이 생생하면 생생할수록 가슴속에 사는 악마가 더욱 날뛰게 되는 것이다. 항아리를 부쉈던 일본군 이야기가 떠오른다.

내 자신이 무슨 짓을 저지를지 모를 그런 기분이 든다. 뭔가 차원이 다른 시간과 공간에 점점 돌입해가고 있는 것이다. 그런 의미에서 일본군의 최전방은 이미 성내로 침입해 있다고 할 수 있다. 집에 들어오니 시계가 7시를 알렸다. 갑자기 꿈에서 깨어났을 때처럼 아연해졌다. 악몽에 포위된 이 난징에도 인간 세상 전부를 관통하는 시간이 존재했던 것이다. "하나, 둘, 셋, 넷, 다섯, 여섯……" 마지막 일곱 번째 울렸을 때 도저히 주체할 수 없는 피로가 몰려왔다. 뭔가 크게 실망스러웠다. 마지막 일곱 번째 소리가 이 이상한 상태로부터 해방시켜줄 거라고 생각했던 걸까? 양양은 여기에 머물기로 했다.

모처우를 양양에게 맡기고 다시 참호를 파러 나갔다. 다리도 허리도 아프지만 노동을 하는 편이 낫다. 전쟁은 99퍼센트가 노동이다. 노동이 아니고서 뭐란 말인가? 난민구제위원회에도 들어갈까 했지만, 어젯밤에 연락이 오길, 별다른 명령이 있기 전까지 공직과 유사한 것은 불가하다기에 생각을 접었다. 아무튼 할 일이 있다는 것, 특히 몸을 움직일 일이 있다는 건 좋은 것이다. 하지만 백부처럼 병상의 난민을 수천 명이나 떠안고 있으면서 뜬소문을 퍼뜨리고 다니는 걸 중시하는 사람도 있다. 그는 시계가 어떤 시간을 알리든 말든 신경 쓰지 않는다. 하지만 지금은 그렇게 신경 쓰지 않는 것도 한 가지 힘이 될 수 있다. 그리고 그런 상황이 점차 만연해지고 있다. 포탄 소리가 가까워짐에 따라 이상한 흥분이 점점 더 강해진다. 시인들이 반복해서 인생은 짧다고 경고해왔지만 지금은 인생이 짧은지 긴지 잘 모르겠다. 길게도 짧게도 느껴지지 않는다. 어쩌면 지금 인생은 길거나 짧거나 하는 시간의 옷을 벗고 있는지도 모른다.

군 병력이 빠져나가는 게 부쩍 눈에 띈다. 흘러나간다고 말하는 편이 나을지도 모르겠다. 대오를 갖춘 부대, 제대로 열을 맞추지 못한 부대, 다섯 명, 열 명 제각각인 부대 등등. 땅을 파서 포대 자루에 흙을 채우는 작업을 하다가 중간에 쉴 때마다 완전히 다른 모습의 부대 행렬을 보게 된다. 하지만 잠시 지나면 어느 부대든 똑같아 보인다. 군대라는 어떤 양적인 덩어리로밖에 보이지 않는다.

오후 4시경 날이 어둑해지기 시작할 무렵, 장제스 부부가 비행기로 탈출했다는 소문이 갑자기 돌풍처럼 퍼졌다. 출처가 어디인지 그런 건 알 수 없다. 소문은 명령보다 더 빠르게 파도처럼 퍼져나갔다. 사람들의 태도가 바뀐 것이 그걸 말해주고 있다. 천 명이 넘는 작업자가 한순간 일손을 놓고 하늘을 올려다봤다. 어디에도 비행기의 모습은 없었다. 나로서는 감동에 가까운 그런 느낌? 오싹했다. 특권이 부여되는 자리에 당당히 앉아서 아무 거리낌 없이 백 가지 천 가지 명령을 내리고 그러다가 위기가 닥쳐오면 재빨리 빠져나간다. 그건 뭐 당연하다. 특권이란 얼마나 용감하고 그러면서 또 얼마나 감동적인 것인가? 그에 비하면 자신의 생명과 얼마 안 되는 재산을 지키려고 우왕좌왕하는 난민들은, 얼마나 비참한가!

이 소문이 퍼지고 난 이후 땅을 파고 흙을 옮기는 사람들의 몸놀림이 눈에 띄게 둔해졌다. 동시에 작업 감독을 하는 장교가 불같이 화를 내는 모습도 급격히 늘었다. 마치 자기가 오늘부터 장제스 주석의 역할을 대행하겠다고 선언하는 듯 보였다. 참 웃기는 일이다. 하지만 장교와 작업자들은 이를 계기로 급격히 사이가 멀어져서 대립이라고 하기보다는 오히려 적대감을 드러내는 사이로 변질되어갔다. 장교는 부하에게 증오나 공포와도 비슷한 감정을 품고서는 똑바로 쳐다보다가 쓱 두세 걸음, 장제스 주석의 비행기가 지나간 방향으로 물러서는 것 같았다. 장교 중 어떤 부류는 민중에게 위험한 존재다. 그들은 충성이란 미명하에 그들 최고사령관이 있는 곳으로 언제 어느 때 도망칠지 모르기 때문이다. 민중과 부하들을 위험 속에 버려둔 채……. 장제스 주석은 민중에게 굳은 표정을 보였던 장교와 정치가들의 등짝에 둘러싸여 있다.

주석의 탈출 소식―아마도 이건 사실일 것이다. 나는 그걸 의심하지 않는다―을 접하고 한참 뒤, 전령이 장교가 있는 곳으로 다가오더니 내 이름이 호명됐다. 가보니까, "당신은 토공 일을 안 해도 되는데……"하면서 장교가 싱긋거리고 있었다. 나를 노예에서 신분 상승시켜 자기네 무리에 넣어주겠다는 것이다. 동료가 한 명 늘어 기뻤던 것인가? 그는 나에게 중대한 비밀이라도 알려준다는 말투로 "우리는 전차용 참호를 파고 있습니다"라고 말했다. 위험이 바로 문 앞까지 닥쳐와 있는데 신분질서를 지키려는 사람들이 있다(아니, 어쩌면 위험이 닥쳐와 있기 때문에 더욱 그러는지도 모른다). 장교와 일의 시시비비를 따져봐야 무의미하다는 것은 해군부에서 문관으로 근무한 지난 8년의 경험으로 이미 알고 있다.

귀가하는 길에 폭격으로 파인 화구를 바라보다가 갑자기 명나라 효릉을 보고 싶은 마음이 간절해졌다. 중산문中山門에서 4킬로미터 떨어진 수풀 사이로 늘어서 있는 석상과 말, 코끼리, 낙타 같은 석수石獸, 그리고 무인의 형상을 한 노인상이 있다. 그것들을 보면서 불길함에 두려워 떨고 있는 내 마음속 깊은 곳에, 실존하는 것처럼 느껴지고 차분함과도 비슷한 그 무언가를 확인하고 싶었다. 나는 미신을 전혀 믿지 않지만, 저 그로테스크한 석상이나 석수, 지면에 수직으로 서 있는 화강암에 직접 손을 대고 만져보고 싶은 것이다. 그런 열정이 마구 느껴진다. 명나라도 망하고, 청나라도 망하고, 십수 년에 이르는 태평천국의 난으로 옛 고도의 모습은 완전히 없어졌다. 하지만 돌로 만들어진 상징들이 자연의 일부가 되어 수풀 사이에 남아 있다. 자연의 일부가 되어버리기는 했지만 어디까지나 그것은 사람이 만든 것이다. 인간의 운명과 관계를 갖는 것이다. 저 석상이라도 방패로 삼지 않으면 오늘날의 광란 상태 속에서 이성을 유지하기는 어려울 것 같다. 하물며 남자는 아이를 낳을 수도 없다. 사실 이성이란 게 석상과 관계가 있을 거라고는 상상도 못 했던 일이다.

해질 무렵 길 가던 사람과 살이 스쳐 서로 몹시 놀랐다. 백부가 한 말이 생각난다. 일본군은 인력거꾼으로 위장한 밀정을 투입했다고……. 넓은 중산로 가득히 검은 소떼를 몰고 가는 사람이 있었다. 어디로 데려가는 걸까?

길모퉁이에서 커다란 개가 소떼에 밟힐 뻔했다. 난징에는 주인한테 버려진 멋진 개들이 득실대고 있다.

저녁을 먹고 난 뒤에(반찬은 어제 먹고 남은 초어, 가물치였다. 계란이나 고기는 값이 폭등해서 못 산다) 모처우와 양양이랑 한동안 이야기를 나눴다. 모처우는 배가 많이 나와서 마치 전족을 한 여자처럼 아장아장 걸을 수밖에 없다. 화제는 평소처럼 친척이나 이웃들 소식이었다. 상하이의 영국 조계지나 프랑스 조계지에서 부자들은 평상시처럼 다섯 가지 반찬에 국도 두 가지를 먹으며, 춤도 추고, 마작도 즐기고 있다고 한다. 둥베이東北(만주)와 화베이華北 쪽은 일찍이 일본군에 점령되어 사람들은 지위 고하를 막론하고 모두 노예가 되었다. 지금 우리는 당장 내일 어찌될지 모르는 포위된 성안에서 두려움에 떨고 있다. 정부는 한커우로 도망갔고 우리 형은 이 집과 재산을 사수하라고 명령했다. 이제는 포탄 소리뿐만 아니라 총성도 끊임없이 들리는 지경에 이르렀다. 왕이 백성을 내팽개치고 달아난 지금, 적군이 차츰차츰 지배자의 자리로 다가오고 있었다.

교체.

지금 이 '차츰차츰'이라는 시간의 변질, 이것이 우리에게 어떤 영향을 미칠까? 총포 소리는 점차 발밑을 무너뜨릴 것처럼 들려온다.

이야기가 자주 끊어진다. 모처우도 아이가 제때 나올지 걱정하고 있다.

점점 발밑이 무너져간다고 한다면 대체 어디서부터 이 공포와 붕괴를 극복할 에너지를 만들어내거나 퍼올릴 수 있을까? 그 에너지가 존재한다는 것은 의심하지 말자.

남자가 자기는 영웅도 그 무엇도 아니고 그저 시시한 보통 남자에 지나지 않는다는 것을 깨달으려면 여자와 아이가 필요하다. 여자와 아이는 광기에 걸림돌이 되는 것이다.

내일부터는 더 이상 토공 일을 하러 나가지 않는다. 그러니 할 일이 아무것도 없다. 그걸 생각하면 불안해서 잠을 이룰 수가 없다. 모처우도 잉우도 양양도 조용하게 잠들어 있다. 하지만 언제 갑자기 마구

소리를 질러댈지 모른다.

또 한 차례 총성이 들렸다. 검푸른 밤의 어둠 속에 거무칙칙하게 솟아 있는 쯔진산의 어깨 언저리에서 적황색의 섬광이 보였다. 강철이 만든 그 섬광은 산기슭에 있는 석상과 석수 행렬도 비추고 있을까? 성벽 밖에, 시간 밖에 존재하는 자연의 눈 아래에서, 우리는 어떤 시간을 맞이할 것인가?

12월 9일

나 자신도 포함해서 이 난징 성안의 모든 것이 움직이기 시작했다. 난징시는 50만 혹은 100만이라고 하는 잔류 시민과 난민, 병사들을 둘레가 50~60킬로미터에 이르는 성벽 안에 품은 채로 흔들리고 있다. 더욱더 심하게 흔들려 그 누구도 똑바로 서 있을 수 없게 되고, 저늘, 즉 일본군에 속하는 인간만이 서 있을 수 있게 되었을 때 우리는 멸망할 존재가 되는 것이다. 그것은 난징시가 일본군의 포화에 굴복하여 그 성질을 바꾸는 것을 의미한다.

그런데 생각해보면 성질을 바꾼다는 건 얼마나 기묘한 일인가? 물론 아무런 변화 없이 변질되는 것은 아니다. 그걸 위해서는 수천수만의 생명이 희생되고, 포화는 어쩌면 시 전체를 잿더미로 만들어버릴지도 모른다. 그리고 우리가 만약 다행히 살아남았다고 하더라도 "멸망할 존재"가 된다는 것 또한 얼마나 기묘한 일인가? 예를 들면 바로 나 천잉디陳英諦는 그 어떤 상황에 놓이더라도, 주관적으로는 태어나면서부터 천잉디라는 이름을 가진 바로 나 자신임에는 틀림없다. 하지만 객관적으로는 나 역시 멸망하는 백성 중 한 사람이 될 것이다. 룬시안구淪陷區 주민 중 한 명이 되는 것이다. 노예적인 처지에 있는 사람, 즉 노예 중의 한 명이 되는 것이다. 게다가 아무리 내가 정신적으로는 노예가 아니라고 주장해도 노예라고 하는 객관적인 사실은 바뀌지 않는다. 그런데 객관적 사실이란 무엇인가? 범주론적 사고방식 내지 정리 방법이 품고 있는 독소가 작동하기 시작할 실마리가 아마도 그 주변에 숨어 있을 것이다. 아무리 지적으로 완벽하게 객관적인 상황을 파악한다고 해도 그것만으로는 그 상황을 바꿀 만한 에너지가 나오지 못할 것이다. 오히려 때에 따라서는 그 사람 자체를 무력화시키고 파괴시킬지도 모른다.

일본군이 입성한 뒤에 분명히 생겨날 협력자, 즉 한간漢奸은 아마도 빈틈없는 논리를 가지고 자기가 배신한 이유를 설명할 것이다. 하지만 빈틈없는 논리란 여러 논리 중에서 가장 약한 법이다. 왜냐하면 아무래도 사람은 빈틈이 없는 이야기를 혐오하기 때문이다. 앞뒤가 너무 과하게 딱딱 들어맞는다고 생각하는 것이다. 이 주위에도, 무언가가, 있다……

결국 나도 모두는 아니지만 대다수의 사람과 마찬가지로 일본군의 점령을 이미 예측하고 그 지배하에서 살아남기 위한 궁리를 하고 있는 것이다.

포화, 죽음, 점령, 망국, 속국, 식민지.

노예의 처지에 있으면서 어떻게 하면 노예가 아니라 노예로부터 가장 거리가 먼 정신을 가지고 살아갈 수 있을까? 나는 본능적인 애국심이라든가 애국적인 본능 같은 건 믿지 않는다. 그건 대부분 악이다. 그리고 그 악을 조직한 것이 용병학用兵學이다. 나는 해군부의 문관으로 8년간 근무했기 때문에 그것을 잘 알고 있다. 용병학은 농경 기술과 함께 역사가 가장 오래되었고 가장 발달한 기술이며, 이게 있기 때문에 인간은 국제 분쟁을 전쟁을 통해서 해결하려고 하는 것이다. 우리는 용병학의 포로가 되어서는 안 된다.

그리고 군인은 가장 오래된 직업 중 하나다.

전차용 참호를 파는 일에 나가지 못하니 오늘 아침도 다섯 살 난 잉우와 쑤저우에서 단신으로 도망쳐 나온 양양을 데리고 집 주위를 거닐었다. 그러다 나온 김에 정원을 청소했다. 쓸어 모은 낙엽 속에서 뭔가 이상하게 빛이 나고 쇳소리가 나서 자세히 살펴보니 깨진 유리와 포탄 파편이 섞여 있는 것이었다. 한 번 더 집 주위를 돌아보며 창문을 모두 살펴봤는데 어디에도 깨진 곳은 없었다. 이 주변은 저택이 띄엄띄엄 있을 뿐이지 포탄을 맞은 곳은 없다. 그런데 낙엽 속에 그런 것이 섞여 있다는 건 당연히 이제 더 이상 어디에도 안전지대가 없음을 말해주고 있다.

총성이나 포성에 대해서는 이제 적지 않으련다. 그건 11월 말일에 부웍, 부웍 하는 멀리서 나는 '게으른' 소리를 들은 이래로 이미 우리 일상 중 하나가 되고 말았다. 처음에는 배가 부른 모처우에게 이 총포 소리가 틀림없이 안 좋은 영향을 미칠 거라 생각해 매번 조금이라도 큰 소리가 나면 곧장 이층으로 향했다. 한밤중에 지하실에서 무전기를 앞에 두고 임무를 수행하고 있을 때도 모처우가 신음 소리나 비명 소리를 내지 않는지 귀를 기울였다. 하지만 이제는―겨우 일주일 만에―그리 신경 쓰지 않게 되었다. 모처우 자신도 어느 정도(맘에 들지 않는 말이지만) 익숙해진 모양이다.

일상 중의 하나로 익숙해졌다―하지만 생각해보면 이상한 일상이다. 하지만 (다시 또 하지만이다) 한번 더 생각해보면 말이다. 이런 게 일상이라고 정의할 수 있는, 만인에게 보편적으로 들어맞을 것 같은, 소위 일반적인 일상이라는 것이 인간 생활에 있을 수 없는 것이다. 그렇다고 보면 지금 이 이상한 상황을 극히 예외적인 상황이라고

만 볼 수 없다는 건 분명하다. 오히려 이 이상함이야말로 우리 시대의 일상인지도 모른다. 일상이라는 말은 예를 들면, 평화로운 일상이라는 상태가 연상돼 "임금의 힘이 내게 무슨 소용이냐帝力於我何有哉"와 같은 말을 떠올리게 한다. 그런데 혹시 이 말에 권력을 규제하려고 하는 민중의 수많은 노력이 숨어 있다고 한다면, 이 평화로운 일상이라는 달콤한 공상과 상당히 거리가 먼 이상 상황이 거기에 존재하는 셈이다. 일상과 이상을 무리하게 구분 짓고자 해도 거기서 도출되는 것은 아무것도 없다. 나로서도 정신을 바로 차리고 살아가기 위해서 필사적으로 이상한 노력을 하고 있는 것이다.

나는 어제 거리에서 봤던 광경을 떠올린다. 난민 같아 보이는데 솜을 넣은 옷을 껴입은 시체가 뒹굴고 있다. 시체의 목 부분에 뭔가 하얗고 둥근 것이 쭈그리고 있는 게 눈에 띄었다. 두꺼운 솜옷 밖으로 나와 있는 건 얼굴, 목, 손목, 손가락, 발목의 일부뿐이었다. 목은 그중에서도 가장 부드러운 부분이다. 거기에 하얗고 한층 더 부드러워 보이는 동그란 것이 붙어 있었다. 고양이였다.

고양이가 시체의 가장 부드러운 부분을 물어뜯어 먹고 있는 것이었다.

화가 나서 나는 고양이를 쫓았다.

고양이는 5미터쯤 뛰어나가더니 그 자리에 다시 쭈그려 앉았다. 그러고는 입가, 목, 앞발 등을 빨갛게 물들인 피를 핥기 시작했다.

나는 그 고양이를 계속 노려봤다.

피는 점점 씻겨서 5분도 안 되는 사이에 고양이는 원래의 하얀색으로 돌아왔다.

저게 만약 고양이가 아니라 사람이었다면 어땠을까? 그런 생각은

할 수조차 없다는 사람도 있을 것이다. 그렇다고 딱 잘라 말할 수 있는 사람, 그렇다고 믿을 수 있는 사람은 행복한 거다. 그런 사람은 그 나름대로 괜찮다. 나는 거기에 이의를 제기할 생각은 없다.

그래도 만약 저게 고양이가 아니라 사람이었다고 한다면, 그 사람은 "원래의 하얀색으로 돌아오는" 일은 없을 것이다. 인간만이 되돌아올 수 없다. 인간만이 돌이킬 수 없는 행위를 할 수 있는 것이다. 동물에게도 어쩌면 "아뿔싸" 하는 감정 내지는 두려움이 있을지도 모른다. 하지만 돌이킬 수 없다고 하는 평가적인 판단은 없을 것이다. 우리의 온갖 행위가 되돌릴 수 없는 것이기 때문에 우리 인간은 역사를 가질 수 있는 것이다.

하지만 이런 생각을 한다 해도 나는 도무지 위로가 되지 않는다.

왜냐하면 전쟁이라는 이상한 일로 인해 일상을 벗어났다가, 다시 무사히 시민생활이라는 일상으로 되돌아온다는 그런 표현이나 상태가 존재하는 한, 그리고 되돌릴 수 없는 역사를 통해 전쟁이라는 돌이킬 수 없는 일이 반복되고 있는 한, 마음이 풀릴 만한 이유를 찾을 수 없기 때문이다.

이는 나를 절망적인 숙명론, 결정론으로 이끌 것 같다. 그건 나를 절망의 구렁텅이로 끌어당기기에 충분한 에너지를 갖고 있다. 구렁텅이에 빨려 들어가지 않기 위해서는 소위 인간적인 것을 잃어버리게끔 강요하는 전쟁 상태 한가운데에 내 정신이 서 있을 필요가 있다. 숙명론의 구렁텅이로 도망쳐간다면 주위의 어떤 일이라도, 전쟁이라도 눈 감아버릴 수가 있다……. 저항의 최대 지점, 즉 내 마음이 조금도 놓이지 않고, 머물러 있지도 못하겠다고 느끼는 그 지점에 머물러 있을 필요가 있는 것이다. 그리고 어떤 일이라도, 적에 대해서건 아군에 대해서건, 공평하게는 아니더라도 정확히는 전달해나가야 한다. 그건 삶을 깊게 하고 뿌리를 튼튼히 하는 데 도움이 될 것이다.

그 지점이란 무섭게도 황량하고 인기척이 없는 지점이다. 이미 난징은 인간으로 차고 넘치지만 인기척은 없는 전장이다. 이미 사람들은 사람 냄새가 물씬 나고 생명력이 충만한 사람을 경이로운 눈으로 쳐다보게 되었다. 어제 거리에서 본 일이다. 노인 세 명이 길을 가다 멈춰 서더니, 분뇨를 통에 싣고 유유히 길을 가는 농부의 소달구지를 마치 뭔가 신기한 것을 보는 눈빛으로 쳐다보고 있었다. 저게 만약 부상병을 태우고 있었다면 그 노인들은 결코 길을 가다가 멈춰서거나 하지 않았을 것이다. 소달구지가 지나가고 노인들도 각자 갈 길로 흩어지고 난 뒤에는 침묵의 소굴이라고 표현해도 될 만한 공간이 생겼다. 시내에는 이런 인기척이 없는 침묵의 소굴이 급속히 늘어나고 있다. 그 자리에는 이미 공포가 아닌 공황의 영역에 속하는 병원균이 배양되어서, 이 공황균에 감염된 사람들은 죄다 관자놀이와 뺨에 경련이 일게 되어 웃을 때 보조개가 생기던 여자도 분명 그게 없어질 것이다. 그리고 남들과 다른 생각을 하지 않도록 열심히 노력하기 시작한다. 특수한 존재, 즉 개인이라는 것을 피하려 하고 공황에 빠진 대중 속에 자신을 소거하려는 것이다. 무리지어 서식하려는 본능이 지배적이게 되고, 컨포미즘Conformism, 즉 순응주의가 사람들 사상의 대표가 되기 시작한다.

나는 이미 어떤 확신을 갖고 있다(하지만 기대는 결코 아니다). 사람으로 가득 찼지만 인기척은 없는 이 침묵의 성에 일본군이 들어와서 어떤 일을 일으킬 것인지에 대해서다…….

……언제까지 이런 일기를 쓸 수 있을지 모르겠다. 내일부터는 더

이상 쓸 수 없을지도 모른다. 하지만 가능한 동안에는 이 무전기가 놓여 있는 지하실 책상에 앉아 계속 쓸 생각이다. 무전기를 옮겨야 되면 이 공책도 같이 옮길 것이다.

이 일기를 쓰면서 내가 다짐하고 있는 것은 오직 한 가지다. 그것은 전쟁의 화술, 문학소설의 화술로 말하지 않겠다는 것이다.

12월 10일

일본군은 이미 난징 성을 완전히 포위했다.

탕산湯山, 위화타이雨花台에서 격전 중.

뉴얼산牛耳山에서도 마찬가지.

장쥔산將軍山 일대의 콘크리트 토치카 진지도 일본군 비행기의 폭격에 대부분 궤멸 상태로 보임.

주판산朱盤山 일대는 사람의 피 때문에 초목의 색이 검붉게 변했다고 한다. 시체가 언덕을 이뤘다고도 한다.

일본군은 포로를 모조리 죽인다. 칼로 난자하기 때문에 거리에 넘치는 동사한 사체들은 항상 온몸에 상처가 나 있다고 한다. 아마도 여러 차례 베인 모양인데, 한 명이 그러지는 않았을 것이다. (…)

또 소문에 의하면, 일본군이 치린문麒麟門에까지 쇄도했고, 중화문中華門 역시 위험하단다.

포성과 총성이 성 안팎을 압도해서 그 어디에도 사람이 내는 소리는 들리지 않는다.

우리, 즉 배가 부른 모처우와 양양, 잉우, 하인 훙위, 나까지 다섯 명은 한 방에 모여서 꼭 필요한 이야기만 나눈다. 그동안은, 아니 그동안뿐만 아니라 지금까지 24시간 내내 유리창이 드르륵 드르륵 흔들리고 있다. 우리 마음 역시 마찬가지다.

오후 3시경, 잠시 포성이 멈췄다. 진공상태처럼 숨이 막힐 것 같아 10분 정도 정원으로 나가봤다. 양양과 잉우가 따라 나왔다.

문득 나는 마른 단풍잎 한 장을 주워들었다.

그러자 잉우와 양양도 똑같이 주워든다. 속으로 '별걸 다 따라하네' 그러고 있는데 잉우가 당돌하게 말한다.

"아빠, 이거 예쁘네."

그 말에 나는 깜짝 놀랐다. 소름이 쫙 돋았다. 다섯 살 먹은 어린 것이……

나는 잉우와 같은 생각을 하고 있었던 것이다. 눈물이 글썽한 커다란 눈을 보니, 양양 역시 똑같이 놀란 것 같다.

우리의 생활과 생명도 이미 우리 자신의 손으로는 어쩌지 못하는 지경에 이르렀다. 우리가 지금 보내고 있는 이 시간은 죽음을 선고받은 사람이 보내는 시간과 비슷해져간다.

지금 우리는 죽음을 통해서 삶을 보고 있다. 또는 삶을 전하고 있는지도 모른다.

우리는 온갖 사물과 풍경을 죽음이라는 투명한 유리를 통해서 보고 있다.

……아빠, 이거 예쁘네……

잎맥 구석구석까지 그것은 완전했다. 완전했다. 완전한 아름다움이었다.

우리의 삶 또한 잎맥 구석구석까지 투시되는 것 같은 기분이 든다.

분명 평범한 단풍잎, 그리고 그 잎을 제 몸 위에 얹고 미동도 하지 않는 대지가 이처럼 믿을 수 없을 만큼 아름답고 풍요롭게 보인 적은 여태 없었다.

다시 나는 고개를 돌려서 쯔진산을 바라봤다. 이 험준한 바위산은 사람의 시야에 들어오는 땅 가장 끝에 우뚝 솟은 극락인지 지옥인지, 그 어느 쪽에도 통할 법한 극단의 아름다움을 띠며 솟아 있었다.

두번 다시 되돌아오지 않을 먼 길을 나서는 사람처럼 나는 몇 번이고 고개를 들어서 산을 바라봤다. 그리고 내가 시인이었다면 '영결永訣의 가을'이라는 제목을 붙였을지도 모른다.

나뭇잎이건 유리 파편이건 빛나는 것은 모두 거기에 시간과 사람의 손도 총도 칼도 닿지 못하는 영원함이 광채라는 형태로 존재함을 명확하게 보여주고 있다. 낙엽 한 장, 유리 조각, 쯔진산, 이것들은 모두 동격이고 동질이다.

또다시 총포 소리가 동쪽, 남쪽, 북쪽 세 방향에서 들려왔다. 잉우와 양양을 집 안으로 들여보냈다. 나는 정원 입구에 쭈그려 앉아 생각한다.

나는 지금 내 눈앞에 있는, 영원함이 한순간의 광채로 응결된 이 순간 이 정확한 풍경을 결코 잊지 못할 것이다.

아빠, 이거 예쁘네…….

하지만 이 말이 지금과 같은 위기의 날들이 아니라 평화(?)로운 시기라 하더라도 역시 그렇게 받아들여질 수 있을지…… 공황에 놀란 눈에 비친 일종의 환상으로밖에 받아들여지지 않는다고 한다면, 그것은 인간에 관한 한, 이상사異常事와 일상사日常事 사이에 차이가 없다고 하는, 나의 각오 내지 전제를 뒤엎은 것이다.

하지만……

하지만, 하지만 말이다.

그것이 아름다움이라고 인정하는 데 나는 결코 인색하지 않다. 하지만 이 아름다움은 인간이 누군가에게 삼켜져야만 나타날 수 있고, 그 광채는 빛이 항상 지니는 따스함이 아니라 오히려 얼음과 같은 차가움이나 육체적으로 욱신거리는 통증과 비슷한 것을 느끼게 한다.

겨우 다섯 살 된 잉우가 누구보다 먼저 이 아름다움을 인지했다는 것은 나에게는 요절한 친구 P를 떠올리게 했다. P는 프랑스 유학 중에 교통사고로 숨을 거두었다. P는 중국문학 중에서도, 그리고 서구 문물 중에서도 무슨 이유에서인지 요절한 문인들의 작품만을 좋아했다. 중국에서는 리창지李長吉를 가장 좋아했고, 프랑스에서는 랭보, 로트레아몽 등의 데카당스를 좋아했다. 어린아이의 눈에는 온 우주의 역사가 들어 있다는 것이 P가 자주 입에 올리곤 했던 말이다. 나는 약간 감상적인 그 말을 인정한다. '네 맘대로 해라'며 웃어넘겼지만 그럴 것이라고 인정하는 것 말고는 다른 방도가 없었기 때문이다. P가 지금 여기에 있다면 한 조각 유리 파편의 빛에서 온 우주의 흥망성쇠를 알아차릴지도 모른다. 죽음을 앞에 두었거나 혹은 죽음을 통해서 본 정확한 풍경에서 P라면 아마도 "진리"라고 할 수 있을 무언가를 봤을지도 모른다.

이러한 아름다움과 진리는 앞서 말한 바와 같이 생활이 불가능한 상황에서 인간이 누군가에게 삼켜져야 성립하고, 그 아름다움과 진리 역시 거기에 빠져 들어오는 인간을 삼킬 것이다.

이런 상황에 빠져야 비로소 아름다움을, 비정한 아름다움을 인식한다는 뜻이다. 옛사람은 아름다움이 곤란하다고 했지만, 아름다움이 만약 그러한 위기 상황에서만 확인될 수 있다고 한다면 나는 아름다움을 오히려 증오하고 싶다. 그러나 아름다움의 실태는 그리 간단하지 않다. 요컨대 아름다운 게 아닐지도 모른다. (…) 보불전쟁에서

프러시아군이 파리시를 포위했을 때, 파리의 문인들이 유미주의에 빠져들었다는 이야기를 P가 해준 적이 있었다. 그건 나에게도 독일 시인 플라텐의 시구를 떠올리게 한다.

아름다운 걸 본 사람은
이미 죽음의 손에 넘어가버렸네.
세상 부지런함에 부응해야지

'부응해야지'가 아니라 지금 우리는 세상의 부지런함을 뺏긴 상태다. 전쟁의 기운 안에서는 실로 다양한 것이 자기 가림막이 벗겨져 실체를 있는 그대로 노출하고 있는 것 같다. 이런 유미적인 것까지 있을 줄은 예상도 못했었다.

내가 이를 인정하면서도 한편으로는 이러한 미의식에 격렬히 반발하는 것은, 근본적으로 아름다움에는 인간이나 삶과 단절되어 있는 무언가가 있어서 항상 절망적인 존재가 투영되어 있기 때문일까? 자연과 자연미는 어떠한 의지가 반영된 아름다움이 아니다. 자연은 비의지적인 것이고, 바꿔 말하면 절망적인 것이다.

죽음은 이 자연의 율법에 따르는 것을 의미한다. 이 절망적인 율법에 따를 때 아름다움이 보이게 되는 것이라면…….

그러나 나는 이 일기를 아름다움에 따르는 것으로서가 아니라 내자유로운(?) 의지의 시로서 남기고 싶다.

지금 나는 '자유로운'이라는 말에 불쾌감을 참으며 물음표를 붙였다. 붙이지 않을 수 없었다. 이 일기의 마지막에 과연 나는 자유라는 말을 자유롭게 쓸 수 있을 것인가?

날이 저물어 자리를 털고 일어나는데, 점점 가까워져왔던 캐터필러 소리가 우리 집 문 앞에서 뚝 끊겼다. 나가 보니 전차가 한 대 세워져 있다. 고장이 났다고 한다. 타고 있던 병사들은 전차를 내버려둔 채 어디론가 가버렸다. 미안하지만 불길한 기분이 든다.

불발탄이나 시한폭탄이 우리 집 문 앞에서 굴러가고 있는 것 같은 기분이다. 처음 일본군의 폭격이 있었을 때, 행정원의 고관 S씨의 정원에 불발탄이 한 발 떨어져서 가족 전부를 대피시키고 그 구획 전체가 폐쇄되었던 일이 떠올랐다. 그때 그것이 시한폭탄이 아니라 단지 불발탄이라는 것을 알았을 때, S씨 가족만 제외하고 그 근처의 사람들은 모두 복귀했다. S씨 가족은 그대로 한커우로 도망쳐버렸다.

그 S씨 저택에 있는 커다란 연못에는 물새 여러 마리가 그 누구에게도 방해받지 않고 느긋하게 놀고 있었다. 벤치에는 누런 낙엽들이 쌓여 있었고, 세상 어디에도 없을 고요한 가을의 평안함이 거기에 있었다. 그것은 붓으로는 표현하기 힘들 정도로 평화롭고 감미로운 광경이었다. 그때 내게는 그 물새와 벤치 위의 낙엽들이 얼마나 사랑스러웠던가! 얼마나 애석했던가! 우리는 죽음의 관념이 짙어짐에 따라 그와 정비례하여 자연에 그리고 계절에 그 어느 때보다 더 가까워지고 있다. 그리고 기이하게도 삶의 노고에서도 점차 해방되어가고 있다. 죽음을 코앞에 둔 사람의 눈에는 삶을 위해 악착같이 동분서주하는 인간의 모습이 어쩌면 저 멀리서 펼쳐지는 약간의 웃음과 슬픔이 배어 있는 한 편의 연극으로 보일지도 모른다.

아니, 슬픔도 뛰어넘은 비정하고 정적인 한 폭의 그림으로 보일지도 모른다. 투명한 유리 너머로 보는 것 같은…… 우리는 삶의 노고로부터 신기하고도 투명한 휴가를 받는 것 같다. 그 말인즉, 양양까지 4명이서 식사를 하고 있어도 그게 아무렇지 않게 소꿉장난을 하고 있는 기묘한 기분이 어느샌가 숨어 들어왔다는 걸 알고 있기 때문이다. 그 무엇도 내일은 어찌될지 모르고, 점점 그 자리에 갇혀 있는 것으로 변해가고 있는 것이다. 그 어떤 일상적인 것도 사라져가고 있는 것이다. 그 어떤 시계도 제멋대로 가고 있는 것처럼 보인다.

삶은 포탄 소리가 가까워짐에 따라 그 성질이 일변했다. 우리는 식사를 하면서 때때로 어린애 장난치듯이 키득키득 웃기도 한다. 이 웃음은 내게 결혼 전에 모처우와 밀회를 나누었던 시절마저 떠올리게 한다. 집 안에는 애정에 가득 찬 그림자가 자욱하다. 성벽 바로 옆에서 밤낮을 가리지 않고 여태껏 한 번도 겪어본 적 없는 사투가 계속되는데도, 우리는 뭔가 외도를 하고 있는 듯한 기분을 맛보고 있는 것이다……. 포탄 소리와 땅울림은 공포와 더불어서 소년과 같은 숫된 감정을 되살려주었다. 이상한 일이지만 이건 정말이다. 식사가 끝나면 다 같이 하인이 뒷정리하는 걸 도와준다. 서로 위로해가며 우리는 행복마저 느낀다. 삶은 순간순간의 놀이와 비슷하게 점점 환상이 되어가고 있는 것이다.

그런데 이 멸망이라는 아름답고 절망적인 빛에 비친 행복한 상태는 한편으로는 우리가 병적인 상태에 빠져 있음을 증명하는 것이다. 극도의 마비 상태가 찾아온 것이다. 이미 죽은 사람을 봐도, 부상자를 봐도, 진정한 마음이 움직이지 않게 되었다. 죽은 자와 산 자 사이의 거리와 그 구별이 점점 불확실해져가고 있는 것이다. 모든 풍경과 인간사가 무서울 정도로 가까이 다가와 그 세세한 부분까지도 매우 구체적으로 잘 보인다.

포탄 소리 중간중간에 비행기 폭음이 들린다. 그리고 폭발음도. 유리창이 폭풍에 휜 것 같다. 모두의 얼굴이 시체보다도 추하게 일그러진다. 눈가와 관자놀이, 뺨에 찌릿찌릿 경련이 인다. 아무리 흉내를 잘 내는 사람도 이건 따라하지 못할 것이다. 한 차례 폭발음이 들리고 나니 그 전에 무슨 이야기를 하고 있었는지 다들 까맣게 잊어버린다. 말하고자 했던 것도 말하려다 만 것도 절대로 생각나지 않는다. 아무것도 없는 공백이 각자의 마음을 쩍 가르고 들어왔다. 이게 거듭되면 우리의 마음과 인격은 어쩌면 새하얗게 표백되어 갈기갈기 찢길지도 모른다. 불연속성을 주요한 요소로 하는 인격.

중화문과 광화문光華門이 돌파되었다고도 하고, 돌파될 거 같다고도 한다. 중화문 및 광화문을 밑변으로 하고 우리 집을 꼭짓점으로 한 삼각형을 그리면 양변 모두 5킬로미터가 되지 않을 것이다. 중화문에는 "스푸궈처우誓復國仇(나라의 원수를 물리칠 것을 맹세한다는 뜻― 옮긴이)"라는 글귀가 커다랗게 적혀 있을 텐데, 그 글귀를 떠올려봐도 마음이 조금도 움직이지 않는다.

이제는 더 이상 외부 세계에 전혀 의지할 수 없다. 자기 내부에서부터 힘을 끌어내는 것 외에는 어떠한 수단도 없다. 하지만 아, 내부란, 내부란 대체 뭐란 말인가!

모처우가 아니라 바로 내가 아이를 낳고 싶을 정도다!

쉽게 흥분하고 자잘한 일에 눈물을 글썽인다.

오늘 일기 초반에 적었던 전황은 위생부에 근무하는 백부가 찾아와서 알려준 정보에 의한 것이다.

백부는 잠시도 집에 가만히 있지 못한다. 뭔가에 홀린 사람처럼 지인, 친척 집을 돌아다니면서 불길한 소문을 마구 뿌리고 다닌다. 입가에 하얗고 끈적한 거품을 물고서…….

　다만 백부에 관해서 오늘 나는 평소와는 다른 것을 적지 않으면 안 된다. 오늘 오전 10시쯤에 우리 집에 왔는데 그 전에 나는 백부가 인적이 없는 마췬소학교 교정에 서서 국기 게양탑을 멍하니 올려다보고 있는 것을 창문을 통해 봤다. 나는 그 국기 게양탑에 관한 한 예민해질 수밖에 없다. 백부는 국기 게양탑과 우리 집 지하실에 있는 것과의 관계를 혹시 우연한 기회에 알아차린 것이 아닐까? 만약 그렇다면 나는 백부를 살려둘 수 없다. 우리 집에 지하실이 있다는 것을 알고 있는 사람은 아내와 하인 홍위뿐이다.

　이 불행한 사태가 언젠가 우리의 승리로 끝나고 내가 끝까지 살아남아 이 일기를 다시 읽어 보게 된다면 살려둘 수 없다고 단언한 것에 놀랄지도 모른다. 하지만 나의 온갖 고민이나 망설임과는 별개로 이건 결의나 결심 같은 게 아니라 확실한 기정사실로서 존재한다. 신기할 정도로. 그건, 할 수, 없다.

　백부는 아마도 일본군 점령 뒤에는 일본군의 앞잡이로 활동할 것이다. 이것도 내게는 기정사실처럼 보인다.

　(백부에 관한 이 이야기는 적지 않으려 했었다. 다만, 이 일기가 다른 누군가의 손에 들어가서 기밀이 새어나갈 수가 있으니 적으면 안 되겠다고 생각했던 것은 아니다. 또한, 다른 사람들을 마구잡이로 의심하는 것은 좋지 않다는 도덕적인 판단에 근거한 것도 아니다. 내가 말하고자 하는 것은 요컨대, 이 이야기가 12월 10일이라는 날에 일어난 하나의 삽화 같은 것에 지나지 않기 때문이라는 것이다. 만약

내가 이 일기를 소설처럼 쓰려 하고 있다면 나는 이 삽화를 크게 이용할 것이다. 거기서 시작해 허구성도 갖춰놓고 나 자신을 그려보려고 했을지도 모른다. 차츰차츰 다양한 삽화를 무대로 가져와서 그 적힌 것 모두에 내재할 것 같은 시간의 요소로 이어 붙여서, 내가 이러이러한 환경에서 저러저러한 것들을 보고, 또 이러이러한 것을 하며 살았다거나 혹은 죽었다고 하는 하나의 이미지를 만들어내는 것이 가능할 터이다. 하지만 나는 그런 것을 하지 않겠다. 전쟁이 바람에 흩날리는 낙엽처럼 자유자재하고, 아무런 영속성도 없는 일화 혹은 삽화라고 하는 낙엽을—그것이 아무리 생생하더라도— 실로 아무리 꿰매어봐도 형태를 갖추지 못한 천 쪼가리를 엮을 뿐이지 않은가.)

오늘 밤, 전등을 켜지 않았다. 촛불과 석유램프를 사용했다.

12월 11일

오늘 새벽 1시 반쯤, 철문을 마구 두드리는 소리가 나서 서둘러 회중전등을 손에 들고 뛰쳐나갔다.

드디어 시작됐구나. 저 소리가 개시의 신호다.

계단을 뛰어 내려가면서 나는 그렇게 생각했다.

나가 보니 거리에는 30명 정도 되는 성곽 수비병이 있었다. 누구는 멍하니 서 있고, 누구는 길가에 쭈그려 앉아 있고, 누구는 문 앞에 버려진 전차에 걸터앉아 있고, 누구는 누워 있고, 누구는 거의 다 죽어가고 있었다. 부상자의 애통한 목소리를 들으니 소름이 끼쳤다.

30명의 병사는 지금의 불행은 자기들에게는 극복하기 힘든 운명 탓이라는 표정을 짓고 있었다. 내가 지휘관은 어디에 있냐고 물어도 지휘관이 도망친 것에 화를 내는 말도 없었다. 패전이다.

듣자니 이 30명은 쉬안우호수 전면에 포진하라는 명령을 받았는데, 이삼 일 전부터 지휘관의 모습이 보이지 않았다고 한다. 어쩔 수 없이 다른 부대 예하로 들어가 전투를 치러오다가, 오늘 저녁 양쯔강 북쪽으로 퇴각하라는 명령이 내려져서 시내를 가로질러 퇴각하던 중이었다. 그리고 행방불명된 지휘관이란, 바로 8일 아침에 자동차와 화물차에 가재도구와 집안 식솔들을 태우고 도망쳐버린, 맞은편 집 젊은 남편을 말하는 것이다. 그는 정원의 작은 연못을 파헤치고 거기에 가재도구 중 들고 갈 수 없는 것들을 독에 담아서 묻고는 도망쳤던 것이다. 그 젊은 장교는 정말로 차분하고 느긋하게 도주했다.

병사들도 어제쯤부터 그가 도망친 걸 감지했다. 그리고 지금, 이미 없을 거라고 예상하면서도 그의 사저까지 일단 와본 것이다. 거의 다 죽어가는 병사까지 업혀서 왔다. 사실 여기서 숨을 거둔 병사도 두 명이나 있었다. 나 역시 화를 낼 기분조차 들지 않는다. 뭐라 할 말도 생각나지 않는다.

병사 한 명이 맞은편 집의 콘크리트 담장에 매달려 몇 번이고 실패한 끝에 결국 넘어가서 정원 안으로 들어갔다. 조금 뒤에 정원이 환해졌다. 불을 피운 것이다. 그러자 병사 두세 명이 서둘러 담을 뛰어넘어 그 불을 껐다. 불을 피우면 반드시 거기에 일본군의 포탄이 떨어진다고, 불 피운 사람을 설득하는 소리가 들렸다.

"쓸데없이 희생자를 내면 안 되잖아!"

이 한마디가 불이 꺼져 다시 어두워진 담장 안쪽에서 들려와 내 귓가에 남았다. 필요성이 격한 감정을 규제했던 것이다. 사실은 그들의 감정도 완전히 소모되어 당장이라도 객사할 것만 같다. 최후의 감정 한 방울이라 할 수 있다. 어쩌면 그들은 불을 피움으로써 기운과 감정 자체를 회복할 수 있었는지도 모르겠다. 불을 피운 사람 역시 나와 마찬가지로 지휘관이 도망쳤음을 확인하고 뭐라 할 말이 떠오르지 않았을지도 모른다. 그래서 불을 피웠는지도 모른다.

아침에 나와 보니 거리에는 군복과 군모가 여럿 버려져 있었다.

이는 단순히 적을 앞에 두고 도망쳤다는 것뿐만 아니라 다른 의복을 필요로 한다는 걸 의미한다. 겉으로 내세우는 도덕적인 견지로는, '이 포위된 성내의 주민은 일치단결하여 고난에 대비하지 않으면 안 된다' 정도겠지만 그건 인간에게 초인超人이나 성인聖人이 되라고 요구하는 것과 다름없다. 어제 나는 우리가 마치 외도를 하고 있는 것 같은 행복감마저 느꼈다고 했는데, 그건 이런 시민 속에서 우리 좋을 대로 해도 된다는 일종의 흥분감이나 경박함에 가까운 기분이 생긴 것을 뜻하리라. 위기를 상업적으로도 이용할 수 있으니까 옷을 버린 병사는 다른 것을 사거나 빼앗을 수밖에 없다. 추위가 매섭다. 성내 방위라는 숭고한 행위와 암거래나 도둑질이 동거하고 있음을 버려진 군복이 보여주고 있다.

적군은 밤낮을 가리지 않고 난징시의 동남쪽 중산문, 광화문, 중화문에 집중포격을 하고 있다.

성벽은 두께가 5미터에서 15미터 되는 곳도 있으니 대포로 이를 뚫어서 무너뜨리는 것은 쉽지 않을 것이다. 그렇기 때문에 흙으로 땜질된 성문의 쇠문짝을 노리고 있는 것이다. 그리고 오늘 아침부터는 쯔진산에 방렬한 포대가 일제히 시내를 겨냥하여 거의 무차별 포격을 계속하고 있다.

적병은 아직 도착하지 않았고, 양쯔강 북쪽 포구로 이어지는 싱중문興中門만 열린 듯하다. 만약 이곳이 적병의 요충지가 된다면…….

집에 틀어박혀 외출을 하지 않는다.

거리에도 사람의 그림자가 없다.

오전 11시, 우연히 지나가던 부대의 병사에게 들으니 싱중문 및 샤관의 정차장으로 이어지는 이장문이 뚫렸다고 한다. 일본군 비행기의 집중 공격과 함께 무자비한 도륙이 행해져서 어떤 곳에서는 발 복사뼈가 잠길 정도로 피가 흘렀다고 한다. 또 강을 건너다 배가 공격당해 익사하는 사람도 셀 수 없을 정도라고 한다. 그래서 돌아온 것이라고 한다. 수백 명의 사람이 죽었다.

수백 명의 사람이 죽었다―하지만 얼마나 무의미한 말인가. 숫자는 관념을 지워버리는 건지도 모른다. 이 사실을 색안경을 끼고 봐서는 안 된다. 그리고 사람이 이만큼이나 죽어야만 하는 수단을 사용해야 하는 목적이 불가피하게 존재할 수도 있다고 생각해서는 안 된다. 죽은 사람은, 그리고 앞으로 계속해서 죽을 사람은, 수만 명이 아니라 한 사람 한 사람이 죽는 것이다. 한 사람 한 사람의 죽음이 수만에 이를 것이다. 수만 명과 한 명. 이 세는 방식 사이에는 전쟁과 평화만큼의 차이가, 신문 기사의 글자 수만큼의 차이가 있다…….

1938년

5월 10일 한밤중

반년이 지났다.

나는 내 집으로 돌아왔다.

하지만 지금 나는 내 집의 주인이 아니다.

나는 내 집을 점거하고 있는 일본군 장교의 시종 겸 문지기이자 요리사다.

그리고 지금은 오로지 나 혼자서 무전기 앞에 앉아 있다.

계단 아래의 청소도구실이 지하실로 이어지는 입구라는 것을 다행히—내 입장에서 말하자면 당연히—적군은 알아차리지 못했다.

한밤중, 오로지 나 혼자.

나는……, 혼자다.

아내 모처우도, 그 배에서 태어나야 했음에도 태어나지 않았던(?)—이것도 잘 모르겠다—아이도, 잉우도, 양양도, 홍위도, 아무도 없다. 아마 모두 이 일기가 끊어진 곳에 적혀 있는 수만 명 중 한 사람이 되어버렸을 것이다.

그리고 나는, 죽임을 당해 더 이상 인간이 아니게 된, 즉 자연으로 돌아간 한 사람 한 사람이 쌓인 수만 명보다 더욱 인간이 아니게 되어버린 자신을 지금 여기 지하실로 옮기고 있다…….

수만 명, 수십만 명의 불행에는 견딜 방법이 없다. 그렇기 때문에 결국은 견딜 수 있는 게 된다. 작은 불행에는 견디지를 못하고, 커다란 불행에는 견딜 방법이 없다. 인간은 행복한가?

그건 분명 작년, 1937년 12월 13일 오후였다. 성 안팎의 모든 집단적인 전투가 끝난 것은.

그로부터 약 3주간에 걸친 살인, 약탈, 강간…….

그렇다. 역시 지휘관을 잃어버렸던 그 30명의 병사가 찾아왔을 때 내가 느꼈던 일종의 예감 같던 징조가 현실이 된 것이었다.

12월 12일 이른 아침, 백부가 친절하게도 또 찾아와 이런저런 얘기를 늘어놓았다. 독일인, 덴마크인, 미국인 등이 홍만회紅卍會와 협력하여 국제안전지대위원회라는 것을 결성해 어디에도 안전지대가 없어진 성내에 안전지대를 만들려고 시도했다는 것. 자기는 위생국에서 파견 나가서 그곳 가옥위원회의 일원이 되었다는 것. 위원회는 안전지대 혹은 난민지구라고도 불리는 지역을 설정하고 거기에 난민과 무장해제한 병사들을 수용하고 있다는 것. 자기는 위원장인 독일인 요한 라베 씨를 알고 있는데, 라베 씨는 독일 지멘스 상회의 난징 대표라는 것. 또 위원 중 한 사람, 진링金陵대학의 미국인 역사학 교수 마이너 베츠 박사도 알고 있다는 것 등등.

"이 위원회에 들어오는 게 어떻겠나?"

백부는 늘 그렇듯 하얀 거품을 입가에 머금으며 권했다.

"이 위원회는 외국인이 중심이라 중립적 성격을 띠니 나중에 번거로운 일이 생길 것도 없고, 아무튼 이런 시기에는 뭔가 다른 사람들에게 자신을 증명할 직분을 갖고 있지 않으면 일본군이 이 사람 저 사람 가릴 것 없이 무슨 짓을 할지 몰라. 게다가 위원회에 속해 있으면

싼값에 식량도 구할 수 있고, 어쨌든 안전하니까……."

"생각해볼게요."

나는 젊은 아가씨인 양양을 염두에 두고 대답했다.

"나는 평소에 미국 대사관 바로 옆에 있는 진링대학 사무실에 있으니 마음이 정해지면 바로 찾아오게."

이 말을 남기고 백부는 돌아갔다. 진링대학과 사법부 및 그 외 25개 구역에 안전지대가 설치되어 20만인가 30만 정도에 이르는 난민을 수용하고 있었다.

나는 양양에게 이 이야기를 전했다. 기쁘게 받아들일 거라 생각했지만 그녀는 단칼에 거절했다.

"모처우 언니의 출산이 시작되면 한 명이라도 여자 손이 많은 편이 낫잖아요."

12일 오후 나는 지하실을 정돈했다. 무거운 축전지도 벽 쪽으로 치워놓고, 무전기가 보이지 않게 하고, 식량 및 그 외의 것들도 갖고 들어와 시가전이 장기전이 될 경우에 대비했다. 모처우가 여기서 출산할 수 있도록 준비도 했다. 그녀는 진링대학 병원에 들어가라는 내 제안을 거절했다. 병이 있지도 않은데 입원해서 부상자를 위한 자리를 차지하고 있는 것은 시민의 한 사람으로서 안 될 말이라고 했다. 나중에 알게 된 것인데, 병원의 의사 20명과 간호사 50명은 12월 1일에 난징을 떠났고, 남아 있던 사람은 미국인 의사 윌슨 씨와 다른 의사 1명 및 간호사 5명이 전부였다고 한다.

하지만 이 지하실은 필요하지 않았다.

놀랍게도 또 한편으로는 실망스럽게도 조직적인 시가전은 전혀 일어나지 않았다.

12일 한밤중, 중화문이 뚫리고 일본군이 성안으로 쇄도했다. 13일 새벽 3시에 중산문이 돌파된 뒤로는 시내에서는 어떠한 조직적인 저항도 일어나지 않았다.

성안에 있던 병사 중에 지휘관을 잃거나 혹은 미처 퇴각하지 못한 사람은 무기를 땅에 버리고 난민지구로 들어가버렸던 것이다.

12일 오후, 신기하게도 총성 하나 들리지 않았다. 그리고 사람 사는 소리가 전혀 들리지 않는, 소위 진공상태와 같은 시간이 한동안 계속되었다. 하늘은 새파랗고 슬플 정도로 맑았다. 초겨울의 공기는 겉으로 보기에는 순진무구하지만, 시체 냄새나 불타는 연기, 그리고 쓰레기의 먼지 냄새가 뒤섞인 이상한 냄새가 공기 중에 어렴풋이 떠돌고 있었다.

밖으로 나가 구멍을 파고 문 앞에 있던 시체 두 구를 묻었다. 응달진 곳에서는 서릿발이 손가락 두 마디만큼이나 자라 있었다. 추위가 여간 매서운 게 아니었다.

시신을 묻어주고 난 뒤 한동안 멍하니 하늘을 올려다보던 나는 무언가에 이끌리듯이 걷기 시작했다. 이 이상한 고요함이 나를 빨아들였다고나 할까. 멀리 바라보이는 대로에는 인적이 없다. 누구 하나 걸어가거나 서 있거나 하는 사람이 없다. 모두 어디로 가버린 걸까? 시민들은 모두 도망가버린 걸까? 난민지구로 들어가버린 걸까? 요 몇 시간 동안에 아마도 수만 명에 달하는 사람이 이 성에서 떠나버린 것이다. 거리는 피가 빠진 몸뚱이처럼 메말라 있었다.

보리밭을 가로질러 마췬소학교 뒤편을 지나 중산로가 내려다보이는 언덕 위에 올랐다. 폭 8미터의 중산로에도 인적이 없다. 인적 없는 도로에 드문드문 검은 시체가 보였다. 하지만 피해는 의외로 심각했다. 여기저기 포격으로 인해 일부 혹은 전체가 파괴된 가옥들이 보인다. 전선이 축 늘어져 있고, 무너진 벽, 하늘로 두 손을 들어올린 것처럼 보이는 나무 기둥 등은 주위의 고요함에 놀라고, 자기네가 어느샌가 유령처럼 변해 있는 데 놀랄 것이다. 모든 것이, 예를 들면 찻집이나 레스토랑은 그 전까지 자기가 찻집이었고 레스토랑이었다는 확신을 되찾으려고 혹은 그 확신을 유지하려고 고요한 시간 속에서 몸부림치고 있는 것처럼 보였다. 그 전까지의 현실은 이제 환상으로 변해 사라지려 하고 있다. 배율이 너무 높은 망원경으로 바라보고 있는 것 같았다. 어디선가 음악이 울려 퍼지고 있다. 아니다, 착각이었다.

붕괴된 작은 사당의 정원에 이상하게 생긴 검은 물체가 보였다. 커다란 개미의 머리를 잘라놓은 것처럼 동그랗고 까만 물체에는 팔인지 더듬이 같은 게 두 가닥 나 있었다.

자세히 보니 세발솥이었다.

사당 건물은 다 부서졌다. 형체가 온전한 것은 하나도 없다. 충효인애라 적힌 문기둥 하나만 서 있다. 그 외에는 불에 탄 목재와 기왓장뿐.

검은 점 하나로 응축된 검은 세발솥이 내 시선을 끌어당겼다.

정지한 시간 속에서, 소리도 없는 진공 속에서, 그 세발솥이 존재하는 그 지점에서 아지랑이 같은 것이 하늘로 올라가고 있다. 마치 세발솥이 끓는 것처럼 거기서만 무언가가 끓어오르고 있다. 바닥에 있는 6각형 주춧돌 위에 세 개의 다리로 근사하게, 그리고 자연스럽게 서 있다. 입체물이 똑바로 서 있기 위해 최소한으로 필요한 세 개의 두꺼운 다리. 세발솥은 옛사람들이 우주를 본떠 만든 것이라고 한다. 이 우주를 데우기 위해서 수탄獸炭을 썼다고 한다. 세 개의 두꺼운 다리 옆에 시체 두 구가 너부러져 있다.

시체 두 구를 숯으로 해서 우주가 데워지고 있다. 아지랑이처럼 사람의 피와 기름이 증기가 되어 하늘로 올라간다. 마치 지금 이 순간의 난징을 상징하는 듯이.

이상한 환영에 사로잡힐 것 같던 순간, 눈에서 얇은 막이 사사삭 소리를 내며 떨어진 듯한 기분이 들었다.

역사상 여러 사건이 그랬던 것처럼, 우리는 지금 이 난징이라는 세발솥이 피워올리고 있는 증기의 의미를 철저하게 아는 것이 불가능하다. 하지만 우리에게 의지가 있다면 그 의미를 알기 위한 질문자로서 대화의 한 축이 될 수는 있다. 잉우가 주워들었던 그 단풍잎과 S씨 저택의 물새와 벤치 위의 낙엽이 생각난다. 아름다움을 인지하는 것만으로는 모자란다.

쯔진산 한가운데서 연기가 피어오른다. 칭량산淸涼山 한가운데서는 확실하게 불이 보인다. 마른 잎에 불이 붙어 퍼져가고 있는 것이다. 불은 무서운 속도로 번져나가고 있다.

인적이 없는 중산로에 붉은 동그라미의 깃발을 단 전차를 선두로 적군이 점점 대오를 갖춰 들어온다. 맨살 위로 송충이가 기어오르는 기분이다. 적병은 마침내 성으로 들어왔다.

연극 무대로 치자면, 아무도 없는 거리—그건 거리가 아니다—에 등장하는 불량배 무리 같다. 적군의 지휘관은 단장인 동시에 대배우다. 이 연극에서 가장 열심히 일하는 것은 무대에 처음 선 신참 말단 배역들이다. 이국땅에 침입한 승자의 군대에는 배우의식이 반드시 있을 터이다. 이 군대에 저항하려면 영웅의식은 절대 금물이다. 그들의 무대에서 그저 단순한 반대편 역이 되어서는 안 된다.

이윽고 총성이 들린다. 포탄 소리는 더 이상 들리지 않는다.

그리고 다른 방향에서 길게 연발로 총성이 들린다.

집에 돌아가는 도중에 어디선가 생황笙簧 소리 같은 새소리가 들렸다. 시체를 쪼아 먹는 새인가?

나중에 알게 된 건데, 그때 길게 연발로 들렸던 총성은 성 밖에서 붙잡힌 동포 4만 명 중에 약 1만 명을 기관총으로 사살할 때 난 총성이었던 모양이다. 그 뒤 3만 명 역시……

그들은 포로들을 양쯔강 연안의 사관에 모아놓고 기관총으로 처리한 것이다. 천 명 정도를 한 조로 해서 쏴 죽이고, 그 시체들을 다음 조에게 양쯔강에 버리도록 노역을 시킨 다음에, 그게 끝나면 다시 쏴 죽이는 방법을 취했다는 것이다. 그 노역이 어떤 것이었는지를 지금 나는 알고 있다. 하지만 그 일은 나중에 쓰자.

그때 그 세발솥을 봤던 일은 행운이었다. 그날 밤에 시작된 살인, 약탈, 강간, 귀신이 찾아온 듯한 밤낮을 거치면서, 나는 실로 여러 번 대지에 무겁게 앉아 있던 그 쇳덩어리를 떠올리며 나와 내 자신을 격려했다. 잉우의 단풍잎과 S씨 저책의 물새와 낙엽을 바라봤을 때처럼, 그 자리에서도 일종의 극단적인 긴장 상태에서 눈앞에 있는 심미적인 상황에 잠길 수가 있었다. 절반 이상 아니, 눈 밑까지는 푹 잠겨 있었는지도 모르겠다. 고맙게도 그때의 대상은 움직이는 자연물이 아니라 어디까지나 인공적인 것이었다. 기와 조각들 한가운데에 다리 세 개로 흔들림 없이 힘차게 모든 에너지를 한곳으로 응축하여 펄펄 끓여내고 있는 것. 그것이 인공적인 이상, 그 세발솥 안에는 그것이 창조된 이래로 창조자 자신의 환희도 원한도 모조리 녹아들어 있다. 시간을 가로로도 세로로도 뱃속에 넣고, 두 팔을 올리고 있던 영악한 짐승의 유연함마저 얼핏 내비치면서…….

인공적인 것은 모두 덧없는 것이라는 생각을 묻어버려야 한다. 검은 세발솥 한 개는 쯔진산과 족히 맞먹는다.

오늘, 우리 집을 점거하고 있는 일본군 중위―기리노桐野라고 하며 혼자 있을 때는 점잖은 사람이다―의 명에 따라 술을 사러 거리로 나갔다. 나온 김에 그 언덕에 올라 세발솥이 있던 사당의 모습을 찾았는데 끝내 볼 수가 없었다. 그 무너진 사당이 있었던 자리로 가보니 거기에는 일본군용 매춘소가 새로 지어져 있었다.

앞서 나는 전쟁의 어법, 소설의 어법으로 말해서는 안 된다고 했지만 지금은 세발솥의 어법으로 말하려고 한다. 거대한 세발솥처럼 두 다리로(두 다리로는 부족하다) 무게 잡고 있는 것을 방패로 삼지 않으면, 앞으로 뒷일은 도저히 붓으로도 입으로는 전할 수가 없는 것이다. 할 수 있는 건 아무것도 없는지 모른다. 하지만 무리를 해서라도 그렇게 함으로써 내게는 위로가 될 것이다. 문득 세발솥이 무전을 친다고 생각하니 비로소 소리를 내어 웃고 싶어졌다.

아스팔트처럼 굳어진 증오를 녹이는 것은 웃음뿐이다.

13일 저녁 8시쯤, 첩자 중 한 사람인 K가 보고를 해왔다. 난징에 입성한 적군의 최고사령관은 마쓰이 이와네松井石根와 아사카노미야 야스히코朝香宮鳩彦라는 황족이며, 본부를 국민당 정부 대청사에 둔 것 같다고 한다. 사령관이 두 명이라는 게 좀 기이하긴 하지만 그대로 무전으로 보고했다. 또 적군은 벽보 등에 부대 이름을 적을 때에는 한자를 사용하지 않고 그 굴곡진 일본 특유의 표음문자만을 사용한다고 한다. 벽보에 일부 쓰인 한자를 통해 알 수 있었던 것은, 남문

밖에 주둔한 부대 이름이 시라쿠라白倉이고, 그것이 집단 사령부라는 것뿐이다. 시라쿠라 부대란 의무부대인 것 같고, 그 게시문에는 "南京城內外集團 (…) 占領地 (…) 撒毒又 (…) 投毒形跡 (난징성 안팎에 집단으로 (…) 점령지에 (…) 독을 살포하거나 (…) 독을 뿌린 흔적을)" 등의 한자가 보였다고 한다. 아마도 이는 독을 뿌린 흔적을 없애라는 의미였을 것이다.

첩자 K가 어둠 속으로 사라지고 한커우에 보고를 마친 뒤 모처우, 잉우, 양양이 숨어 있는 이층 방으로 갔을 때였다.

입구 문을 두드리는 소리가 났다. 뭔가 커다란 둔기로 두드리고 있는 것 같았다. 가운데를 열쇠로 잠가둔 문의 위아래가 두세 번 반동치는 소리도 있었다.

나는 모처우, 잉우, 양양을 한번 돌아본 뒤 서둘러 방을 나갔다. 회중전등을 켜 들고 계단을 뛰어 내려가는 동안, 문득 프랑스의 현인 몽테뉴의 의연한 두상이 떠올랐다. 물론 정말 일순간 섬광처럼 머릿속을 스쳐 지나간 것에 불과하지만, 그는 평화를 만들어내기 위해서는 자신 이외의 그 누구한테서 아무것도 기대하지 않았다. 철저한 그 현인은(가끔씩 몽테뉴가 중국인이 아니었을까 하는 생각이 든 적이 있다) 약탈이 횡행하는 시가지에 살면서 자기 집 문을 열어뒀던 것이다. "병사들로 하여금 방어는 계획을, 경계는 공격을 불러일으킨다. 나는 병사들이 자기 행위에 대한 명분과 해명을 위해 흔히 내세우는 군사적 명예의 온갖 요소를 제거하여, 그들의 약탈에서 오는 위험과 그들의 의도를 꺾는다. 정의가 사멸한 때에는 용기를 내어 행해진 것은 모두 고상한 행위로 취급된다. 나는 그들이 내 집을 정복한 것을 비겁하고 배신적인 행위로 만든다. 내 집은 그 안으로 돌진하는 누구에게도 닫혀 있지 않다……." 프랑스의 지혜란 이따금 중국의 지혜와 흡사하다. 특히 그 극단적인 면에 있어서.

내가 문에 다다르기 전에 총검이 문 옆의 유리창을 박살냈고, 일본군 한 명이 나 대신 문을 열었다.

나는 거짓으로 공경을 표하고 깊이 머리를 숙였다. 일본군 10명과 긴 칼을 손에 든 하사 정도 돼 보이는 인솔자 한 명. 인솔자가 뭐라고 소리쳤지만 늘 그렇듯 나는 알아듣지 못한다.

나는 영어로 이 집에 사는 사람은 평화로운 시민으로 조금도 해를 끼칠 뜻이 없다, 간곡히 바라는데 돌아가달라고 말했다. 일본인 중 중국어보다 영어를 이해하는 사람이 절대적으로 많다고 들었다.

갑자기 계단 위에서 피아노 소리가 들렸다. 박자가 느린 야상곡 같은 것을 연주하기 시작했다. 누구지? 양양인가?

하사는 쓱 계단 쪽을 쳐다보고는 이윽고 병사들에게 수색을 명하고 오른손으로 내 어깨를 움켜쥐었다. 그리고 이상하게도 내 이마와 손바닥에 회중전등을 비추어 면밀하게 조사했다. 그런 다음 나를 문밖으로 데리고 나가 어둠에 잠긴 문밖을 가리키며 "탱크 탱크"라고 말했다.

……탱크?

아, 그랬구나. 나는 조금은 마음이 놓였다. 문밖에 고장나서 버려져 있던 전차의 탑승원을 찾고 있는 것이었다. 그들은 중국어를 알아듣지 못하고, 나는 일본어를 알아듣지 못한다. 그러니 방법이 없다. 제대로 된 중국어로 탑승원은 며칠 전에 이미 전차를 버리고 떠났다는 것을 알려주면 그걸로 되는데, 내가 쓰는 말은 상하이 사람들의 피진pidgin 영어처럼 뒤섞여 있다. 하사는 차츰 납득을 했다. 하지만 내 어깨를 쥔 손은 놓지 않는다. 만약 집 안의 누군가가 저항했다면 그 자리에서 나를 베었을 것이다.

숙연한 문밖에서 총성과 비명 소리가 난다. 사람을 죽이는 소리가 어둠을 꿰뚫는다.

갑자기 피아노 소리가 멈추더니, 금속을 자르는 듯한 양양의 울음소리가 내 뒤통수에 울린다. 그 소리는 지금까지도 뇌리에 박혀 있다. 어두운 뇌 속에서 거기만은 핏빛으로 빛나고 있다.

5분 정도 지나 병사들은 다시 문 주변에 모여 하사에게 각각 보고를 하고 갔다. 병사들이 문밖으로 나가는 것을 확인한 뒤 하사는 비로소 내 어깨를 쥐고 있던 손을 놓고 낮은 목소리로 뭐라고 말하고서는 돌계단을 내려갔다. 실례했소. 뭐 이런 말이었을 거라 생각한다.

모처우가 있는 방으로 돌아가기 전에 나는 문을 닫았다. 열어둘 수가 없었기 때문이다. 문을 닫으니 모공에서 땀이 쫙 흘러나왔다.

항복. 만약 예전이었다면, 그리고 그 병사들이 일본군이 아니었더라면, 향을 피워서 구태여 맞서지 않겠다는 뜻을 표시했을 것이다. 항복마저 양식화되어 일반인에게는 하나의 의식과 같았던 시대가 예전에 있었다.

수색을 마친 병사들이 다시 집합했을 때 나는 손목에 극심한 통증을 느꼈다. 계단을 올라가면서 살펴보니 피가 흐르고 있었다. 그리고 손목시계가 없다. 칼로 내 시계 줄을 끊었던 것이다.

양양은 모처우의 침대 옆에 망연히 앉아 있었다. 관자놀이와 눈 주위에 한층 더 깊이 절망과 공포의 골짜기 같은 어두운 그늘이 드리워진 채 부들부들 떨고 있었다. 지금은 인간도 일상도 삶도, 즉 인간에게 약속된 일은 모두 무너져 내리고 빼앗겨버렸다. 우리는 공통된 약속이 하나도 없는 생활을 할 수밖에 없게 된 것이다. 그러면 약속을 만들어내야 한다. 절망과 공포. 하지만 그게 대체 뭐란 말인가!

아까 나는 문에서 거짓으로 공경을 표했다. 술잔을 꺼내서 골고루 술을 한 잔씩 권하는 것도 하려면 할 수 있다. 하지만 나는 그러지 않았다.

절망적인 이 상태를 극복하려 하지 않고 몸을 맡기고 거기에 정신을 가둬두면 나는 행복할 수도 있을 것이다. 노예의 행복. 얼마 지나지 않아 나는 듣기에 거슬리지 않을 격언을 중얼거리는 철학자가 될 것이다.

샤관의 방파제에서 일하는 인부들 가운데 나는 몇 번인가 옛 철학자, 공자와 맹자는 물론 플라톤과 소크라테스와 같은 얼굴마저 찾아낸 적이 있다. 상하이에 있는 러시아인 부랑자 중에는 희곡 「밑바닥에서」에 나오는 루카 같은 노인도 얼마든지 있다. 이전에 뭄바이에 머물던 시절, 얼굴만 보고 있으면 어떤 인도인도 모두 고대 인도의 대철학자처럼 보여서 힘들었던 시기가 있었다.

그게 대체 뭐란 말인가!

위험 속에서라도 면밀하게 일을 할 수 있을 것이다. 공포에 떨고 있을 여유가 없다. 문제는 늘 어떻게 하느냐다. 상황이 만들어낸 함정에 걸려들어서는 안 된다.

손목에 붕대를 감으면서 혼잣말을 했다.

"자, 일해야겠군."

"……?"

양양이 '뭐라고요?' 하는 표정으로 나를 봤다. 잉우는 다행히 모처우 옆 침대에서 계속 잠들어 있어 아무것도 모른다. 양양의 눈과 관자놀이에 눌러붙어 있던 어둠이 옅어져 당장이라도 떨어질 것 같았다. 움츠러들어 있던 젊은 생명이 극복해낸 것이다. 다시 한번 말하는데, 웃음만이 공포를 녹인다.

"양양, 금고를 좀 갖다줘. 거기 양복 장롱 안에 있는."

일본군이 양양한테 혹은 모처우한테 뭘 했는지, 뭘 하려고 했는지 나는 모른다. 물어보지 않았다.

나는 손잡이가 달린 금고를 연 뒤 어느 정도만 남겨놓고 돈을 모처우, 양양, 나 이렇게 셋의 몫으로 나누었다. 양양은 금고를 꺼낼 때 솜바지도 두 벌 꺼내서 재빨리 치파오를 벗고 바지로 갈아입었다. 다른 한 벌은 모처우에게 주면서 갈아입는 걸 도와줬다. 모든 것은 아무 말 없이 진행됐다. 두 사람 다 금팔찌를 꺼내서 상박부에 찼다. 나는 손목시계를 다시 하나 찼다.

하인 홍위는 저녁부터 모습이 보이지 않는다. 도망친 건지도 모른다. 일본군이 내 이마와 손바닥을 살펴봤던 게 떠올라 복도에 나가 얼굴과 손을 씻으려 했더니 이상하게도 물이 나오지 않았다. 수도가 끊긴 것이다. 전염병이 퍼진 모양이다. 전염병 확산을 막기 위해 군대가 사용하는 방법 중 하나로 불을 지르는 것도 있다. 방으로 돌아가 약상자를 가지고 나와서, 크레오소트와 지혈제를 두 사람에게 나눠주었다.

창문에서 보니 우리 집에 왔던 부대 일부가 맞은편 빈집에서 숙영하는 모양이다. 집 안에서 불을 피우고 있는 게 보인다. 마친소학교 주변에서는 말 울음소리가 들려온다.

잠들어 있는 잉우를 깨우고, 금목걸이에 반지류를 끼워서 목에 걸어주고 옷을 갈아입혔다. 앞으로 어떻게 될지 전혀 알 수 없다. 가능한 한 모든 지혜를 짜내서 살아가야 한다. 그리고 모든 게 소진되면 다시 인간 세상에서 살아가려는 생각을 관두자. 양양에게는 필요하면 언제든지 우리와는 따로 움직여도 괜찮다고 말해주고 다 같이 방을 나갔다. 모처우가 거동하기 힘들어 계단을 내려올 때 나와 양양이 좌우에서 부축해주었다.

계단 아래에 다다르기 전에, 아까 깨진 유리창 쪽에서 이상한 냄새가 풍겨왔다. 분뇨 냄새였다.

빛이 확 비쳤다.

(강간. 놈들의 면전에서 지하실로 들어갈 수는 없다.)

"(어~이! 도망가냐?)"

두 명 중 한 명은 일어서 있고, 한 명은 쭈그리고 앉아 있다. 둘 다 아랫도리에 아무것도 걸치지 않고 있었다. 몰래 들어와서 창문 쪽에서 느긋하게 똥을 싸고 그리고……. 총은 갖고 있지 않다. 무기는 단검뿐이다.

역시 생각했던 대로 돌아온 것이다. 이번에는 다른 목적으로.

모처우, 잉우, 양양을 계단 옆의 하인 방에다 후다닥 밀어넣고 나는 문 앞에 섰다.

바지를 치켜올린다.

다른 한 명은 아직 쭈그리고 앉아 있다.

서 있는 병사가 뭐라고 말을 한다. 빨리 하라는 거겠지. 혼자서는 한 발자국도 나가지 못하는 것 같다.

나는 손을 등 뒤로 하여 살며시 손잡이를 돌려 하인 방으로 들어간 뒤, 바로 밖으로 나와 집의 측면 벽에 쌓아놓은 넉 달 치나 되는 장작더미 사이로 들어가 세 사람과 합류했다.

달이 마치 예리한 낫처럼 보인다.

집 안에서 징이 박힌 구두로 여기저기 돌아다니는 소리가 났다. 그러더니 이내 조용하다. 뭘 훔치러 온 것일까?

하지만 그 전에 해소해야 할 다른 한 가지 욕정이 있을 터다.

이윽고 멀리서 총성이 들린다. 이어서 애통해하며 슬피 우는 소리도 들린다.

울음소리가 여기저기서 들려오더니 점점 가까워진다.

뒤쪽 나무 문을 열고 나가본다. 도랑을 따라가 주변을 살펴보니 맞은편 빈집에서 술자리가 시작된 듯했다. 오른쪽으로 100미터쯤 떨어진 곳에 있는 사거리에서 남자 두세 명이 줄줄이 묶여서 끌려가는 게 보인다. 남자들 주위로 울부짖는 여자들도 두셋 보인다. 애통해 우는 소리가 갑자기 높아졌다가 급격히 조용해진다. 울며 매달리는 여자들을 시끄럽다고 베어 죽인 것일까? 남자들은 마친소학교에 모아놓은 듯하다.

문 쪽에서 누군가 큰 소리로 말했다. 안에 들어간 두 사람을 부르고 있는 것 같았다. 이윽고 그들은 돌아갔다.

장작과 벽 사이에 숨어서 기다린들 뾰족한 수가 없어 다시 집으로 들어가 쉬었다. 문득 보니 네 명 다 바닥에 앉아 있었다. 왜 의자에 앉거나 침대에 눕거나 하지 않는 걸까? 대체 어느 틈에 우리 마음은 이 친근한 가구들 사이에서 표류하여 〔군인들처럼〕 아무데나 머물러 사는 방랑생활을 시작한 것인가? 우리도 이제 곧 카펫 위에 똥을 누고도 아무렇지 않게 되는 건가? 일본군의 별 모양 휘장이 '짐승의 휘장'으로 보였는데, 우리 역시 '똑같은 존재'가 되는 것인가? 우리 넷은 귀가 먹고 넋이 나간 듯이 무릎을 끌어안고 바닥에 앉아 있다. 온갖 공상이 공포의 모습을 취한다. 공포는 바다의 파도처럼 끊임없이 바뀌고 우리의 마음 자체를 그 바다로 유혹한다. 우선 넋이 나가게끔 하는 이 긴장 상태를 풀지 않으면 안 된다. 우리는 그들처럼 쏘거나 베거나 하기 위해서 살아 있는 것이 아니다.

"자, 잘까……? 옷은 그냥 입은 채로."

아무도 잠들지 못할지도 모른다. 하지만 그래도 상관없다.

어떻게 하면 처자식과 양양을 진링대학 안의 안전지대로 보낼 수 있을까 끊임없이 생각했다.

모처우가 나지막한 소리로 묻는다.

"맞은편 빈집이 일본군 숙영지가 됐으니 언젠가 이 집도 접수하지 않을까요?"

그 말 속에는 "만약 그렇다고 한다면, 그때는 일본군 병사와 교섭하는 중에 무슨 일이 일어날지 모르고, 느긋한 성격의 우리 네 명이 사나운 병사와 마주치게 되면 그걸로 끝이에요. 진링대학의 안전지대에 가면, 아무리 일본군이라도 국제위원회의 결정은 따라야 할 테니까 말이에요" 하는 뜻이 포함되어 있다. 그건 내가 생각하고 있는 바이기도 하다. 요컨대 사람이 많이 있는 곳에 섞여 들어가면 위험한 일을 피하기도 쉽고, 만일의 경우가 있다고 해도 백지장도 맞들면 낫다는 생각이다. 목숨을 구할 좋은 방책이 시급한 이때, 상상력의 대부분이 공포에 잠식되어 있어서 공상이나 추리가 아니라 실행하는 것만이 삶을 구하는 것이라는 단순한 사실도 여간해선 깨닫기가 힘들다.

"응…… 응."

맞은편 집에서 장작불을 피워놓고 병사들이 떠들고 있다. 새벽 3시가 지나자 그것도 조용해졌다.

다시 모처우가 "저기……"라고 말을 꺼내려는 순간, 엄청난 폭발음과 함께 유리창이 깨지는 소리와 폭발에 따른 후폭풍……

맞은편 집이 공격을 받은 건가? 나는 만취한 일본군의 수류탄이 터진 거라 생각했다. 더구나 그들은 집 안에서 불을 피우고 있었다.

마구잡이로 포를 쏘아댔다.

피~~~~~잉

두 발, 세 발, 네 발. 천장에서 벽토가 떨어졌다. 계단 아래로 뛰어내려가 다시금 하인 방으로 숨었다. 이때 지하실로 내려갔더라면 좋았을지 모르지만, 그때는 거의 무의식적으로 움직였다. 하지만 지하실에 숨는 게 좋았을지, 아니면 그냥 이층에 가만히 있는 게 좋았을지는 모르겠다.

모르겠다.

모르겠다.

몽테뉴가 말한 "나는 무엇을 알고 있는가?"라는 말. 그것은 나는 인간을 초월한 그 누군가, 초월적 존재에 대해 무엇을 알고 있느냐는 뜻이 아닐까?

모르겠다…….

모르겠다…….

여기에 숙명론으로 기울게 되는 지름길이 있는 모양이다. 그리고 기괴하게도 이를 숙명이라고 보는 편이 세상을 떠난 그리운 혈육을 위로하는 것이라는 식으로 생각되는 것이다.

유리창이 깨지는 소리. 그리고 구둣발 소리.

우리는 잉우를 한가운데 놓고 세 명이 서로 어깨를 감싸 안고 꽃봉

오리처럼 바닥이 둥글게 웅크리고 있었다.

이윽고 문고리가 돌아가는 소리가 나며 문이 열린다.

"(일어나!)"

"(이 새끼들!)"

괄호 안의 말은 당시에는 알아듣지 못했던 말이다. 하지만 지난 한 달간의 고난과 일본군에 부역하던 넉 달 동안 나는 몇몇 일본어를 알아들을 수 있게 되었다. 그들이 가장 빈번히 쓰는 말은 "바보"와 "이 새끼" 두 가지였다.

우리가 비무장 시민이라는 것을 알아챈 병사는 재빨리 구타와 발길질을 시작했다. 나는 모처우, 양양, 잉우를 벽 구석으로 밀어넣고 그 앞을 가로막고 섰다. 네 명 다 머리는 헝클어지고 옷이 찢어져 살이 드러났다. 안 죽은 게 다행이다. 수류탄을 던진(?) 게 우리가 아니라는 것은 이미 짐작이 갔을 것이다.

이윽고 회중전등과 긴 철사를 든 병사가 나타나 우리 넷을 모두 손을 뒤로 해 줄줄이 묶었다. 철사가 살을 파고든다. 집을 나왔을 때 비로소 잉우가 "흑" 하고 한 번 울음소리를 냈다. 그런데 어쩌된 일인지 잉우는 더 이상 울지 않고, 모처우가 잉우의 울음소리를 이어받아 애원하기 시작했다. 그런데 애원에 대한 대답은 문 쪽에 두었던 내 지팡이가 해주었다. 일본군은 어째서 저렇게 머리, 특히 얼굴을 때리는 걸 좋아하는 걸까? 그건 저희끼리도 마찬가지다. 이들 밑에서 넉 달간 생활한 내 경험에 비춰보면, 일본군이 난폭한 이유는 그들이 병사로서의 명예심이나 타고난 용기를 정당히 평가받지 못하고, 하루 종일 조직적으로 모욕을 받고 있는 데서 기인하는 것 같다. 하지만 이는 단지 일본군만의 일이 아니다. 장교가 교묘하고 치밀하게 병졸들을 모욕하는 기술은 군사 기술 중에서도 가장 기본적인 것이다.

침이 나오지 않아 혀가 굳어진 것 같았다. 맞은편 집의 작은 연못이 있었던 자리에 꿇어앉혀졌다.

담벼락을 받치고 있던 봉과 대추나무에 철사 양 끝을 묶어놓고, 병사들이 돌아가면서 희롱하고, 손으로 때리고, 발로 찼다. 그래도 이를 막아줄 수가 없다. 그저 힘을 내라는 말밖엔. 그때는 우리 넷 모두 여기서 난자당해 죽겠구나 하며 각오를 했다.

아침이 밝아오고 마천소학교로 끌려가면서 내가 알게 된 것은 다음과 같다.

무자비해지고 비정해지기 위해서는 의지 따위 필요치 않다는 것이다. 냉혹함이나 비정함은 뜨거운 애정이나 애착과 동전의 양면 같은 관계인지도 모르겠다. 하지만 나는 지금 말장난을 하자는 게 아니다. 요컨대, 많은 사람 사이에 끼어서 앞사람을 밀고 뒷사람에게 밀리는 것만으로 충분히 냉혹해지고 비정해질 수 있다는 것이다. 부모 자식 간 혈육의 정이라는 것도 최후의 보루가 아니다. 사안은 기가 막힐 정도로 간단하다. 사람을 냉혹하게 하는 최대 요인은 초조함이라는 맷돌이었다…….

마천소학교에 이르니, 일본군은 마침 그 국기 게양탑에 일장기를 올리고 있던 참이었다. 약간 아이러니한 기분도 들었다. 하지만 교내에 250명쯤 되는 남녀 어린아이 속에 섞이니 아이러니함을 느끼고 자시고 할 상황이 아니다. 학교 뒤뜰에는 시체가 쌓여 있고, 쓰레기를 태울 때 나는 악취가 지독하게 코를 찔렀다. 쌓인 시체 바로 앞쪽에 거의 나체 상태의 시체가 있었다. 그 시체는 몸뚱이에는 전혀 상처가 없고, 손발도 온전하고, 어깨만 움츠러들어 있었다. 그런데 그 시체에는 목이 없었다.

피투성이가 된 검은 받침대 같은 게 두 어깨를 받치고 있을 뿐. 토르소 조각상은 두번 다시 보고 싶지 않다.

쌓인 시체 쪽을 가리키며, "대체 어떻게 된 거요?"라고 묻자, 쉰 살 정도 된 상인처럼 보이는 사람이 말했다.

"오늘 새벽 4시쯤부터 순서대로 당했어. 중국군이기 때문에 죽인다는 거 같았는데, 진짜로 그랬는지는 모르지. 실제로 이웃 남자애 하나가 군인도 아무것도 아닌데, 매일 밀가루 반죽하면서 방망이를 쓰니까 손가락에 굳은살이 박인 거야. 그런데 그걸 군사훈련 중에 생긴 거라며 총검으로 찔러 죽였어. 일상복으로 바꿔 입은 군인도 있을지 모르지만 무기를 버리고 군복을 벗은 사람은 군인이 아니잖아. 왜놈들의 논리는 당최 모르겠다니까."

그제야 나는 어젯밤 왜놈들이 내 이마와 손바닥을 자세히 살펴본 이유를 알았다. 이마에는 군모를 쓰면 생기는 줄이 있는지를 살펴본 것이었다. 앞으로 평생 모자는 안 쓴다.

나는 "세성洗城"이라는 오래되지도 새롭지도 않은 말을 떠올렸다. 그들은 도시 청소를 개시하고 있는 것이다. 백부의 예상 내지 기대는 적중했다.

—지금 나는 왜놈들鬼子이라는 말을 썼다. 그런데 이젠 쓰지 않으련다. 아무리 쓰고 싶어도, 설령 이 말을 쓰지 않으면 도저히 기분이 풀리지 않을 때라도 쓰지 않으련다. 이 거꾸로 된 의인법은 오랜 시간이 지나면 반드시 사람들의 판단과 눈을 흐리게 할 것이다.

이날은 한 시간에 10명 정도씩 남녀가 끌려 들어왔다. 열대여섯 살부터 마흔 살 정도까지의 건장한 남자는 좀더 세분하여 국기 게양탑이 있는 넓은 운동장에 세워졌다. 거기서 군인이었는지 아닌지를 이마와 손바닥 검증을 통해서 조사받고 있다. 복장 어딘가에 군복 조각이라도 지니고 있는 자는 이미 검증이고 조사고 할 필요가 없다. 곧장 (오늘부터는 뒤뜰이 아니라) 뒷문 밖으로 끌려나갔다. 문밖에 폭 2미터쯤 되는 샛강이 있다. 그 강둑에서 살해하고, 시체는 데굴데굴 굴려 강물로 떨어뜨린다.

처음 얼마 동안은 강당 안을 채운 한 100여 명의 사람이 번갈아가면서 우는 소리를 참을 수가 없었다. 때로는 한 번에 여러 명을 죽이기도 하는 듯, 그 오열 소리에 나도 모르게 눈을 감고 귀를 막고 싶어졌다. 또 총알 한 발로 사람이 죽지 않을 때의 모습도 손에 잡힐 듯이 귀로 볼 수 있었다. 첫 번째 칼 소리에 들리는 비명 소리는 생생하다. 두 번째 칼 소리에 비명 소리가 희미해진다. 세 번째 칼 소리에는 숙연히 아무런 소리가 나지 않는다. 이 사이에 아이가 두 명 목숨을 잃었다. 원인은 모른다. 기절했다고도 한다. 이날 살해된 이는 300명에 이르렀을 것이다.

오후가 되어 학살이 일단 멈췄다. 병사들은 총검으로 우리를 구타하고, 뒤뜰에 있는 어제 죽인 시체들을 옮기게 했다. 두 명이서 머리와 다리를 받쳐 들고 샛강까지 옮겨 강물에 던져넣는 것이다. 강은 초겨울이라 수위가 낮고 물살도 느려서 금방 시체들로 가득해졌다. 시체에 대해서는 말하지 않으련다. 다만 가슴과 복부를 찔린 시체 중에 쌓아 올려진 것 말고, 살해된 현장에 그대로 나뒹굴고 있던 것은 대부분 두 손으로 찔린 곳을 꽉 부여잡고 있었다는 것을 적어둔다. 그리고 그 시체들의 얼굴은 고통이나 통한의 표정이라기보다, 오히려 몸에 상처를 낸(사실은 상처 입은 것이지만) 것을 분통해하고 있는 듯한 인상을 주고 있었다고 적어둔다. 말미잘 같은 내장, 악취의 늪에 빠진 듯, 감자 썩은 것 같은 코를 찌르는 냄새, 몇 번이고 구역질이 났다. 열흘도 지나지 않아 이 성내는 전염병의 지옥이 될 것 같다. 그리고 병균은 적과 아군을 가리지 않을 것이다.

자연은 적에게도 아군에게도 요컨대 인간에게 아무런 약속도 한 것이 없다. 인간은 어떠한 약속, 가령 적이라든가 아군이라든가, 그런 것에 기반해 인간을 학살하고 약탈한다.

시체 옮기기—대체로는 이미 사후 경직되어 있어서, 표피가 찢어져 그 안의 충전물이 삐져나온 가구 같은 걸로 생각된다…….

그리고 자연스레 그 일 자체를 빨리 끝내고 싶다는 욕망이 끓어오른다. 노동이다.

이 욕망은 정당한가? 이게 일이기는 한 건가?

평소라면 나는 그것을 정당하고 건강한 욕망이라 할 것이다. 화장터의 노동자에 대해서도 마찬가지다.

하지만 평소란 무엇인가?

지금은 평소가 아닌가?

평소란 무엇인가?

지금이란?

모르겠다.

나로서는 모르겠다.

이 일을 하면서 나는 앞서 말했던 인간의 약속 중 하나를 어겼다.

그 시체. 피부는 생선 뱃살처럼 창백하고 입에는 금니가 가득했다. 부유한 장교 같았다. 총검이 왼쪽 어깨 아래부터 견갑골을 관통했다.

상처는 심장을 비껴나간 듯했는데 아직 살아 있었다. 눈은 감고 있었지만 호흡이 있었다는 것은 목 부분을 보면 확연했다. 내가 신발이 없는 다리를 들어올렸을 때, 남자는 졸린 듯한 눈을 떴다. 그러곤 나를 응시했다. 나는 화들짝 놀라 한쪽 다리를 떨어뜨렸다. 남자는 고통 때문에 뺨을 일그러뜨렸다. 문을 지나갈 때였는데, 다시 한쪽 다리를 떨어뜨려 거기에 걸려 넘어지니 일본군이 성큼성큼 다가와 고함을 치며 내 엉덩이를 칼끝으로 찔렀다. 나는 서둘러 떨어뜨린 한쪽 다리를 들어올리고 앞으로 나아갔다. 열 걸음 정도 가니 강변에 다다랐다. 등에 닿아 있는 총검 끝이 아플 정도다. 머리 쪽을 든 사람이 손을 놓는다. 툭 하는 무거운 소리가 나며 상반신이 피에 뒤덮인 마른 풀 위에 눕혀진다……. 나는 두 손을 놓는다. 시체는 풀이 말라 있는 경사면으로 굴러가 시체들 속에 떨어진다. 강은 이미 가득 찼던 것이다. 나는 주변을 둘러본다. 살아 있는 자는 움직이고, 움직이는 자를 감시하고 있는 자, 그리고 학교 건물 창문에서 이 둘을 멍하니 바라보고 있는 눈. 딱 세 종류뿐이다. 평소에 어느 나라에든 있는 인간관계의 전형처럼…….

평소란

나한테는 모르겠다.

그리고 나는 아직 살아 있는 사람을 던져넣었다. 그 사람은 내 손에 잡혀 있었을 때에는 아직 죽지 않았었다. 아직 살아 있었다.

"모든 질문은 우문이다"라는 문구를 본 적이 있다. 분명 그건 자기 스스로에게 많은 질문을 해봤던 사람이 했던 말일 것이다. 하지만 "우문이다". 그래서 어떻다는 건가? 하지만 또, 그래서 어떻다는 것이냐는 질문(?)에 대해서도 마찬가지로 다시 한번, 그래서 어떻다는 것이냐고 할 수 있다. 그래서 어떻다는 건가?

오후 3시에 노인과 아이, 그리고 부녀자에게는 외출이 허락되었다. 먹을 거나 방한복을 가지고 올 사람은 갖고 오란다.

그 말인즉, 이 작은 학교에 800명 가까운 사람을 모아두기는 했으나, 이들을 계속 수용해둘 수는 없다는 것이다. 식량은 자기네 권한 밖이고 책임 밖임을 뜻하는 것이다.

나는 생각나는 모든 말을 동원해 모처우, 잉우, 양양에게 빨리 나가라, 그리고 진링대학의 안전지구로 가서 백부의 보호를 받으라고 설득했지만, 세 명 다 들을 생각을 않는다. 모처우는 다시 인간 세상에 살아 있을 생각이 없다고까지 한다. 하지만 양양은 차분하게 좀 더 기다려보면 분명 이 학교가 안전지역으로 지정되든지, 아니면 병영지역이 되어서 수용 난민 모두가 한 부대에 소속되어 적병의 보호 하에 다른 안전지역으로 이동하게 될 것이라고 한다. 지금 적병은 극도의 의구심과 흥분으로 정상적이지 않지만, 식욕과 정욕의 만족을 얻은 뒤에는 필시 진정될 것이며 그때가 그리 멀지 않을 거라고 한다. 모처우는 또 말하길, 지금 나가게 되는 사람들은 사실상 쓸모가 없어진 것이며, 적병도 이들이 돌아올 것을 기대하지 않는다는 걸 알고 있지만, 날이 저물어가는 지금 거리에 자유로운 몸으로 방황하게 되면 도적들이 덮치더라도 대처할 방법이 없고, 게다가 하루 이틀은 굶어도 되니 한동안 같이 여기에 남겠다고 한다. 양양은 나갈 사람이 다 나간 때를 확인해서 남은 사람 약 500명(그중 여자와 아이는 약 100명)을 조직하라고 내게 요구했다. 적에게 협력하기 위해서가 아니라 놈들의 변덕에 대비하기 위해, 불필요한 희생자를 내지 않기 위해 조직하라는 것이다.

우리 집은 고립된 위치에 있어서 이웃이라고 할 만한 사람이 없었던 탓도 있고, 또 지인들도 대부분은 이미 한커우로 도망가 있기 때문에 아무리 찾아봐도 아는 얼굴이 없었다. 어떤 식으로 어디서부터 일을 시작할 것인가? 양양은 우선 일본어를 할 줄 아는 사람을 찾아서 접근조를 만들고 이를 시작으로 다음 다음 계획을 세우라고 한다. 새로운 시대는 피가 칠해진 마른 풀 아래에서 산뜻하게 싹을 피워내고 있다.

하지만 양양과 이런 의논을 하고 있는 동안에, 문득 어젯밤 병사들이 집에 들이닥쳤을 때 양양이 비명을 지른 게 떠올라서, 그건 어떻게 됐던 건지 물었다. 그러자 적병이 이불을 들추고 모처우의 배에다 종검을 들이대고 그대로 찌르려 했기 때문이라고 대답했다. 그 대답을 듣고 슬쩍 모처우를 보니, 모처우는 눈을 감고 아무 말 없이 고개를 끄덕였다. 그리고 "아이가 뱃속에서 날뛰고 있다"고 말했다. 여자라는 존재는 고난을 견뎌내기 위한 무언가 특별한 능력을 부여받은 것인가?

하지만 만약 여기서 오늘 밤에라도 산통이 시작된다면 어떻게 하나?

오후 4시, 일본군이 다시 우리 남자들을 불러 모았다. 이번에는 학교 밖에 나뒹굴고 있는 시체들을 정리하라는 것이다.

아이도 있고, 여자도 있고, 머리가 깨진 것도 있고, 하반신이 나체인 것, 상반신이 나체인 것. 50구 정도 되는 시체를 쌓아올리고 석유를 뿌려서 밭 한가운데서 태우는 것이다.

이중에도 아직 살아 있는 사람이 있었을지도 모른다. 문득 바람이 성난 고함을 치며 불어왔다. 검은 연기는 시체의 기운을 머금고 좌로

우로 흩날렸다. 저녁의 붉은 해가 참담하게도 빛나지 않는다. 피로하고 고단하다.

불에 타 무너져 내린 집 앞에 노인 한 명이 망연히 앉아 있었다. 머리카락은 불에 탔고, 이마는 짓물러 있고, 정강이는 골절된 듯 바지는 피투성이고, 사람이라고 하기보다 이건…… 뭐라 말해야 좋을까? 이 노인 옆에 반짝반짝 빛나는 알루미늄 숟가락이 하나 있었는데, 그 숟가락의 완전한 형체가 남루한 노인과 예리하게 대조를 이루어서 묘하게 충격적이었다. 물질이란 참으로 이상한 것이다. 저 숟가락이 실로 완전한 형체를 갖추고 있는데 어째서 인간들은……, 화가 나서 눈물이 솟구쳤다. 그 자리에서는 죽인 사람보다 오히려 무력하게 죽임을 당한 사람에게 더욱 화가 나는 것이다.

돌아올 때는 강둑을 따라 나 있는 길을 돌아 후문으로 들어갔다. 떠 있는 시체는 중간중간 강물의 흐름을 막고, 붉은 기름과 하얀 기름이 뒤엉켜 부풀어 올라 축구공만 한 거품이 되어 떠다니고 있었다.

저녁에 양양이 말하는 '조직'을 위해서 적당한 사람을 물색하다가, 일본군 병사용 주방에 남자 네 명이 있는 것을 보고 가까이 다가갔다. 넷은 불 때고, 물을 길어오는 일 등을 맡고 있었다. 그런데 13일 밤 8시쯤에 일본군 사령관이 두 명이라는 것을 내게 알리러 왔던 첩자 K가 거기에 있었다. (가시에 눈을 찔린 듯한 의혹—아무리 첩자라고 해도 너무 용의주도하다. 채비가 너무 빠르다—K는 이중 스파이인가?)

이날 밤 성내 곳곳에 큰불이 났다.

하지만 이날 밤 일은……

도적질, 음주, 만취, 강간.

무기를 들고 술에 취한 자.

모처우, 양양, 잉우.

글로 쓴다는 게 견딜 수 없지만 오히려 그러니까 적어두어야 한다. 하지만 지금 나는 이를 후세에 제사 지내줄 사람을 위해서 쓰는 것이 아니다. 이 사디즘적인 정복과 지배의 시대에 직면하여, 간접적으로는 사드 후작을 기리며, 온갖 문명의 동질성을 증명하려는 것도 아니다. 이번 전쟁은 단순히 중국과 일본 양국 간의 사투로 끝날 것이 아니다. 일본은 어떨지 모르겠으나 중국 내에는 전대미문의 사회적 동요와 변화를 가져올 것이 뻔히 보이기 때문이다. 그리고 나는 — 젊은 학생이었다고는 하지만 1920년대의 국민혁명(1924~1928년 중국국민당에 의해 전개된 민족통일운동 — 옮긴이) 그때처럼 우왕좌왕하고 싶지는 않다 — 더욱 깊은 — 당장 도움이 되지는 않더라도, 비유해서 말하자면 역사의 지하층에 검게 가라앉아 있는 석탄층과 같은 에너지의 원천을 접해본 사상 —, 나는 — 모처우도 그 뱃속의 아이도 결국은 보지 못하고 현실에서 이를 구할 수 없게 되었으니 우리 집에는 아이를 낳을 수 있는 어미가 없고, 지배자와 한 명의 노예만 있게 되었다 — 그러한 잔학함도 가능하게 하는 에너지 그 자체를 생각하고 싶다.

나는 오늘 여기 난징의 괴뢰정부에 한발 앞서 참가한 배신자 다섯 명의 이름을 눈앞에 있던 전기회로 키를 두드려서 통보했다. 칼을 휘두르는 것과도 비슷한 행동 — 이를 정당화하기 위한 게 결코 아니며 그런 것은 매우 쉬운 일이다 — 에 견뎌낼 수 있는 사람을 찾아내고 싶다.

민요의 가사 중에 이런 구절이 있다.

북쪽 창문이 알리는 것은

여러분, 곧 폭풍이 옵니다.

잉우가 주워 들었던 단풍잎이나, 물새와 벤치에 놓여 있던 낙엽의 아름다움에(그것은 "내가 봤다"라기보다 "매료되었다"에 가깝다) 매료되거나 하는 것이 아니라, 나는 그 곰과도 닮은 검은 세발솥처럼 존재하고 싶은 것이다. 조용하지만 내면적으로는 세발솥에 기름이 끓듯이 존재하고 싶은 것이다—모두 너의 손으로 견뎌낼 수 있는 것은 온 힘을 다해서 하라. 네가 가려는 저승에는 기술도 계략도 지식도 지혜도 없어서는 안 된다.

6월 1일

한커우로 도망친 형 잉창한테서 사법부의 밀사를 통해 처음으로 소식이 왔다. 형이 샤관의 해군 부두에서 사법부 직원들 및 그 가족과 함께 배에 올랐던 건 작년 11월 30일. 즉 일본군이 한동안 난징 포위태세를 정비하고 당장이라도 총공격에 나서려고 했던 때니까, 딱 반년 만에 소식을 보낸 것이다. 오늘은 6월 1일이다.

그 반년은

살인, 노략질, 강간, 방화, 기근, 한파, 폐허.

아내 모처우도, 그 뱃속에 잠들어 있던 9개월의 아이도, 다섯 살 잉우도, 쑤저우에서 도망쳐온 사촌 여동생 양양도, 이제는 아무도 없다.

아마도 노리개가 됐다가 강간당하고 살해됐을 것이다. 그 외에 다른 운명은 생각할 수 없다. 그들이 만약 다행히 도망치는 데 성공해서 지인에게 몸을 의탁했다고 한다면, 한커우에 있는 형에게 어떻게 해서든지 알렸을 것이다. 그리고 지금은 난징 괴뢰정부 위생부에 근무하는 배신자 백부에게라도 분명 알렸을 것이다. 백부를 아직 만나지는 못했지만, 형의 편지에는 그에 대한 언급이 없다. 그리고 나에 대해 말하자면, 작년 12월 19일 오후 3시, 우리 남자들이 집단적으로 살육당하기 위해서, 진링대학에 설치되어 있던 국제난민구제위원회의 안전지대, 즉 난민수용구역에서 관주貫珠처럼 전선줄에 손을 뒤로 묶여 트럭에 태워졌던 그 순간에 처자식과 헤어져 문자 그대로 구사일생한 끝에 4월 중에 일본군 부대에 부역해오다가 겨우 기회를 봐 도망쳐온 것이다.

내 집에 돌아왔지만, 지금으로서는 내 집의 주인인 적군 기리노 중위의 하인이다. 실은 거기에 살고 있던 사람 모두가 사라졌다. 사실 나는 그 전까지 친근한 존재였던 침대나 그 외 모든 가구에도 거의 친근함을 느끼지 못했다. 가구들은 내 눈앞에서 어떤 때는 상태가 안 좋은 듯 쪼그라든 모양으로, 어떤 때는 짓궂고 증오에 가까운 표정을 보이면서, 기리노 중위와 그 병졸들에게 사용되고 있다. 그렇다. 이 집 전체가 내 자신의 의지와 노력에 의해 우리 손으로 되돌아올 그날을 목이 빠지게 기다리고 있는 것이다. 그렇게 인식하는 편이 건강에 좋겠다.

그리고 나는 그 누구도 모르는 내 임무를 수행하고 있을 때, 즉 심야에 지하실에 내려가 무전기 앞에 오직 혼자 앉아 있을 때, 그때만 나는 나다. 나는 나를 무전기라는 도구를 손에 든 기술자 내지는 숙련공으로 인식하고 있다. 말할 것도 없이 가슴속에는 적에 대한 증오와 복수심이 세발솥에 기름이 끓어오르듯이 치밀어 오르고 있다. 하지만 그것만으로는 이 임무를 완수하지 못한다. 격한 감정은 오래 지속되지 않는다.

식민지나 정복·점령된 땅 또는 억압받는 계층의 인민이란, 내버려 두면 필연적으로 분열되는 성격을 가질 수밖에 없는 모양이다.(두 개의 나) 나는 나의 행동이나 무언가를 만드는 행위—만들지 않는 행동은, 행동이라고 할 가치가 없다—가 곧 정치 행동이라고는 생각하지 않는다. 왜냐하면 내가 보고 들은 것과 첩자가 가져온 적군과 괴뢰정부에 관련된 정보를 한커우로 이동한 정부에 무전으로 보내는 이 행위를, 나는 무언가를 만들어내는 제작 행위라고 생각하고 있으니까. 그것이 결과적으로는 정치 행동이라고 해도, 그건 내게 있어서 중요한 일이 아니다. 내가 무전을 치는 것은 참담한 패배 한가운데서 승리를 만들어내기 위한 제작 행위니까. 나는 행동적인 니힐리즘(허무주의) 같은 것을 믿지 않는다. 그게 가장 좋다. 그게 파시즘과 함께 가장 효율적이라고 생각한 시기가 있었다는 것을 이 자리에서 털어놓는다.

계단 아래의 청소도구실이 지하실로 이어지는 입구라는 것을 다행히―내 입장에서 말하자면 당연히―적군은 알아차리지 못했다. 다만 그 저주받은 겨울이 너무나 가혹하게 한기를 뿜어댄 탓일까, 지하실 벽에 인접한 수세식 변기의 수조 벽에 금이 갔는지 조금씩 냄새나는 물이 스며들고 있는 것에 대해서는 말하지 않았다.

자, 그런데 형의 편지, 이걸 만약에 기리노 중위에게 보여준다면, 일본군 정보부에 근무하는―공교롭게도 이 중위도 정보장교다―이 삐쩍 마르고 길쭉하며 또 일본인이라면 빼놓을 수 없는 검은 뿔테 로이드안경을 쓴 남자는 중국인 에고이즘의 한 예로 선전 작업에 이용했을지도 모른다. 형은 오로지 우리 집 재산을 보전하는 것에만 신경 쓸 뿐이다. 줄지 않게 해라. 늘려라. 농작물은 전란 때문에 몰수되어 가격이 오를 게 틀림없으니 궁핍기에 한몫 잡을 준비를 착실히 해라. 전쟁은 인플레이션의 근원이니 면포, 오동나무 기름, 그 외 물품들에 투기를 해라. 투기로 생긴 돈은 곧바로 ××전당포로 가져가서 금괴로 바꿔라. 그 밖에 우리 집 조상님들 위패를 지키고, 조정에서 연회가 있을 때에는 엎드려 절을 제대로 해라 등등. 이 편지를—모든 노예가 아마 그렇게 할 텐데—나도 변소에서 읽고, 미소를 짓지 않을 수 없었다. 한마디 더 해두자면, 변소는 지금은 내 독서실이 되었다. 신문도 첩자들의 보고도 변소에서 읽고 잘게 찢어서 물에 흘려버린다. 글을 읽을 수 있는 사람이라는 걸 들키지 않기 위해 나는 세심하게 행동하고 있다.

형의 편지를 읽고 그 집요할 정도의 단순함 혹은 순진함에 나도 모르게 실소를 했다. 가산이 너무 줄었거나 또는 너무 늘었으면 평화 회복을 했을 때 어떠한 일이 벌어질지 생각하다가 조금 소름이 돋았다. 줄었으면 줄었다고, 늘었으면 또 늘었다고 어딘가 숨겨놓은 게 아직 있을 거라고 할 것이다. 그리고 어쩌면 사법관인 그는 숨겨놓은 것을 자백하도록 만들고자 나를 한간이라고 떠들고 다닐지도 모른다. 그런 일을 작정하고 저지를 만한 남자다. 기리노 중위가 이것저것 몽땅 일본에 있는 집에 보내버릴 그런 인물이 아닌 게 불행 중 다행이다. 그래도 형의 편지는 아직 일본군이 침입하지 않은 후방지역 사람들의 암담한 심경을 잘 나타내고 있다. 후방 역시 경제는 혼란스럽고, 정부의 권위와 명령은 제대로 작동하지 않으며, 악덕 상인들이 판을 치고 있다. 그걸 생각하며 변소 창문에서 일본군의 막사가 된 마췬소학교 교정을 바라보니, 물과 같은, 혹은 만약 있다면 고체화된 물과 같은 우울함이 가슴으로 밀려왔다. 오직 한 가지 희망은 지금은 흰색에 붉은 동그라미 깃발이 나부끼고 있는 국기 게양탑이다. 저 탑과 지하실의 무전기는 연결되어 있는 것이다.

오직 한 가지 희망 외에는 모든 것이 어둡다. 암흑이다. 1년 중 가장 밝은 6월이라는 자연마저 암흑이다. 나는 이 지상에 나무와 풀과

꽃 등이 있다는 것 자체를 저주스럽게 생각하고 있는 자신을 발견하고는 놀란다. 그러면 어떤 자연이 지금 나에게 바람직한가? 그리고 어울리는가? 나무도 풀도 하나 없고 바위와 금속만으로 된 황량하고 매우 딱딱한 자연. 그런 것이 바람직하다. 시간에 따라 모두가 변해간다는 것이 지금의 나에게는 왠지 참을 수가 없다. 실은 시간에 따라 모든 것이 변해서 지금의 처지와 정세가 역전되지 않으면 가장 곤란한 것은 바로 나 자신인데 말이다…….

인간의 시간, 역사의 시간이 농도가 짙어지고 그 흐름을 빨리해, 다른 나라의 이질적인 시간이 침입해 들어와서는 순식간에 사랑하는 사람들과의 영결永訣을 강요한다.

나 역시 언젠가는 시간에 떠밀리고 시간에게 총을 맞아 한 번 더 죽을 것이다. 신의 가호가 있다면, 바라옵건대 내가 가는 저승은 짙은 회색 바위에 듬성듬성 쯔진산의 광석이 빛나는 곳이길. 천국이건 지옥이건 상관없다. 그런 희미한 빛 속의 대리석 같은 세상이었으면 한다.

풀과 나무 등이 울창하게 나 있는 곳은 바라지 않는다. 그런 기분이 든다.

왜 이런 기묘한 것을 생각하는가? 한 가지 이유는, 내가 적군의 정보장교 밑에서 하인으로 일하며 피점령 지역의 질서에 복종하여 살고 있으면서도, 결정적으로는 저항의 수단으로 첩보를 무전으로 보내고 있다는 상반된 상황이 한집에 공존하고 있다는 것이다. 또 다른 이유는, 이 일의 관계상 내가 기리노 중위가 가장 알고 싶어하는 후방 지역과 중국공산군 해방 지역의 상황을 잘 알고 있는 동시에, 피점령 지역, 즉 기리노 중위가 속해 있는 부대가 지배하고 있는 지역에 대해서도 보통 이상으로 잘 알고 있다는 것이다. 이 세 개 지역 어디도 이상적인 곳이 아니라는 것도 알고 있다. 아예 상징적인 것은 저 마친소학교의 국기 게양탑일지도 모른다. 내게 있어서 절망과 저항의 대상인 흰색에 붉은 동그라미 깃발이 걸려 있는 저 탑이 내 희망의 상징이기도 한 것이다.

게다가 한 가지 더, 내 나이도 그 이유일 것이다. 나는 7월이면 서른일곱이 된다. 흔히 인생 일흔이라고 하는데 절반 이상을 산 것이다. 이건가 저건가 고민하는 나이는 지났다. 지금은 이것도 저것도 다 해야 할 입장이다. 만약 이거나 저거나 상관없다고 되어버리면 끝인 것이다.

말 타듯이 지붕 위에 앉아서 좌우 양쪽의 풍경을 바라보고 있는 듯한 기분도 든다. 죽음 쪽도, 이 세상에 태어나서 살아온 쪽도, 양쪽 풍경이 모두 잘 보이는 것이다. 성性을 예로 들면(하필이면 괴로운 예를 떠올려버렸다. 최근 반년 동안 나는 수십 번 짐승의 욕구가 발현된 광경을 목격할 수밖에 없었다. 그리고 모처우는 아마도 그 제물이 되었을 거고, 더 이상 세상에 존재하지 않는다.) 지금까지 살아온 쪽은 성에 눈을 뜬 이래로 성에 대해 안개처럼 흐릿하지만 그것도 점차 걷혀간다. 그리고 죽음 쪽으로 가는 길에는 성을 성으로서 직시하고 이를 고민하는 자신을 찾아낸다. 그리고 죽는다.

그리고 죽는다—총에 맞아 죽든, 칼에 베여 죽든, 병에 걸려 죽든, 뭐든 간에 죽음을 생각할 때 요즘 나는 이제는 없는 모처우를 애타게 찾는다. 죽음, 혹은 살기라는 것과 섹스가 가까이 붙어 있는 것을 요 반년 동안 질릴 정도로 봐왔다. 하지만 그래도 내 눈은 더욱 간절히 저승에 있을 그녀의 모습을 쫓는다. 길쭉한 얼굴에, 중국인치고는 부자연스러울 정도로 눈이 움푹 들어가고, 눈썹은 길고, 입술이 늘 차가운 여자였다. 뺨에는 주근깨가 약간 나 있다. 한번은 서로 목을 감싸며 장난친 적이 있는데, 목젖이 겉으로는 잘 보이지 않지만 딱딱했던 기억이 난다. 마른 체형에 가슴도 작고 허벅지도 엉덩이도 실하지 않았지만 그걸로 좋았다. 연애할 때는 등 뒤에서 껴안으면서 "잉―디―" 하고 나긋하게 내 이름을 부르는 버릇이 있었다. 모처우는 지금쯤 아이를 데리고 바위와 금속으로 된 저승으로 걸어가고 있을 것이다.

아마도 나는 피곤에 절어 있는 모양이다. 어젯밤 무전기를 바라보다가 (위험한 일이지만) 아주 잠깐 졸았다. 그리고 그때 이런 꿈을 꾸었다.

추위에 얼어 얼굴에 핏기가 거의 없는 한 남자가 그곳에 잠들어 있었다. 그곳은 어둡고 둥글며 따뜻한 세상이다. 주위가 온통 벽인데 그 벽은 바다처럼 부드럽고, 남자는 그곳에서 헤엄치듯이 잠들어 있다. 남자는 잠들면서, 지쳐버리지 않으면 안식은 없는 거다. 지쳐버리면 죽으면 그만이다. 지쳐버리면 죽게 되겠지 그렇게 생각하고 있다……. 그러나 한쪽에서는, 거기서 잠들고, 그래서 부탁하니까, 그대여, 살아 돌아와줘, 라고 남자에게 빌고 있다.

(…) 그런 꿈을 꾸었다.

지금 생각해보건대, 이 바다처럼 부드러운 벽에 둘러싸인 둥근 세상이라는 것은 아마도 모처우의 자궁 안일 것이다. 섹스와 죽음과 삶이란 참으로 가까이 붙어 있는 것이다. 거의 동일하게 느껴진다. 과학은 이를 생명 현상이라고도 부를 것이다. 내게 있어서 사랑의 원래 모습. 안식의 원래 모습이란 모처우의 자궁 속에서, 거기서 헤엄치듯이 잠들어 있는 휴식―말하자면 이런 것으로 존재하고 있었던 것이다. 죽음이 주는 안식과 생명의 움직임이 동시에 존재하는 상태가 거기에 있었던 것 같다. 거기서는 모든 것이 느긋하고 따스하며, 게다가 끝없는 긴박감도 있다……. 생명으로 가득 찬 허무. 자궁 속에서 안식을 취하며 거기서 창조되어 나올 터였던 아직 이름도 없던 생명. 그것 또한 잃어버렸다. 그들은 바위와 금속으로 된 저승을 향해 걸어가고 있든지, 아니면 우주에서 창조를 끝내고 빛을 잃은 암흑성운처럼 어두운 우주 속에 존재해 있다……. 거기서 그들이 부르고 있다―그대여, 되살아나라고.

6월 2일

오늘 아침 재미있는 칼 장수가 왔다. 사실 재미있는 구석은 없는데 그건 좀 있다가 쓰기로 하고. 어쨌든 난징 성내에서도 사람들의 삶이 점점 회복되고 있는 것이다. 상인들의 장사와 직공의 일이 활발해졌다. 삶의 회복과 더불어 시작되어야 할 일도 시작되었다.

쪼개진 대나무를 바닥에 부딪혀 큰 소리를 내면서 칼 장수가 동네를 걸어다닌다. 오랜만에 칼 장수가 사람 불러 모으는 소리를 듣고는 나는 집을 뛰쳐나왔다. 젊고 다부진 체격에 덩치가 큰 남자였다. 산둥 지역 사람이었다. 옻칠한 것처럼 얼굴빛이 새까맸다. 이마에 칼에 베인 흉터가 있다. 손바닥은 커다란 전병처럼 넓고, 발도 신발로 치면 13문(약 290밀리미터 ─ 옮긴이) 정도는 신을 거 같았다.

"부엌칼, 가위, 무기 칼, 대포…… 날이 있는 것 손잡이는 다 있습니다~ 대포 손잡이도 있습니다!"

무기 칼? 대포? 뭔 말이지?

"대포라고요?"

"네~ 부엌칼이든 가위든, 창이든, 무기 칼이든, 철포든, 날 있는 것 손잡이는 다 있습니다~ 낫도 있고, 망치도 있고~!"

검은 얼굴의 남자는 비수처럼 날카롭고 빛나는 눈동자로 나를 노려봤다. 그리고 어찌된 일인지 매우 정중하게 천천히 고개를 숙였다.

나는 뭔가 과도한 예우를 받은 것 같은 기분이 들었다. 그제야 비로소 생각났다. 그 남자는 두 달쯤 전에 나와 같이 일본군 노예로 있었던 젊은이였다. 제대로 먹지도 못한 채 일본군의 무거운 짐을 짊어지고 행군하던 중에(그런 표현이 허락된다면), 기회를 봐 내가 그를 도망시켜줬었다. 그 무렵 그는 입버릇처럼 "이런 일을 안 한다고 해도 뭐……" 그렇게 말하던 기억이 난다.

"오~" 하면서 말을 걸려다가 찌를 듯한 눈빛에 저지당했다.

—그랬었구나!

나는 납득이 되었다.

부엌칼, 가위…… 방금 그가 열거했던 무기 중에 뭔가 묘한 게 있었다. 하지만 그게 뭐였는지 단박에 알아차리지 못했다. 게다가 그 남자의 눈빛은 아무리 칼 장수라고 하더라도 너무 날카로웠다.

"뭐라고? 뭐랑 뭐를 간다고?"

나는 한 번 더 물어봤다.

"부엌 칼, 가위, 송곳에 다 떨어진 손잡이도 갈아서 끼웁니다. 그리고 낫이랑 망치도……"

낫과 망치라고 하면, 이건 바로 세 블록 정도 앞에 있는 소비에트 공사관 깃발의 문장이 아닌가? 성이 함락될 당시, 일본군 부대가 그곳 헛간에 불을 지른 적이 있다.

"별도 있나?"

검은 얼굴의 남자는 표정이 굳어져서 주위를 둘러봤다. 그리고 다시 내 눈을 빤히 들여다보더니 아주 잠깐 입 매무새가 누그러지며 낮은 목소리로 말했다.

"별이라…… 별은 좀 시간이 걸릴 거 같은데요."

"그래? 좀 시간이 걸리는가? 그럼 도깨비불은 어떤가?"

나는 손을 들어 마천소학교의 국기 게양탑을 가리켰다. 흰 바탕에 붉은 동그라미의 깃발이 초여름 산들바람에 나부끼고 있었다.

"도깨비불이라…… 뭐랄까 전 도깨비불로 쇠를 달궈서 그걸로 칼을 만들고 있습죠."

이걸로 확실해졌다. 공산당 놈들은 여기서도 확실하게 활동을 개시한 것이다.

"이 칼 장수라는 짓거리도 꽤나 참을성이 있어야 합죠. 까딱 방심하면 도매상한테서 날이 무뎌져 있는 위조품을 사고 말죠. 이거든 저거든 모든 칼 종류를 열 명이든 스무 명이든 죽여버릴 수 있을 정도의 예리한 것들로 갖추는 건 여간 어려운 일이 아닌 데다 시간도 꽤 걸립죠. 참아야 하죠. 뚝심 있게 세월을 들이지 않으면 제대로 안 풀리는 장사입죠."

이때 기리노 중위를 모시고 갈 자동차가 왔다. 그와 동시에 현관에서 전령을 거느린 중위가 나왔다. 나도 칼 장수도 일어나서 깊이 고개를 숙인다. 그러지 않으면 전령이 누구든지 가리지 않고 얼굴을 때린다. 일본인은 얼굴을 때리는 걸 정말로 좋아한다. 나는 고개를 숙였을 때 맨손이었지만, 문득 보니 칼 장수는 손에 부엌칼을 그것도 가장 큰 것을 쥐고 있었다. 나는 중위의 차가 왔으니, 그때까지 만지작거리고 있던 부엌칼이나 낫을 판대 위에 일부러 내려놓았던 것이다. 그런데 칼 장수는 자기가 갖고 있던 것 중 가장 큰 것을 일부러 들어 올렸던 것이다. 평소의 마음가짐, 인식의 문제가 거기에 확연히 드러나 있다고 생각했다. 그래서 차가 떠나고 난 뒤,

"어르신, 이 부엌칼은 진짭니다."

라고 그가 말했을 때 나는 약간 얼굴을 붉혔다. 부끄러운 느낌이 들었다. 그리고 내 안에 이런 '낫과 망치'를 파는 칼 장수가 난징에 들어와 있는 것을 한커우에 보고할 생각이 전혀 없음을 확인했다.

"또 오겠습니다. 다음에는 도깨비불이든 쇠든 베어버릴 수 있는 진짜 칼을 선물로 갖고 옵죠. 짜이지엔!"

볼일이 끝나자 그는 쪼개진 대나무로 무슨 신호를 보내듯 땅에 부딪혀 소리를 내면서 초여름 공기를 헤치고 멀어져갔다. 한두 번 뒤돌아보다가, 야경꾼들이 깊은 밤에 나무를 치듯 대나무로 땅을 때리는 소리가 창공으로 흩어졌다.

칼 장수가 말했다. 시간이 걸린다, 세월을 들이지 않으면 안 된다고. 나도 1920년대의 국민 혁명 당시, 딱 저 청년 정도의 나이에 상하이의 뒷골목이나 지하를 서성였다. 하지만 그 무렵에는 시간이 걸린다는 인식은 없었다. 당장 내일이라도 성취할 것처럼 생각되었다. 그것이 오히려 궤멸을 앞당겨 나를 좌절시켰다.

청춘기의 좌절감으로부터도 나는 아직 충분히 회복되지 않았다.

칼 장수와 이야기를 나눈 덕분에 가슴속에 싹트기 시작했던 어떤 어두운 감정이 사라진 듯한 기분이 들었다.

즉, 걸핏하면(그러는 것도 무리는 아니라고 누군가가 말해줄 것 같은 기분인데) 우리 일가를 포함해 수만, 수십만 명에 이르는 사람이 겪고 있는 이 불행은, 피할 수도 없고 극복하기도 어려운 운명 때문이라 생각하고 싶은 심정이 내 안에도 있었던 것이 사실이다. 그리고 모든 것은 숙명이었다고 마음속에서 중얼거리면, 바로 이어서 '고이 잠드소서' 같은 진혼을 위한 고정 문구가 줄줄 입에서 나오는 것이다.

어쨌든 전쟁이 일어났다. 그러니 일본만 빼고 이미 전 세계 신문이 Nanking rape니 MAS-SACRE니 하는 식으로 일본군의 난징 폭행 및 학살 사건을 고유명사화해 보도하고 있다. '모든 인간적 규범을 짓밟았다' '기학증적인 행위가 일어났던 것도 어쩔 수가 없다' '그것은 불가피한 것이었다' 그런 식으로 말하는 부정적인 예언자 같은 사람들이 실제로 나오고 있는 것이다. 결코 예언자들이 하는 말 따위 믿어서는 안 된다. 예언자라는 이들은 본질적으로 비겁자들이다. 부정적인 예언자는 민중 속에도 여럿 있다. 그런 사람들은,

"우리가 나약하고, 허둥지둥 우왕좌왕했기 때문에 이런 일이 일어난 것이다."

라는 식으로 말한다. 이 논리를 따르자면 일본군의 폭력을 야기한 것은 우리 자신이라는 것이 되고 만다. 그런 말을 하면서 그들이 짓는 일종의 이상한 만족감에 찬 표정을 보라. 그들은 최악인 것만 믿고, 이성적인 희망이라는 것을 결코 믿지 않는다. 이런 숙명론자가 민중 속에서 끊이지 않고 생겨나는 이상, 전쟁은 사라지지 않으며 그 어떤 평화도 결코 평화가 아니다. 그들은 전쟁이 일어나고 이어서 최악의 사태가 생기면 왠지 모르게 마음이 놓이는 것이다. 만족하고 행복해지기조차 하는 것이다. 그들은 자신의 나약함에 의지해서 감동하고 기뻐하는 것이다. 전쟁은 숙명론적인 감정을 가장 깊게 만족시킨다. 평화란 단지 전쟁이 없는 상태라는 소극적인 의미보다도, 오히려 노예적인 숙명론과 파괴적인 인생관에 굴종하지 않는다는 의미일 것이다.

그들, 그들 하면서 지금 나는 복수로 써왔다. 하지만 내가 주로 떠올리고 있던 사람은 백부였다.

칼 장수가 대나무 소리를 울리면서 가버린 뒤, 한동안 나는 문가에 멍하니 서 있었다. 사실 나는 한순간도 멍하니 있을 수 없는 몸이다. 집이나 정원을 청소해야 하고, 식사와 그 외 모든 뒤처리를 해야 하며, 물건 사러 나가는 척하면서 첩자들과 연락도 주고받아야 하고, 아무래도 이중 스파이가 되어버린 것 같은 첩자 K의 상태도 감시해야 한다. 그리고 한밤중에 혼자서 무전기를 앞에 두고 검은 버튼을 두드리면서 역설적일 정도로 근원적인 것, 즉 신이라든가 영원함이라든가 또 자연과 생명과 인간과 사랑과 그것들이 엮어내는 연극 같은 것에 대해서도 생각해야 한다. 그렇게 바쁜 몸인데 쓸데없는 생각이 들겠나 하는 말은 하지 말라. 농담이 아니다. 자기 일과 임무에 만족해서 언젠가 그 포화점에 이르러 강한 자극을 쫓는 쪽으로 정신이 흘러가면 큰일이다. 그렇게 되면 모든 게 외부 힘에 의해 좌우되고 만다. 재빨리 처리하지 않으면 목숨이 위험해지는 일을 하는 사람일수록 앞서 말했던 영원한 것들에 대한 확실한 인식이 필요하다. 유동체나 기계가 되기 위해서는 생각을 방치하는 것만으로 충분한 것이다.

문가에서 내가 한동안 멍하니 있었던 이유는, 확실해 보이는 것 같지만 실은 안개가 끼어 있는 듯 어렴풋한 구석이 많고, 무겁고 대갈장군이라 불리던 내 머리에, 그 덩치도 크고 손발도 커서 손바닥을 땅바닥에 갖다 대면 대지 그 자체를 빨아당겨 들어올릴 듯한 칼 장수가 아무 말도 하지 않고, 선선한 바람을 불어다주었기 때문이기도 하다. 그와 이야기하는 동안 내 손발과 몸뚱이도 튼튼해진 듯한 기분이 들었다. 그리고 한 가지 더, 멀어져가는 그의 뒷모습을 바라보는 동안에, 저 남자가 언젠가—만에 하나 살아 있다고 한다면—사촌 여동생 양양의 소식을 전해주는 것은 아닐까 하는, 막연하지만 가슴 아픈 생각이 들게 했기 때문이기도 했다. 양양은 마친소학교에 모여 있던 그때 실제로 가장 먼저 이들 난민을 조직해야 한다고 말했었다. 그의 "선물"이 양양이기를!

그때 백부가 유행하는 파나마모자와 회색 양산을 쓰고 느긋하게 걸어왔다.

"어이쿠, 돌아왔군, 흐~음? 꽤나 고생을 한 모양이야. 내 그러기에 말했잖아. 일본군이 입성하기 전에 안전지대 위원회에 들어가서, 저는 어디어디의 누구누구입니다 하는, 적이 얕잡아보지 못하는 중립국의 관직을 갖춰두라고. 그렇게나 얘기했는데도 말을 안 들으니 이 꼴이지."

"……"

나는 아무 말도 하지 않았다. 백부의 입에서 튀는 침이 햇빛에 비쳤다. 그는 내가 아니라 집안을 위에서 아래로 좌에서 우로 마치 혀로 핥듯이 둘러보고 있었다. 집이 그의 찐득한 타액으로 뒤범벅되는 듯한 기분이다. 거대한 민달팽이 한 마리가 핥고 지나간 그런 기분이다.

"그래서, 마누라와 잉우는 결국?"

결국이고 뭐고! 내 눈앞에서 아니 눈앞은 아니었지만, 그 애통한 목소리가 귀에 아프게 들리는 곳에서 강간당했던 것을 백부는 아마 알고 있지 않았을까? 어쩌면 백부는 위원회의 사무소 창문에서 그걸 보고 있었는지도 모른다.

나는 아무 말 없이 하늘만 올려다봤다. 어차피 머지않아 확실해질 게 분명하다.

"한커우의 형한테서는 소식이 있었는가? 뭐니 뭐니 해도 한커우라면 투기로 꽤 큰돈을 벌었을 건데 말이야."

"……"

"그래서 너는? 뭘 하고……?"

이제 알았다. 욕심이 강한 백부는 우리 집을 보러 온 것이다. 만약 잘되면 이 집을 접수해야지, 가능하다면 내 걸로 해둬야지 하는 생각으로 찾아온 것이다. 하지만 그건 안 된다. 이 집에는 기리노 중위가 살고 있다. 그렇지만 중위와 전령만 지내기에는 아무래도 너무 넓으니 중위를 설득해서 같이 살자는 말을 꺼낼지도 모른다.

"저는 형한테서 이 집을 보전하라는 명을 받았으니까요. 보시는 바와 같이 노예가 되어서도 충실하게 지키고 있습니다."

"그렇구먼. 참으로 의리가 강하구먼. 충성스럽구나. 그럼 이만 실례하네. 마누라와 아이에 대해서는 재앙이라 생각하고 포기하게나. 어쩔 수 없어."

나는 어디까지나 비굴함을 가장하여 처자식을 재앙으로 잃고 실성해버린 남자처럼 계속 하늘만 올려다봤다.

현상을 현실로 삼으며 외부 힘에 좌우되는 정신이란 참 얼마나 행복한가. 백부는 다시 하얀 파나마모자와 회색 양산을 쓰고 느긋하게 걸어나갔다.

요사이, 내가 존경하던 베이징의 문인 저우쭤런周作人 선생이 우리 중국에는 군함이 없다, 항공기가 없다, 그러니까 안 된다고 적위敵僞에게 은근히 진심을 내비쳤다는 소문을 들었다. 절망은 문화의 근원에까지 깊게 뿌리를 내리고 있다. 그러나 붉은 도깨비불로 칼을 달군다는 젊은이도 있다.

문을 닫고 뒤편으로 돌아가 잔디를 깎는다. 중간중간 반짝 빛나는 것이 있다. 유리 조각이다. 작년 늦가을, 성이 포위되고 멀리서 부웅,

부웍 하는 포탄 소리를 들으며 잉우랑 양양과 셋이서 이 정원에 내려와 이야기했던 게 떠올랐다. 그때 잉우가 단풍잎 한 장을 주워들고는,

"아빠, 이거 예쁘네."

라고 말했다. 다섯 살 아이까지 죽음을 통해서 풍경을 보고 있는 건가 하는 생각이 들어 그때 나는 소름이 돋았다.

잔디를 다 깎고 정원에서 나와 포치 옆에 섰을 때, 마천소학교의 교정에서 말을 데리고 병사들이 계속해서 진을 갖추며 나아가는 것이 보였다. 병사들이 다 빠져나가고 교정이 텅 비었을 때, 그 공허함을 채우기라도 하듯이, 지난해 12월 14일 밤 이후의 기억이 내 머리, 눈, 귀 안으로 선홍색의 격류를 이루며 흘러들어왔다. 그 전까지는 되도록 떠올리지 않으려고 눈과 귀에 뚜껑을 씌워 위에서 누르고 있었던 것이다.

14일, 해가 떠 있는 동안에는 일본군이 계속해서 칼로 죽인 동포들의 시체를 뒷문 밖으로 흐르는 샛강에 던져버리는 일을 해야 했다. 그 중에는 아직 숨이 붙어 있는 사람도 있었다. 그로부터 보름 동안 거의 매일같이 칼에 난자되는 소리, 총검에 찔리는 소리, 아직 목숨이 남아 있을 때의 비명 소리, 그 비명이 점점 약해지다 이윽고 조용해지는 목소리, 그런 소리를 듣지 않은 날이 없었다. 하지만 그건 차치하고, 14일 저녁, 마천소학교 강당에 수용된 남녀노소 약 500명 사이에 임신 중인 모처우와 잉우, 양양과 함께 둥그렇게 모여 있었을 때, 양양의 제안으로 무의미한 희생을 막기 위해 이 500명을 조직하자고 해 적당한 사람이 있는지 절망한 사람들 속을 비집고 다녔었다. 그러다가 일본군 병사용 주방에서 불을 때고 물을 긷는 일을 하던 남자 네 명 가운데 첩자 K가 있는 것을 발견했다. 그때 나는 비로소 K가

이중 스파이가 아닐까 하는 의심을 품었던 것이다. 아무리 첩자라도 너무 빈틈없고 용의주도하다고 생각했던 것이다. 과연 첩자에게는, 재빨리 남의 환심을 사는 기술이 필요하고 몸에 배어 있겠지만, 그 지식과 기술에 첩자 자신이 지배당할 경우 사상은 지조를 잃어버리고 만다.

그때 K는 일본군이 술을 대량으로 들여오고 있다는 것을 알렸다. 어두워지면 어떻게든 뒷문으로 빠져나갈 수 있도록 해볼 테니, 지금은 500명의 동포에 대해서는 내버려두라고 역설했다. 나는 그럴 수 없다고 했다. 그리고 K에게 자네는 일본어를 할 수 있을 테니, 나와 함께 이 부대의 책임자를 면담해서, 진링대학에 있는 국제안전지대위원회에 연락하여 이 소학교를 안전지대로 지정하도록 배려해달라는 말을 전하고 싶다고 했다. K를 간신히 설득해 저녁 6시 부대장을 만났다. 나는 필사적이었다. 인간이 각자 인격이 있는 개개인이 아니라 난민이라는 덩어리로 되어 있을 때, 덩어리에서 빠져나와 한 명의 인간이 되는 것은 지극히 위험한 일이다. 이럴 경우 눈에 띈다는 것만으로도 살해될 수 있다. 땅딸막한 부대장은 하얀 칼자루의 긴 칼을 허리에 차고 참모들과 함께 술과 음식을 만끽하고 있었다. K가 식사를 관장하고 있는 하사에게 이야기하고, 하사가 중위에게 이야기하고, 중위가 부관으로 보이는 사람에게 이야기하고, 부관이 부대장에게 이야기했다. 그 결과 부대장은 지금부터 사령부에 있을 축하연에 참석해야 하니, 그때 이를 전하겠다고 하는 낭보를 얻었던 것이다.

그런데 부대장을 비롯한 지휘부가 자리를 비웠을 때, 그리고 하사와 병사들이 술에 취하기 시작했을 때, 최악의 사태가 일어났던 것이다.

그날 하루 동안 포로를 처리한다면서 학살에 취했던 병사들은, 밤에는 술에 취하고 이어서 섹스에 취하지 않으면 안 되었다. 여기서도 섹스와 죽음은 참으로 근접해 있다.

조금 전까지 특히 내가 부대장과의 교섭 결과를 보고했을 때까지만 해도, 다양한 계급과 직업의 남녀들로 이뤄진 500여 명의 난민은 즐겁게(?)라고 할 수 있을 정도로 실로 격의 없이 지내고 있었다. 죽음의 충격 뒤에 마음이 놓여서 사람에 대한 그리움마저 느끼고 있었던 듯, 담배를 갖고 있던 사람은 담배를 나눠주고, 뭔가 먹을 것을 갖고 있던 사람은 그걸 권해주기도 했던 것이다. 모두 한없이 착한 사람들이 된 듯 그런 모습이 신기하게 생각될 정도였다. 거기에는 어떠한 재앙도 함께 견뎌내자는 저항의 기반이 될 수 있는 결의마저 비쳤다. 그런데다 양양이 일본어를 할 수 있는 사람은 접근조로, 의술을 익힌 사람은 의료반으로, 노인과 아이들을 돌보기 위한 여성청년조 등을 차근차근 조직해나가는 것을 보고 있으니 뭔가 유쾌함마저 들었다. 재앙의 한가운데서 생겨난 우애와 연대감. 그러나 다음 순간에 그것이 어떻게 바뀔지는 그 누구도 알지 못했다. 느슨한 일시적 조직이 과연 그것을 유지할 수 있을지 어떨지.

우리 일가가 포격 소리 속에서 지내고 있을 때, 삶 전체가 아이들 소꿉놀이같이 유치한 감정을 일깨워주었듯이, 그런 감정이 난징 전체의 난민에게까지 확대된 것 같았다. 전쟁은 인간을 (판단력이 미숙한 혹은 부족한) 어린아이로 되돌리는 건지도 모르겠다. 어쩌면 갖고 있는 모든 야성을 발휘했던 일본군 병사들도, 사람 한 명의 판단력에도 미치지 못하는 조직 속에 편성되어 어린아이로 되돌려진 것인지도 모른다. 개구리나 물고기, 뱀 등을 무의미하게 장난삼아 죽이는 어린아이의 그 잔혹함으로 말이다.

강당 안에서는 모두가 혹한에 떨고 있었다. 갓난아이의 울음소리와 부상자들의 신음소리가 한데 뒤섞여 있었다. 피와 기름에 젖은 어둠의 광야에서 한 점 따스한 불 주위로 몰려드는 유랑민처럼, 온화한 웅성거림으로 가득했었다고 해도 과언이 아니다.

하지만 그렇다고 해서 마음을 놓았던 것은 결코 아니다. 교실에 진을 치고 술자리를 벌이고 있던 적병들의 노랫소리와 고함소리가 점점 높아져가는 것을 고조되는 불안감 속에서 귀에 담고 있었다. 9시쯤 K가 복도에 나타나더니 쥐처럼 복도를 기다가 때때로 무릎을 바닥에 대고 서서 뭔가 하고 있는 것을 봤다. 내가 K의 행동을 알아챘을 때 K도 나를 발견하고, 손가락으로 첩자 특유의 사인을 보냈다. 거기와 여기, 저기와 저기가 열려 있으니까…… 하는 것이었다. 또한 K는 '모든 게 소용없었다' '오직 술만'이라는 뜻도 손가락으로 알려주었다. 나는 긴장했다. '모든 게'의 의미는 안전지대위원회와의 교섭을 말하는 것이리라. 후자는 술에 곯아떨어지게 한다는 뜻일 거다. 그 뒤에 사인이 하나 더 있었는데 그게 무슨 뜻이었는지는 알아채지 못했다.

K가 다시 주방 쪽으로 모습을 숨겼을 때, 강당의 강단 옆에 있는 입구가 열리더니, 윗도리 단추를 푼 적병이 두 명 들어와 강단 위로 뛰어 올라갔다. 그러고는 의미는 모르겠으나 묘하게 슬픈 노래를 부르기 시작했다. 제대로 서 있지도 못할 정도로 취해 있었다. 노래는 군가 중 하나였을지도 모르겠다. 하지만 그다음에는 아마도 여자를 주제로 한 노래를 부를 것이고, 그다음은 성적인 내용의 노래를 부르리라는 것은 그리 어렵잖게 알아챌 수 있었다. 우리는 흩어져서 어디 어디가 열려 있다는 것을 모두에게 알렸다.

단상 위는 어느새 적병으로 가득 찼다. 유도 기술 같은 걸 구사하는 자도 있었다. 또 단상 뒤에서는 의외로 단아한 피아노 소리도 들려왔다. 적병 중에도 다양한 사람이 있는 것이다. 당연했다. 춤을 추는 자도 있었다. 마치 우리 난민들을 관객으로 하는 군악무도회가 열린 것 같은 광경이었다.

그러던 중 일어날 일이 일어났던 것이다. 앞줄에 있던 젊은 여자 두 명이 단상 위로 끌려 올라갔다. 이때쯤엔 아직 눈에 띌 정도는 아니었지만 난민의 수가 조금씩 줄고 있었다. 우리 역시 무릎으로 조금씩 움직이면서 위치를 바꿔갔다.

단상에서는 발버둥치는 여자를 붙잡은 병사들이 바지를 벗기려고 애쓰고 있었다. 이제 어쩔 수가 없었다. 계속 힘으로 으르고 협박해 결국에는 하복부가 드러났다. 무언가로 덮거나 가릴 수가 없었다. 여자들이 부끄러워하는 모습은 차마 보고 있을 수가 없었다.

하지만 의외로 그때는 거기서 끝났다. 두 명의 여자는 빠져나와 재빨리 옷을 걸쳤다. 이게 어쩌면 서곡이었는지도 모른다. 다시 말해 취한 병사의 수는 늘어났고 그들은 난민들 속으로 들어왔다. 그리고 사람들 눈앞에서 눈을 가리고 귀를 덮을 수도 없는 사태가 여기저기서 펼쳐졌다. 이때는 더 이상 결단도 없었다. 붙잡힌 여자는 다른 여자의 소매를 잡아당겨서 대신 빠져나오려고 했다. 어디선가 유리창이 깨졌다. 바로 옆에서는 총성도 났다. 자기 아내가 강간당하려 하자 남편이 유리 파편으로 적병을 찌른 것이다. 출구에는 단검을 손에 든 병사가 두 명 있었지만 우리는 합심하여 일격에 돌파했다. 그때 나는 왼팔 상박부를 찔렸다. 밖으로 나오자 바로 앞에 마구간이 있었다. 안에는 말과 사람으로 가득했다. 말발굽에 차였는지 처참히 죽어 있는 어린 여자아이의 시체가 뒹굴고 있었다. 그때 주위의 모든 전등이 꺼졌다. 지금 생각해보면 K가 보낸 마지막 사인은 '스위치를 내릴 테니 그걸 기회로 삼아라'라는 뜻이었는지 모르겠지만 너무 늦었다. 하지만 희생된 사람에게는 미안하나, 전체를 위해서는 너무 늦은 것이 아니라 적당한 때였는지도 모른다. K는 계산이 칼같이 정확한 사람이다. 그 정확함이 때로 나를 초조하게 하고 화나게도 한다. 그래서 내 계산이나 판단을 그르치게까지 한다.

사람들과 함께 강당의 처마를 따라 운동장으로 나가려고 할 때, 나는 사람의 배에 얼굴을 쿵 부딪혔다. 여자가 목을 매달고 있었다. 양양이 창틀을 타고 올라가 칼로 밧줄을 끊었다. 칼을 숨겨두고 있었던 것이다. 몸수색을 했을 때 발견됐더라면 그 자리에서 죽을지도 모르는데 말이다. 어두운 운동장으로 나와서 나는 모처우의 손을 잡고, 양양은 잉우를 안고 일제히 달려 나갔을 때 불빛이 확 비쳤다. 트럭 두 대의 헤드라이트가 켜진 것이다. 기관총 소리가 요란하게 울렸다. 운동장의 낮은 토담을 넘을 때 철조망에 모두 상처를 입었다. 하지만 우리 네 명은 다행히 아무도 총탄을 맞지 않았다.

우리는 밭지대를 비틀거리며 무작정 걸었다. 등 뒤에서는 총성과 비통한 울음소리가 끊이지 않았다. 두려움에 떨면서도 아무도 입을 열지 못했다. 이 주변의 지리는 잘 아는데, 마치 반대쪽으로 가고 있다는 생각이 들면서 대체 어디를 어떻게 걷고 있는 건지 어둠 속에서는 도저히 짐작이 가지 않았다. 비틀거리면서 몇 구의 시체를 밟고 넘어가다가 내장에 발을 디뎠구나 했던 적도 있다.

관이 많이 버려져 있는 밭까지 이르렀을 때 싸락눈이 내리기 시작했다. 관과 관 사이에 모처우가 주저앉아버렸다. 산기가 온 줄 알았는데 그건 아니었다. 그녀는 낮은 목소리로, "여기가 좋겠다는 생각이 드네요. 여기서 자진自盡하겠어요. 인간 세상에서 저런 광경을 본 이상, 더는 세상에 있고 싶지가 않네요"라고 말하는 것이었다. 그리고 눈이 얇게 쌓인 땅에 엎드려 일어나지 않았다.

한동안 네 명 모두가 침묵.

멍하게 있던 잉우가 몸과 마음의 피로가 한계에 다다랐는지 다행히 잠들어버렸다.

양양이 조용히 두 손을 내밀어 나에게서 잉우를 넘겨받아 포탄을 맞았는지 둘로 쪼개진 관에 눕히고는 내 상처를 처치해주었다.

상박부를 조여 지혈하고 상처에는 챙겨두었던 약을 발랐다. 붕대를 다 감았을 때 가까운 곳에서 고양이 우는 소리가 났다.

갸~옹, 갸~옹…….

땅에 누웠던 모처우마저 일어났다.

푸른빛이 도는 황금색으로 빛나는 눈이 두 개, 3미터 앞의 관 위에 의연하게 있었다. 이전에 하얀 고양이가 시신의 목 부분을 물어뜯고 있는 것을 본 적이 있다. 나는 무심코 흙을 움켜쥐어 던졌다. 하지만 2미터도 도망가지 않는다. 여기서 죽는다면 이 고양이가 우리 목을 물어뜯을까? 일어나서 내쫓으려 했을 때 모처우가 내 팔을 붙들었다.

가까이서 회중전등 불빛이 반짝거렸다. 양양을 사이에 둔 우리 부부는 땅에 엎드렸다. 발자국 소리와 반짝거리는 불빛이 보이지 않게 된 뒤에야 세 명 모두 소리를 죽이고 흐느껴 울었다. 잉우는 죽은 듯이 잠들어 있었다. 벌써 이틀 내내 한 끼도 먹지 못했다. 배고픔과 추위에 동사하는 것은 아닐까 걱정돼 관 속에서 안아올려 흔들어봤지만, 눈을 뜨지 않았다. 그러다 우리도 그만 잠들어버렸다.

눈은 계속 내렸다.

얼마쯤 지나서 나는 눈을 떴다. 팔에 심한 통증을 느꼈기 때문이다. 정신을 차리니 눈 앞에 커다란 백마가 요괴처럼 서 있는 것이었다. 말도 피를 흘리고 있었던 것 같다.

백마는 한동안 우리를 바라보고 있었다. 이윽고 고개를 떨구더니 총총걸음으로 눈 속으로 멀어져갔다.

그건 요괴였을까? 내가 환상을 봤던 걸까?

극한적인 모습을 보거나 혹은 정신이 극한까지 몰렸을 때 인간은 종종 발광을 한다. 실제로 그 강당에서도 미친 사람이 한두 명 나왔었다.

이날 밤 이후로 나는 수도 없이 참담한 것을 봐왔다.

십여 명에게 윤간을 당해 일어나지도 못하는 젊은 부인을 봤다. 그녀는 죽어 있었다.

무릎 꿇고 두 손을 모은 채 신도 부처도 그 기도를 들어주지 않으면 절대 안 될 것 같은 완벽한 기도 자세를 취한 사람을 수십 명도 넘게 봤다.

포탄의 폭풍에 예리하게 잘려 날아간 두꺼운 나뭇가지에 찔린 나체 시신도 봤다. 사람도 나무도 동시에 살해당한 것이다.

잘린 머리, 잘린 손, 잘린 다리.

들개가 나체 시신을 먹을 때에는 반드시 먼저 고환을 먹고 그다음 복부로 옮겨간다. 인간 역시 나체 시신을 들쑤실 때에는 먼저 성기를, 그리고 배를 가른다.

개나 고양이는 먹은 다음에 어디로 가야 할지 알고 있다. 하지만 인간은 죽인 다음에 어디로 가야 할지 모른다. 만약 안다면 다시 죽이는 길을 갈 뿐.

예전에 『신곡Divina Commedia』을 쓴 사람이 있었다. 그로부터 몇백 년이 지나 『인간희극La Comédie Humaine』을 쓴 사람이 나왔다. 지금은 짐승연극Comédie Bestiale인가?

나는 종말론자는 아니다. 하지만……

자기네한테 싸움을 걸어오는 놈은 제대로 된 인간이 아니라고 생각하고 있는 것인가? 파헤쳐진 연못에 있던 가물치가 생각난다.

전쟁에서 사람이 사람을 죽이는 것은 당연하다고 누군가 말했다.

뼈와 근육으로 다져지고, 신경이 통하고, 그래서 움직이고, 느끼고, 생각하는 이 아름다운 존재를, 수만, 수십만씩이나 가장 추악한 물건으로 바꾸지 않으면 안 되는 가치라는 게, 만약 있다고 한다면 그것은 망상의 세계에밖에 존재하지 않는다.

사람이 설령 물고기의 내장과 똑같은 것을 배에 갖고 있다고 해도 말이다.

그즈음부터 사람이 사람을 죽이는 장면을 볼 때마다 내게는 망연히 서 있던 그 백마의 환영이 나타나곤 했다. 그 밖에 고양이나 박쥐나 죽은 나무나 화염 따위도 환영으로 보게 되었다.

또한 그런 것이 하나도 없는 바위와 금속만으로 된 세상으로 가고 싶다고 생각하게도 되었다.

눈 내리는 밤이 지나 아침이 왔을 때, 나는 길에서 서양인 한 명이 중국인 한 명을 거느리고 걸어가는 것을 봤다. 나는 그 서양인에게 도움을 요청했다.

맥기인지 매기인지 하는 미국인이었다. 자기 동포에게 의지할 수 없어 제3국 사람에게 의지할 수밖에 없는 상태. 지금으로서는 동포끼리 싸워서 상처 입은 사람 중 어떤 자는 일본인에게 의지하게 되었다.

이 맥기 혹은 매기라는 사람은 거리에 드문드문 떨어져 있는 집이란 집의 모든 문을 열어보고 내부를 촬영했다. 어느 집이든 울고 있는 여자나 죽어 있는 여자, 고개를 떨군 남자나 죽은 남자가 있었다.

이리하여 우리는 진링대학에 설치된 안전지대에 겨우 도착했는데, 그곳 역시 포로를 수색한다는 명목으로 난입한 적군에게 침범당했다.

모처우와 잉우와 양양에 대해서는 다루지 않겠다. 환시가 아니라 나는 그들의 운명을 내다보고 있다.

안전지대 안에서 백부를 만났을 때, 백부는 이전에 했던 말을 되풀이했다. 그리고 맨 마지막에 지금 이렇게 된 것도 그 근원을 따지면 우리 중국의 청년층이 타락하고 부패한 탓이라고 덧붙였다. 청년의 타락을 질책하는 목소리가 커지기 시작한다는 것은, 젊은이들이여, 어른들은 전쟁 준비를 시작하고 있는 거다. 그렇게 생각하면 틀림없다.

12월 19일 오후 3시, 나는 왼팔의 상처 때문에 포로로 인정되어 모든 사람에게 이별을 고했다. 백부는 보이지 않았다. 하지만 나는 백부가 어딘가 창문 근처에 있었던 게 아닐까 하는 의심을 지울 수 없다. 손을 뒤로 돌린 채 포승줄로 묶여 트럭에 실려갔다. 시다문西大門에 도착했을 때에는 이미 총소리가 요란하게 울리고 있었다. 먼저 트럭에 실려온 동포들의 처분이 끝나는 것을 기다려야만 했다. 우리는 거기서 포박을 풀고 꿇어앉았다.

죽음을 통해서 본 풍경은 가장 아름다운 것이라고 한다.

나도 분명 그렇게 썼다.

이 세상의 자연과 인간에게 작별을 고하려고 하는 사람의 최후의 순간 눈에 비치는 경치는, 투명한 막을 통해 보듯이 모든 것이 여과되어 아름답다고 한다.

그건 그럴지도 모르겠다.

주관의 극한. 인식의 고정화와 그 극복.

하지만 그것은 사랑하는 남자건 여자건, 요컨대 그 고독은 애정과 우정에 의해, 이 세상 모든 것에 의해 떠받쳐진 고독이다. 사람은 오히려 둔화되어 이데아와도 비슷한 애정과 우정을 보고 있을 뿐 풍경 그 자체를 보고 있는 것이 아니다. 나는 그렇게 생각한다. 어떤 죽음이건 죽음은 똑같다. 하지만 이유 없이 죽임을 당하는 자에게, 물고기의 눈이 되어 본 풍경은 황량할 뿐만 아니라 완전히 무의미하다. 풀이 있건 나무가 있건, 눈이 오건 오지 않건, 그것은 바위와 금속으로 된 풍경에 지나지 않는다.

완벽의 아름다움은, 진리는, 아름답거나 진짜 같거나 한 게 아닌 모양이다. 어중간한 것이 아니다.

그리고 죽어가는 자는 사실은 매우 바쁜 법이다. 병으로 죽어가는 사람에게 캠퍼액을 주사하거나 뭔가를 조치해 버티게 하는 이유가 뭔지 알고 있는가? 그건 조금이라도 그 사람이 살아 있는 시간을 늘리려고 하는, 즉 살아 있는 사람들에 대한 배려에 기반한 것 같지만 사실은 그렇지 않다. 살아가기 위해서는 노력과 체력이 필요하듯이 죽기 위해서도 실로 노력과 체력이 필요하다. 그것은 죽기 위한 체력을 유지시키려고 하는 것이다. 죽기 위해서는 육체적으로 얼마나 노력을 해야만 하는가? 눈이 녹은 진흙 속에 무릎 꿇려진 우리를 우리 동포들이 뒤쪽에 줄을 서서 영차영차 어깨로 밀고 있는 것이다. 죽음의 방향으로, 시다문 밖의 총성이 나는 방향으로, 아주 열심히, 그리고 힘차게 밀고 있는 것이다……

우리는 100명 정도씩 시다문을 통과했다. 아니, 뒤쪽의 동포들에 의해 앞으로 밀려나갔다. 앞쪽 사람들은 나가려 하지 않고, 뒤쪽 사람은 밀어내는 이상한 역학이다. 대문 밖과 위에는 기관총이 몇 대 배치되어 있어서, 위와 옆에서 대문 밖으로 나간 순서대로 쏜다. 총에 맞은 시신은 문 바로 앞의 샛강으로 데굴데굴 굴러떨어진다. 샛강에는 약간 왼쪽으로 다리가 놓여 있다. 일본군은 이곳을 형장으로 만들기 위해 문밖의 도로를 절반 정도 깎아서 가파른 비탈로 만들었다. 숨이 끊어지지 않은 자는 샛강으로 떨어지지 않으려고 땅바닥에 달라붙는다. 그러면 병사가 와서 찔러 죽인다. 나는 어떻게 살아 나왔는지 잘 모르겠다. 어두워진 뒤 샛강에서 기어 올라온 건 아닐 것이다. 그보다는 시체 속에서 나와 어떤 빈집에 들어갔을 때 그곳에 먼저 와 웅크리고 있던 이가 말한 대로 아마도 기관총이 발사되는 순간에 엎드려 그대로 샛강으로 굴러들어간 건지도 모르겠다.

그 빈집에 둘이서 열흘 동안 숨어 있었다. 근처에 사는 사람이 매일 죽을 갖다주었다. 나는 고열로 의식이 거의 없었다. 누군가가 치료를 해주었다. 폐렴이었는지도 모른다. 다행히 열이 내려 병석에서 막 일어난 몸을 이끌고 진링대학 방향으로 걸어가고 있을 때, 행진하는 부대 맨 뒤에 있던 병사가 "어이, 형씨" 하고 불러 세우더니 자기 짐을 들게 했다. 그때부터 넉 달 동안.

왜 이렇게 비참한 것을 적어두는 걸까? 나 자신을 위해서인 것만은 확실하다. 나 자신이 되살아나기 위해서다.

나는 지금 살아 있는 사람으로서 무전을 보내는 일과 노예로서의 일 두 가지를 갖고 있다. 그러면서도 사실은 바위와 금속만으로 되어 있고 시간이 없는―앞에서 했던 말을 뒤집는 것 같지만―아름다운―이라는 말을 넣고 싶은 생각이 간절하다―세상과 생명에 가득 찬 6월 산천초목의 세상, 비인간적인 세상과 인간의 세상, 그 둘 사이의 경계를 헤매고 있는 것이다. 그 어느 쪽 세상에 되살아나고 싶다고 생각하는 걸까? 근본적으로는 잘 모르겠다.

하지만 내게 있어 사랑과 생명의 근원이 되었던 모처우의 자궁 속 세상은 잃어버렸다. 거기에 깃들었던 새로운 생명도 잃어버렸다.

죽음도 삶도 섹스도 똑같은 것이라 생각된다. 흘러가는 순수한 시간이 눈에 보이는 것 같은 기분이다. 백마가 갈기를 길게 늘어뜨리고 암흑의 우주를 달려간다.

×월 ×일

×월 ×일이라고 썼는데, 오늘은 사실 6월 30일이다.

그건 알고 있다. 하지만 뭔가를 명백하고 확실하게 인식하는 것은 괴로운 일이다. 지금으로서는 세상에 난징 학살 사건이라 불리는 학살을 감행한 적을 증오할 기력도 없을 만큼 절망 상태다.

7월 2일

오늘, 바로 이어서 적어둘 어떤 사건이 있어서, 불과 몇 줄이지만 어제 적었던 일 전체, 그리고 지난해 가을 10월 30일 이후에 적어온 것 중에 몇 가지 잘못된 게 있다는 걸 알았다. 적어도 인식하는 방식에 있어서는 어제 적은 것이 전적으로 잘못되었다는 것을 알았다. 한편, 타국의 군사 지배와 어두운 정치 기후 아래서 살아가는 것이 얼마나 쉽고도 자연스럽게 사람을 분열시키며 타락시키는지도 알 수 있었다―여기서 나는 미리 덧붙여둔다. 엄밀히 말하면 타국의 어쩌고 하는 전제는 사실 불필요한 것이다. 모든 것은 인간의 문제이기 때문이다. 그리고 인간의 문제를 순수하게 생각하기 위해서도 타국에 대해서 지금부터 생각하고자 한다.

어떠한 일이라 하는 것은 다음과 같다. 오늘 오후, 나는 기리노 중위의 저녁 식사를 위해 술을 사러 나갔다. 거기서 K와 연락해서 기리노 중위가 일본군 사령부에서 가지고 돌아온 서류 일체를 찍은 필름을 건네려 했다. 그런데 그게 과연 좋을지 어떨지를 다시 생각하던 차, 그 술 가게 앞을 쓱 지나쳐간 한 여자에 대한 것이다.

그저 얼굴과 뒷모습을 슬쩍 본 것에 지나지 않은 모르는 여자를 대상으로, 인식의 문제 어쩌고 한다는 게 아마 남들에게는 우스운 일일 것이다. 그런 생각이 들자마자 내 귀에는 공허하고 거대하며 비판적인 웃음소리가 들려오는 것 같다. 그 소리가 이 좁은 지하실의 네모난 벽에 튕겨서 무전기 속의 진공관을 통해 증폭되어 들려오는 것 같다.

지난겨울 일본군이 난징을 청소할 당시, 국제난민구제위원회가 지정한 안전지대에 침입해온 적군에 의해 중국군, 즉 포로로 오인되어 처자식과 이별하고, 100명씩 한 조로 대량 학살을 당할 뻔했을 때, 정말로 구사일생한 이래로 나는 참으로 다양한 환영과 환청에 시달려왔다. 말하자면, 뭔가 그런 느낌이 드는, 그런 것이 들리는 것 같은 기분? 뭔가의 징조를 내 신경은 환영과 환청으로 실현시키고 만다……. 백마가 갈기를 길게 늘어뜨리고 암흑의 우주로 달려가는 것을 보거나, 뭐라 말로는 표현할 수도 없고 이 세상의 어떠한 음향도 그걸 나타내기 힘든, 인간과 동물의 고통에 찬 울음소리 같기도 한 소리를 듣거나 한다.

키~, 우위~, 키~, 우위~ 이런 느낌?

그리고 이 환영과 환청에서 깨어났을 때 스스로를 통제하려 하지 않고 멍하니 있으면, 갑자기 격렬한 분노가 치밀어 올라와 닥치는 대로 적병을 모조리 죽여버리고 싶어진다.

열정Passion이란 이렇게나 수동적인Passive 것이다. 진짜 행위자와 인식하는 자는—이 둘은 절대 서로 다를 수 없다—열정과는 서로 대립이 확실한 자유로운 사상을 유지하는 사람이어야 한다.

방 안의 웃음소리가 멎었다.

신경이 정상인 사람, 예를 들면 원래 우리 형이 쓰던 이층의 침대에 잠들어 있는 기리노 중위의 귀에는, 나처럼 '키~, 우위~, 키~, 우위~' 그리고 'kha……kha……kha……' 하고 바뀌어가는 이런 소리 따위는 결코 들리지 않는다. 여기서 나는 굳이 신경이 정상인 사람으로 기리노 중위를 예로 들었다. 내 증오는 결코 그를 정상적인 사람이라고 인정하지 않으려 한다. 하지만 나는 내 증오에도 저항하지 않으면 안 된다. 마치 갑자기 소송을 당하면, 소송 건 사람이 잠깐 정신이 어떻게 된 거 아닌가 하는 생각이 드는 것과 같은 그런 착각을 해서는 안 된다.

기리노 중위와 그가 소속된 집단의 무리는 그 정상 상태를 유지하려 하고, 나는 이 이상의 상태로 향해 가는 것을 극복해, 그들의 정상 상태와는 또 다른 정상 상태를 세우고자 한다.

그런데 내 눈앞을 쓱 스치고 지나간 여자에 대해 말한다면서 뭐 이리도 한참 샛길로 빠졌단 말인가. 자기 자신을 똑바로 세워서 살아가기 위해서는 나는 정말로 온갖 것을 검토하지 않으면 안 된다.

바지의 사타구니 안쪽에 별도로 만든 주머니 속에 그 필름을 두 통 넣어두었다. 나는 재빠르게 움직이는 K의 눈동자를 쳐다보며 이야기하고 있었다. 거기에 회색의 중국 옷을 입은 그 여자가 온 것이다. 길쭉한 얼굴에, 중국인치고는 부자연스러울 정도로 눈이 움푹 들어가고, 눈썹은 길고, 뺨에는 주근깨가 약간 있었다. 마른 체형에, 가슴도 크지 않고, 엉덩이도 작다. 결핵을 앓고 있나 하는 생각이 들었다.

아니 결핵은 괜한 말이다.

한마디로 말하자면 지금은 없는 내 아내, 모처우와 꼭 닮았던 것이다. 그랬다.

이걸 드러내서 말하는 괴로움이 결핵이라는 망상의 병을 그 순간 그 사람에게 입힌 것이다. 망상에 몸을 맡긴다면 지금 나는 육체와 정신의 온갖 병증을 발명해 그것을 실현시키는 게 가능할 것이다.

필름은 K에게 건네지 않고 다른 첩자를 만나 처리한 뒤 중위를 위해 세 근 정도 좋은 술을 받아 돌아오던 나는 전란 이후로 겪어보지 못한 경험을 하나 했다. 내 육체가 깨어나 모처우와 나눈 사랑의 행위 하나하나를 추억해낸 것이었다. 나는 식은땀을 흘리며 생각하고 또 생각했다. 뜨거운 하늘 아래 폐허 속의 길을 더듬어 갔다.

여성과, 그리고 인식의 형성에 대해서.

왜 나는 눈이 움푹 들어간 여자에게 끌리는 것인가? 왜 그런 얼굴을 한 여자를 보면 왠지 모를 희열을 느끼고 편안한 기분이 되는 걸까? 그 이유에 대해서는 아마도 유년기에 상하이에 살았을 때, 옆집에 살던 네덜란드인가 뭔가 하는 나라 사람의 딸까지 거슬러 올라갈 것이다. 그리고 당시의 서구 숭배 관념에까지도 그 근원을 거슬러 올라갈 수 있을 것이다. 모처우와 오늘 만난 사람은 차치하고 서구 숭배라는 이유에 대해서는, 기리노 중위—일본에서 온 소식을 가지고 생각해보건대, 이 사람은 아무래도 직업 군인이 아니라 소집되기 전에는 대학 교수인가 뭔가를 했던 것 같다—가 가로쓰기로 된 책을 방에 조금씩 채워가는 걸 보고 내가 모종의 친근감마저 느끼는 것과도 관련이 있을 것이다.

이런 일들이 사소하게 보이지만 사실은 그렇지 않은 것 같다. 내 경우를 생각해봐도, 여성의 용모에 대해 그저 좋고 싫은 취향처럼, 이 작고 사람의 안쪽 깊은 곳에 숨어 있는 단서에서 발생한 것마저, 충성과 배신이라고 하는 결정적인 사태에까지 이를 수 있다는 것을 말할 수 있다.

그러니 여기서 눈이 움푹 들어간 여자라는 심상을 일단 떠나 나 자신의 주제로 돌아와서 말하자면, 나의 오래되고 깊은 곳에서 솟아오르는 왠지 모를 희열 자체가 마치 용모가 가져야 할 조건 내지는 특성으로서, 눈이 움푹 들어간 얼굴에 투영되고 있던 것이다. 그리고 그것에 대해서 여태껏 의식을 못 하다가 오늘에야 알게 된 것이다.

그 무의식 정도가 여자와의 교제에 한정된 경우에는, 험악한 일은 생길 수 있을지언정 그렇게 심하게 위험한 일은 없을지도 모른다. 아무튼, 왠지 모르게 좋아졌다고 하는 것은, 왠지 모르게 싫어졌다고 하는 것과 마찬가지로, 그 깊고 얕음에 상관없이, 엄밀히 말하면 충분히 알기까지 기다리지 않고, 또 알기 위한 의지적 노력을 하지 않고, 경솔하게 판단을 내리고 있었다고 하는 게 될 것이다. 별것 아닌 공상 속에 나 자신의 인식과 판단이 전체적으로 포함되어 있었던 것이다.

왠지 모를 공상과 취향―이런 말은 다음과 같이 생각하는 데 적용하기에는 부적당하지만―은 오늘 모처우와 닮은 여자를 본 내 심장 박동을 빠르게 했다. 그리고 적에 대해 단순한 육체적인 혐오와 증오로부터 오는 수동적인 저항이, 과연 어느 정도 오래 지속될 수 있을까? 이것은 본질적으로는 전자와 똑같은 비중으로 생각할 수 있다고 본다.

신체로 환원해야 할 열정과 심상은 빨리 신체로 확실히 환원시키지 않으면 안 된다. 그리고 그 신체를 가지고 자유로운 의지와 사상에서 재출발할 것. 그렇지 않으면 나는 내게 씌여 있는 환영과 환청조차 극복하지도 지배하지도 못할 것이다. 지금은 신경쇠약이라 칭다오靑島의 해변을 유람하거나 할 수 없다.

하지만 한번 더―그리고 앞으로도 몇 번이고―왜라고 생각해보

자. 왜 이렇게 번거로운 걸 생각하는 걸까?

왜냐하면 본능적인 애국심 따위와 같은 부정확한 것으로는 적과 오래오래 싸울 수 없기 때문이다. 붙잡혔을 때 고문의 고통을 견뎌낼 수도 없을 것이기 때문이다. 나는 군대에 있는 것은 아니다. 나는 가족을 잃고 혼자 된 사람이다. 그리고 그 고독의 밑바닥을 깨려 하고 있는 것이다. 내가 지금 싸우고 있는 것은 나 자신의 인식에 대해서다. 인식을 변혁시키는 연극, 이것이 나의 연극이다.

우리 농민과 직공들은 단순소박하게 저항하고 있는데, 자네는 뭐 그리 복잡한 절차를 거치지 않으면 안 된다는 거냐고 물을 수 있다. 하지만 이것은 복잡하지도 않고 아무것도 아니며 그저 깊이 생각하는 것에 지나지 않는다. 농민이 무기가 없으면 어두운 밤에 곡괭이라도 들고 공격해오듯이 지성은 도구에 지나지 않는다. 생각해보면 학창 시절에 철학 과목을 필수로 들었어야 했는데, 인식론이라는 것에 대해서 뭐 이리 까다롭고 번거롭냐고 탄식한 적이 있다. 그런데 그게 이렇게 직접 내 삶을 구하고, 이 격동의 시간에 의미를 부여하는 것으로 되돌아올 줄은 전혀 생각지도 못했다.

오늘 그 회색 옷을 입은 여자를 슬쩍 봤던 것을 계기로 유년 시절까지 거슬러 올라갈 수 있었던 게 나는 몹시 기뻤다. 언제 어느 때에 인생이 끊어질지 모를 전란의 시대에, 나는 내 인격이 언제 무엇을 저지를지 모를 불안정하고 불연속적인 것으로 형성되지 않을까 하는 불안함을 안고 있었다. 그런데 나는 나 자신이 그런 유동적인 인물이 아니라는 것을 알 수 있었다. 어쨌든 똑같은 인간이고 인류의 일원이라 생각하면 동일한 존재인 일본군과 오래오래 싸우고, 죽고, 한 번 더 죽는 것과 마찬가지인 고문을 견뎌낼 수 있는 가장 강력하면서도 가장 명확한 관념은, 제국주의라고 하는 센세이셔널한 정치적 매스컴 용어에 휘둘려서는 결코 생겨나지 않는다.

어제의 일기 내용이 잘못되었다고 한 것은, 거기에 나의 의지가 전혀 들어 있지 않았기 때문이기도 하다. 절망 상태라고 잘도 뻔뻔스럽게 말했었구나.

어젯밤에 만약 방심한 틈에 체포라도 됐다면, 나를 시작으로 하나하나 꼬리를 잡혀 조직이 붕괴, 궤멸됐을 것이다. 백부에 대해서는 한마디로 말할 수는 없다. 저항의 필연성은 스스로 그것을 창조한 사람만이 잡을 수 있는 것이다. 필연성, 즉 특정한 방식으로만 존재할 수 있는 것. 그것은 결코 사람을 구속하는 것이 아니라 살리는 것이다. 고독한 작업의 과정에서 사람은 사람들 속으로 나설 수 있게 된다.

모두가 그렇기 때문에 혹은 그런 편이 올바르다고 생각되기 때문이라는 식의 수동적인 방식은 계산 기계나 다름없다. 스스로 필연성을 창조하지 못하는 자유는 자유라고 할 수 없을 것이다.

창조자, 창조적인 영수領袖야말로 우러러 받들어야 할 존재다. 만들어진 자가 아니라. 지난 6월 3일, 국민당중앙감찰위원회는 3월 29일부터 4월 1일까지 한커우에서 열린 임시전국대표대회의 결의에 근거하여, 추방되거나 투옥되어 있던 다수의 정치 관계자의 국민당 당적을 복권시켰다. 그중에는 공산당원인 천두슈陳獨秀, 장궈타오張國燾, 펑수즈彭述之, 바오후이썽鮑慧僧, 저우언라이周恩來, 린쭈한林祖涵, 마오쩌둥毛澤東, 예젠잉葉劍英 등의 이름도 끼여 있다. 이번 싸움에서 누가 싸움의 사상과 관념의 창조자가 될 것인가? 6월 9일에 국민당 정부는 한커우에 위기가 임박했다며 한커우에 잔류하고 있는 정부 각 기관에 쓰촨성四川省 충칭重慶 및 윈난성雲南省 쿤밍昆明으로 각각 이전하라는 명령을 발부했다. 그리고 장제스 주석은 한커우 퇴각에 임해 군과 인민에게 결별 성명을 발표했다. 이 일련의 사태를 나는 우려 깊은 눈초리로 보지 않을 수 없다. 점차 정부는 원조를 보내주는 모든 나라와 적의 움직임 자체에 의한, 즉 전쟁 그 자체에 홀리고 중독된 피조물로 변해가고 있는 것처럼 생각되기 때문이다. 나의 애국심, 웃지 마시라, (적극적인) ─ 적극적이지 않은 인식이라는 게 있을 수 있을까 ─ 인식론에서 피어난 애국심이다.

이런 말을 하는 것도, 전쟁 때문에 처자식을 잃고 노예가 되어버렸음에도 불구하고 내 정신 어딘가에 전쟁의 중대함 그 자체에 대한 완강한 의심이 있기 때문일 것이다. 분명 전쟁, 적대 행위, 그것들에 수반되는 온갖 잔학함과 죽음은 비극적이고, 잔인하고, 극적이고, 비참하고, 소란스럽다. 그런데 그것이 한 민족의 역사와 운명을 결정할 정도로 중요한지에 대해서는, 실제로는 의문의 여지가 없는 것임에도 강하게 의심하면 더욱 의심스러워지는 것이다. 전쟁에는 아무래도 연극적인 요소가 다분히 있는 것 같다. 연기를 하는 것은, 사물이나 시간의 질과 방향을 바꾸거나 하지 않는다. 나는 장제스 주석이 발표한 한커우 결별 성명의 몹시도 비통한 어조에 약간 곤혹감을 느낀다. 게다가 우려했던 대로, 한커우의 군과 인민들이 심하게 동요한 탓에 6월 23일에 이르러 정부의 충칭 이전은 잠시 연기되었다……. 정부는 전쟁에 홀려서 중국 자체 역사의 여정과 시간의 흐름에 대한 인식을 잃어버리고 있지는 않은가?

7월 3일

오늘 나는 서정적이다. 아니, 이건 좀 나중에 적어야겠다.

기리노 중위가 오늘 아침 일찍 안칭安慶에 갔다. 안칭은 6월 12일에 함락되었다. 23일에는 후커우湖口가 함락되었다. 이런 속도라면 이달 말에는 주장九江이 함락되고, 우한武漢, 산전三鎭도 가을이면 함락될 것이다. 패주천리敗走千里. 패배의 바람은 전국을 휩쓸고 사람들의 마음속을 헤집고 간다. 정부가 둘로 갈라져 있다는 첩보를 들었다.

중위가 안칭에 출장 간 것을 알게 된 것은 실은 백부의 입을 통해서였다. 괴뢰정부 위생부에 근무하는 백부가 열흘 전쯤에 적군과 더불어 이질과 티푸스, 콜레라가 창궐한 안칭에 갔던 것은 별로 이상하지 않다. 아마도 그는 가장 적은 비용의 전염병 박멸법으로 여기저기 불을 지르며 다니고 있을 것이다. 병이 발생한 마을이나 도회지라면 구획 하나를 봉쇄하고 이를 불태워버리는 것이다. 몸져누워 일어나지 못하는 환자들은 산 채로 화장되는 것이다. 하지만 위생부에 근무하는 백부가 어째서, 그것도 열흘이나 전에, 정보장교인 기리노 중위가 출장 가는 것을 알고 있었던 것일까? 백부가 요즘 사치하는 수준을 보면, 위생 대책이랍시고 불을 놓는 걸로 때우고서, 약품들을 모두 암시장에 팔아치운다는 정도로 과연 설명이 되는 수준인가? 나는 그걸로 설명이 안 된다고 판단한다. 아마도 그는 가장 수입이 좋은 특무 기관에 발을 들여놓은 것이리라. 이 집과 재산을 자기 걸로 할 기회를 잡으려 하는 것이다. 패주천리. 전쟁은 한 치 앞도 내다볼 수 없을 만큼 길어졌다. 그렇다고 한다면 자기는 괜찮을 거라고 생각하고 있는 게 아닐까? 적의 특무 기관과 백부. 이것은 나를 소름끼치게 하기에 충분하다. 두려움마저 든다. 적의 특무 기관이 무서워서도 아니고, 집을 뺏겨 한커우의 형에게 혼나는 것이 싫어서도 아니다. 정확히 말하자면 나는 그를 처치하지 않으면 안 되기 때문이다. 백부는 내가 그러한 임무와 기술을 갖고 있다는 것을 모른다. 알려서는 안 된다. 그것만큼은 나도 너무나 싫은 것이다. 늘 그의 양 입가에 찐득하니 뭉쳐져 있는 하얀 타액이 내 마음에 끈적하게 달라붙어 있는 것 같다.

중위가 집을 비운 데다 딱히 할 일도 없어서, K를 비롯해 나와 연락을 취하는 첩자들을 한 명 한 명 각각 모처우 호숫가에 있는 요릿집으로 불러내 사생활 상담을 이것저것 했다. K만 제외하고, 모두가 한 번 고향으로 돌아가고 싶다, 처자식 얼굴을 보러 가고 싶다고 한다. 당연하다. 한 명 한 명 시간을 달리하여 돌아가도록 했다.

조심해야 한다. 우리는 이미 피로해 있다. 그러니까 아마도 가장 심한 타격이 가까운 시일 내에 올 것이라고 생각해야 한다. 그것이 오기 전에 충분히 휴식을 취해두어야 한다. 고향이 있는 사람은 고향으로 돌아가고, 처자식이 있는 사람은 난롯가로 돌아가는 편이 낫다.

그런데 나의 난롯가는? 그것은 모처우 호수다. 나와 아내는 결혼 전부터 자주 모처우 호수를 산책하고 호숫가 요릿집 주변을 돌아다니곤 했다. 이 호수 근처에 살았던 육조시대의 시인 모처우의 이름을 빌려 아내를 모처우라고 부르게 되었다.

모처우 호수는 우리의 고향인 셈이다. 그 근처에서 우리는 서로에게 마음을 품었다. 사랑이, 하나의 세상이 우리를 붙들었다. 우리 영혼이 그것을 만들었다. 우리가 만든 것에 우리는 "사랑"이라는 이름을 붙였다. 이름을 붙이니 그것은 존재하기 시작했다. 사랑이 존재하기 시작한 그 호수 근처도 파 뒤집히고, 무너져 내리고, 여름 수풀 속에 불발탄이 숨어 있거나, 벌겋게 녹이 슨 전차의 머리가 풀 위로 나와 있기도 하다.

　자 그럼, 오늘 날짜를 적고 바로 그 밑에 썼던 서정적이라는 것에 대해 다뤄보자.

　있는 그대로 말하자면 '다뤄보자'라고 하는 것은, 즉 그것을 퇴치하자, 견고한 관념에까지, 환원할 수 있는 데까지 추궁해보자는 것이다. 시나 소설이 그러하듯이, 이모셔널, 즉 감정적인 것, 정서적인 것을 확대 확충하는 것은 지금 나에게 있어서는 바람직하지 않다. 그리고 내 처세에 있어서도 좋지 않은 영향을 미칠 게 틀림없을 테니까. 그리고 전란 이후 처음으로, 즉 모처우가 죽고 나서 처음으로 갔던 모처우 호수에서 내가 얻은 서정성을 퇴치하려는 것이 고인의 뜻에 따르는 것이라고는 생각하지 않는다. 애매한 것을 남겨두게 되면 거기서부터 사랑은 썩어간다.

　잃어버려야 비로소 참으로 그것을 얻는다는 말이 있다.

　이는 여러 서정 시인의 발상의 밑바탕에 있는 것 같다. 그리고 지금 나는 그러한 발상에 포함되어 있는 어느 정도의 나약한 근성을 적출하고, 부정하고, 거부하려 한다. 그런 발상에는 필연적으로, 내가 획득한 존재는 그것을 잃어버린 사람 혹은 사물이 내게 얻게 해준 것이라고 하는 피조물적인 의식이 따르기 때문이다.

만약 나에게 시를 창작하는 재능이 있다고 해도, 나는 결코 모처우를 위한 애도가나 진혼가를 만들지 않겠다. 오히려 나는 마췬소학교에서 집단 탈출을 도모하고, 살인과 술에 취해 고주망태가 된 적의 손에서 벗어나 트럭의 헤드라이트와 기관총탄 세례를 받으면서도, 어쨌든 목숨만은 건져 무사히 철조망을 넘고, 밭지대로 나와 내버려진 관 사이에서 살인과 강간을 위해 손에 회중전등을 들고 헤매는 적병을 피해 납작 엎드려 있었을 때, 지척에서 본 그 눈 내린 밤의 고개를 숙인 하얀 말—그날 이후로는 어두운 하늘을 나는 것처럼 보이게 된 하얀 말— 의 모습이야말로 그림으로 그리고 시로 노래하고 싶다고 생각한다. 그것은 우리 일가가 절멸한 뒤의 화합을 그리고 새기는 일이기 때문이다.

하지만 우리는 많은 것을 멸망에 의해 배우지 않으면 안 되는 운명에 있는 것 같다. 조국의 멸망, 가족의 멸망. 하지만 이 운명 속에서 익사해서는 안 된다. 멸망은 인간과 그 문화를 한순간에 또는 서서히 물질로 만들어버린다.

모처우와의 관계로 말하자면, 내게 있어 가정이란 다양한 지식과 경험을 가지고 돌아가, 거기서 재확인하고 그것들 모두를 육체화하기 위한 장소였던 것이다.

나에게 세상을 열어주고 그것을 확인하는 데 힘을 실어준 모처우는 적병에게 강간을 당하고 죽었다. 내가 그것을 지켜본 것은 아니다. 그 전에 나는 진링대학의 안전지대 구역 내에서 전선에 줄줄이 묶여 트럭에 실려갔던 것이다.

그러나 그녀는 죽었다. 죽어서 물질이 되었다.

멸망이 단지 철저히 멸하는 것이라면 아마 멸망이라는 말도 생겨나지 않을 것이다. 어떤 사물, 어떤 인간, 어떤 나라의 멸망이 그 멸망이 있지 않고서는 생겨날 수 없는 완전히 새로운 가치, 완전히 새로운 존재를 낳을 수 없었다고 한다면, 그 멸망에 무슨 가치가 있을까? 우리 중국의 역사 특히 근대사는 멸망의 역사다. 그때그때 새로운 가치를 낳아왔던 것이다.

기괴한 일이지만 지금 나는 샘에서 물이라도 떠 마시듯이 두 손을 모았다. 그 안에 모처우와 잉우가 죽어서 된 물질, 그 결정이 담겨져 있기라도 한 듯이.

추억은 아직 그 달콤함을 잃어버리지 않았다. 그 체취도, 부드러운 살결도, 그 땀과 체액의 끈적함도, 정확히 기억하고 있다.

"잉―디―"

모처우는 조금 서글프게 내 이름을 불렀었다. 그 목소리도 확실히 귀에 남아 있다.

자궁 속에서의 안식과 끊이지 않는 창조와 그 우주.

그리고 죽음.

문득 나는 그런 생각이 든다.

액체, 예를 들면 석유라고 하자.

석유는 그것에 열이 가해지면 기체, 불꽃, 연기가 되어 사라진다.

인간의 죽음을, 그것도 사랑하는 사람의 죽음을 석유 정도의 물질 수준으로 생각하는 것은 예의가 없는 것일까? 설령 틀렸다고 해도, 예를 갖추지 않았다는 것은 지금 나로서는 생각할 수 없다.

열이 가해져 석유는 우주 속으로 소실된다.

그러면 그 석유는 완전히 증발하여 없어진 것인가? 허무로 돌아간 것인가? 분명 없어지기는 했다. 담고 있던 용기도 텅 비었다. 이 집에 모처우와 잉우는 없다. 그들을 느끼는 것은 불가능하다. 하지만 어떻게 생각하면 좋을까? 그 석유는 역시 존재한다. 우주에는 그 석유를 구성하고 있던 원자가 결코 파괴되지 않은 채 존재하고 있다. 냄새와 촉감 등의 속성을 박탈당한 적나라한 형태로. 또 그 원자조차 파멸하여 분해, 분열되었다고 해도 틀림없이 우리에게 아직 알려지지 않은 새로운 가치, 즉 새로운 배열을 취했을 것이다. 그것은 이 우주를 떠난 게 아니다. 지금 이 우주라고 썼는데, 저 우주라는 것도 있을지 모른다. 있어도 상관없다.

파멸, 멸망한 종교.

하지만 기이한 상태가 되었다.

터무니없는 실수를 저지르고 있는 건지도 모르지만 상관없다.

모처우는 여기든 저기든, 어떻게 해서든 어딘가에 존재하고 있다. 그것은 전자의 움직임처럼 내게 관여하고 항상 작용하고 있다. 그것은 대부분 내 감각에 작용하고 있다.

하지만 죽은 모처우의 존재(?) 자체는 현실에서는 색깔도 목소리도 촉감도 모두 제거되고 배제되어버린 것이다. 그것은 공간을 차지하지 않는다. (멸망이란 물질의 질서에 따르면 이렇게 되는 것인가?) 그럼 대체 무엇이 모처우인가? 이거다, 라고 한정할 수 없고, 자유롭고, 무한하고, 기하학에서 말하는 공간과 같은 것. 고도의 물리학이 다루는 시간과 같은 것. 그 둘이 똑같아진 것. 즉 그것이 영상이나 심상이 아니라 적나라한 하나의 관념이 될 수는 없을까? 그에 근접한 관찰자가 만약 나라고 한다면, 그것은 나의 변화에 따라서 변화하고 그것의 변화에 따라서 나 역시 변화할지 모르며, 모든 것을 추궁하고 환원될 수 있는 한계까지 바짝 압축해가면, 모든 것은 그 모든 것과의 관계상에 존재한다고 하는 평범하지만 서로 연결된 결정체와 같은 모습을 드러낼 것이다. 즉 별들星辰의 세상이다. 영원한 것이란 적나라한 관념을 말하는 것이 아닐까. 모든 것은 컬렉티브collective, 뼈저리도록 컬렉티브하게 존재한다. 이는 게으른 사람의 생각이 아닐 터이다. 나는 인간과 사랑을 물질의 수준과 질서로 생각하는 것에 맞서 필사적으로 견디고 있는 것이다.

의미라곤 찾아볼 수 없는 대량 학살을 목격해온 사람은 아무런 위엄도 없이 — 위엄이라? 위엄 따위는 개나 줘버려라 — 사물로서 처치될 수 있고 실제로도 처치되어버린 인간을 물질의 질서 속에서 생각하는 것에 맞서 견뎌내지 않으면 안 되는 것이다. 그 뼈저린 고통을 통하지 않으면 나는 인간을 바라볼 수 없다. 전쟁 수단의 발전은 아마도 점점 인간을 물질화시킬 것이다. 잔학이라는 말로도 표현할 수 없을 것이다. 자기가 살고 있던 연못이 파 뒤집혀진 물고기다.

하지만 그래도, 죽은 사람에 대한 애석함을 말하면서 뭐 이리 기묘한 방식을 쓰냐고 할 사람이 반드시 있을 것이다.

환기도 잘 안 되는 지하실에서 하는 사색, 극도로 주관적인 독백, 성실한 바보천치, 그렇게 말하는 사람도 있을 것이다. 나는 여기저기 애매한 재료들을 풀로 붙이면서 공상을 마치 충족된 내면의 한 세상인 것처럼 가장하여 내적 존재를 겉으로만 뽐내는 어법을 좋아하지 않는다. 모처우는 결코 내면에 존재하거나 하지 않는다. 지금 그녀는 어디까지나 외적인 관념인 것이다. 그녀에 대해서는 냄새도 형체도 촉감도 없는, 매우 딱딱하게 굳은 관념의 단어로 말해야 한다.

나는 지금 모처우와 잉우의 묘를 세울 생각을 처음으로 했다. 그리고 예전에 읽었던 책 내용 중 다음과 같은 젊은 부인의 묘비명이 떠올랐다. 어중간하게 산 사람보다 더욱 농밀한 존재감을 보여주는 묘비명이었다.

J.—A.—T.—. fille de T.—

qui ne s'est jamais reposée,

se repose ici.

SILENCE

J. A. T모씨, T모씨의 딸이며, 일찍이 쉰 적이 없기에, 지금 여기에서 쉰다. 조용하게. (조용히 하라.)

7월 7일

7월 7일, 제1회 7·7 기념일.

　작년에 비해서 참 모든 게 바뀌었구나.

　7월 7일. 견우, 직녀.

　내 아내는 잉우라는 작은 위성을 이끌고, 결국은 태어나지 못했던 생명을 품은 채로 백마의 안내를 따라 별나라를 여기저기 돌아다닌다. 중국의 하늘은 피로 가득하고, 일본의 하늘은 매연으로 가득하다.

7월 10일

중위는 아직 돌아오지 않았다.

붉게 타는 석양이 오늘의 마지막 열기를 쯔진산에 쏟아부어서 산 꼭대기에 있는 혁명기념탑도 녹일 기세다. 태양은 더욱 열기를 높여 모든 것을 녹이려들고 있다. 사람은 물론이고 산도 바위도 땅도 강도 도시도 성벽도, 흐물흐물 녹여서 지구 내부의 불과 호응시켜 폭발을 일으키려 하고 있다. 오래된 표현을 빌리자면 나는 '심분고心焚膏처럼 눈이 말라 눈물 없이 내장을 묶어 끊으려 하고 또 스스로 주인이 못 될 지경'에 있다······. 이런 식으로밖에 표현하지 못하겠다. 태양이 여, 어서 양쯔강에 몸을 던져 내게 밤을 내려다오. 양쯔강이 받아주 지 못할 것은 아무것도 없으니.

오후에 누군가가 집 주변을 서성이며 안을 엿보려는 것 같아 창문 으로 고개를 내밀었다.

지난해 12월 13일 저녁 이후로 모습을 감췄던 하인 훙위였다. 기리 노 중위가 집을 비웠을 때 찾아온 게 고마웠다. 내가 하인의 차림새 를 하고 있는 것을 보고는,

"아이고, 어르신······"

하며 호들갑을 떨게 할 수는 없으니까.

하지만 훙위는 내 얼굴을 보고도 전혀 기쁜 표정 없이 오히려 어두

운 표정으로 뭔가 비난하는 듯한 어조였다. 내가 아무 일 없이 살아 있는 것 자체를 비난하는 건가 하는 생각마저 들었다.

홍위는 잉우의 단말마의 고통을 함께하고 장례를 치러줬던 것이다. 그녀의 말에 따르면, 12월 13일 일본군이 입성할 때, 그녀는 적들이 입성한 방법과 시가지에 떠도는 말이 예사롭지 않음을 느끼고는, 나이 든 노인에게 들었던 태평천국의 난 때의 대학살이 떠올라 두려움을 견디지 못해 우리 집을 뛰쳐나갔다고 한다. 미안한 마음에 울며 울며 고향인 저둥浙東으로 돌아갔다. 그리고 2월에 다시 난징으로 돌아와 우리 집에 와봤다. 하지만 이 집은 텅 비어 있었고, 다행히 약탈은 당하지 않은 걸 확인한 뒤, 일본인 상인의 눈에 들어 거기서 식모살이를 하고 있다고 한다. 그런데 3월 12일—그 무렵 나는 일본군 부역에 동원되어 여기저기 돌아다녀야 했다—홍위는 물건 사러 나왔다가 돌아가는 길에 일본군 막사의 취사장 뒤편을 지나갔다. 취사장 뒷문에는 굶주린 난민과 부랑아들이 새까맣게 득실거렸다. 난민들 사이에서 늘 일어나던 싸움이 시작됐다. 잔반이 나오면 힘센 자가 다 가져가고, 노약자나 어린아이는 날이 저물도록 밥 한 톨 얻어가지 못했다.

홍위는 한참 서서 그 모습을 보고 있었다. 일본군 당번병도 마치 재미있다는 듯이 실실 웃으면서 보고 있었다. 그러다 갑자기 먹을 것을 놓고 다투는 난민 부랑아들 무리에서 날아온 벽돌에 당번병이 귀언저리를 얻어맞았다. 화가 난 당번병은 난민 부랑아들 무리로 뛰어들어 마구 찌르고 때려눕혔다. 난민들은 썰물처럼 물러났다. 여자아이 둘과 남자아이 셋, 어른 하나가 그 자리에 남아 있었다. 모두 피를 흘리고 있었다. 그중 하나는 이미 숨이 끊어져 있었다. 맨발에, 동상에 걸린 발은 뭉그러졌고, 옷은 찢어져 있고, 온몸이 흙투성이인 데다, 머리는 귀를 덮고, 움푹 들어간 눈은 부릅뜬 채로. 손에는 빈 깡통을 꼭 쥐고 있었다. 깡통 속은 텅 비어 있었다. 입과 하복부에서 피가 흐르고 있었다. 그게 잉우였다. 근처 보리밭 가운데에 땅을 파고 훙위는 잉우를 묻었다.

나이보다 빠르게 나도 갑자기 머리에 서리가 늘어가고 있지만, 백발이 성성한 훙위는 머리를 흔들며 말했다.

"나는 그걸 봤어요. 참으로 무정한 세상……."

나는 온몸이 떨리고, 땀이 나며, 거의 똥오줌을 지릴 뻔했다. 오한이 멈추질 않고, 안면 근육에는 경련이 일고, 입가는 스스로 어떻게 주체할 수 없었다. 창틀을 꼭 부여잡고 바싹 마른 정원을 바라보고 있었다.

훙위의 안내로 잉우가 묻힌 곳에 가봤다. 늦게 씨를 뿌린 보리가 한쪽에 무성히 자라나 있었다. 그쪽만 보리가 검푸른 색을 띠며 왕성히 자라나 있었다. 때마침 그 자리에 있던 나이 많은 농부에게 땅값으로 돈을 얼마 주고 그 땅의 보리를 베어낸 다음 땅을 팠다. 시신을 찾으려 했다. 깊지는 않았다. 썩다 남은 옷자락과 가는 뼈에 풀뿌리가 얽혀 있었다.

어찌된 일인지, 맞은편 집에서 파 뒤집었던 연못의 물고기와 그 뼈가 생각났다.

저녁 8시. 아직 해가 지지 않았다. 창문에 남아 있는 빛은 슬픈 색깔을 띠고 있다. 내가 감정을 하늘에 투사하고 있는 것이다. 사람을 믿어야 할 이유는 수천 가지가 있다. 사람을 믿어서는 안 될 이유도 수천 가지가 있다.

날이 저물어가면서 슬픈 색깔 역시 저물어간다. 높은 하늘에 창백하고 차가운 별이 하나둘 빛나고 있다.

해가 저문다는 것은 내일 또 떠오른다는 것이다. 붉게 타오르는 듯한 거대한 달이 올라왔다. 눈을 들어 본다.

별, 달, 대기.

별, 달, 대기, 계절, 삶, 죽음. 질서는 거기에 있다……. 보리는 자라서 이윽고 열매를 맺고, 푸른 잎은 물이 든다. 새벽은 해가 뜨는 것을 알린다. 비로소 다시 하루가 시작된다. 기도하는 것은 움직이는 것이다. 아침에 눈을 뜨는 것은 이 질서를 한 번 더 믿는다는 것이다. 이 질서 속에서 다시 한번 더 움직인다는 것이다. 죽은 자로 하여금 스스로를 묻게 하라. 이 기도가 작동해 별들의, 물질의 질서에 이른다. 이 자연과 노동의 질서를 혼란스럽게 하는 것을 절멸 추방하라. 기도란 어딘가로, 예를 들면 금속과 바위로 된 세상이나 산천초목의 세상으로 빠져나가거나 하는 것이 아니다.

모처우, 적들이 당신의 손에서 빼앗아간 잉우는 죽임을 당했다. 이제 곧 누군가가 분명 당신의 마지막에 대한 소식도 알려주겠지.

이 밤, 잠이 오지 않는다. 환영과 환청은 더 이상 오지 않았지만 밤을 꼬박 샜다. 하지만 뜨거운 머리로, 맞은편 빈집에 불을 질러버릴까 하는 생각도 들었다. 어쩌면 맞은편 저택에 살던 그 적전 상황에서 도망친 장교 일가가 돌아와서 나를 찾아내면 곤란한데 하면서 두근거렸던 게, 오늘 일과 겹쳐서 그런 생각이 들었던 게 아닐까? 나를 행동으로 옮기게 하는 의욕의 근원에 그 환영과 환청 같은 착각이 숨어 있다고 한다면, 이는 한층 더 강하게 경계하지 않으면 안 된다. 정치 공작가의 행위와 행동은 서민의 눈으로 보면 참으로 피해망상적이고 환영, 환청과 비슷하다.

7월 15일

저녁이 다 되어서 중위가 돌아왔다. 양복 차림으로.

충격의 연속이었다. 하지만 올 것이 왔구나 하는 느낌이었다. 나는 차분했다.

우선 중위는 전령(이름이 시마다島田로, 땅딸막하고 나이가 스물한둘 정도 되는 남자다)을 통해서 요리를 2인분 만들라고 했다. 손님이 오는가보다 했다. 그래서 일본 요리인지 중국 요리인지 다시 물었다. 시마다한테 배워서 일본 요리 비슷한 것을 요즘엔 만들 수 있게 되긴 했다. 시마다는 중국 요리로, 그것도 "고급"으로 만들라고 한다. 그래서 탕 두 가지와 요리 여덟 가지를 만들기로 했다. 모처우가 살아 있을 때, 그녀는 내가 부엌에 들어오는 것을 싫어했는데, 그게 지금 나를 도와주고 있다.

어쨌든 요리 준비를 마쳤다.

하지만 손님은 아무도 오지 않았다.

시마다에게 물었다. 손님이 오지 않는 것 같은데 상을 차려도 좋을지.

좋다는 답변이 왔다.

테이블에 요리를 늘어놓았다. 나는 중위가 고생하는 전령을 치하하기 위해 함께 식사를 하려는가보다 생각했었다.

그런데 자리에 앉은 중위가 시마다에게 뭔가 말했다. 일본어 이해력이 많이 늘긴 했지만 알아듣진 못했다. 나는 시마다의 얼굴을 봤다. 소박한 농민 같은 그 얼굴이 순간 울먹이는 것처럼 기묘하게 떨떠름한 표정이 되더니, 이윽고 식당을 빠져나갔다.

갑자기 기리노 중위가 눈을 들어 내 얼굴을 봤다. 그리고 천천히, 명확하게, 하지만 어디 사투리라고 콕 집어 말하기는 어려운 사투리가 섞인 악센트의 영어로 말했다.

"Sit down, please. Mr. Chen……."

나는 내 귀를 의심했다. 그리고 Oriental face, 즉 동양인 특유의 무표정으로 멍하니 서 있었다.

나는 아무 말도 하지 않았다.

"Mr. Chen……첸 선생" 그는 영어로 계속했다. "영어가 맘에 안 드시면 중국어, 아니, 제 중국어 실력은 당신의 일본어 수준에도 이르지 못했습니다. 그러니 독일어나 프랑스어가 나을지도 모르겠습니다만, 유감스럽게도 저는 읽지도 말하지도 못합니다. 영어도 부끄러운 수준입니다만."

나는 아무런 말을 하지 않았다. 앉으라고 했던 의자 등받이에 손을 놓고 선 채로.

"당신에 대해서는 안칭에 있는 변호사한테서 들었습니다. 누구인지 물어보고 싶겠지만 그건 좀 보류해주십시오. 이 집의 하인이었다고 하는 당신의 말을 그대로 믿었던 내가 잘못됐던 겁니다만, 만약 그동안 무례했던 점이 있다면 용서해주시길 바랍니다……. 뭐라 말씀을 해주시겠습니까?"

"요리를 드십시오. 식습니다."

중위에게 내 신분을 알린 것은 백부임에 틀림없다. 백부가 변호사로 전업했단 말인가?

"여하튼, 앞으로는 아무래도 당신에게 하인들이나 하는 일을 시킬 수는 없습니다. 당신도 뭔가 다른 훨씬 훌륭한 일, 듣자 하니 해운 무역 쪽 일에 종사하며 외국에도 수차례 다녀오셨다고 들었습니다만, 뭔가 특별한 일을 맡고 있었을 거라 생각합니다. 게다가 지금 중국은 당신과 같은 지식인을 필요로 하는 시기라고 생각합니다."

나는 아무 말도 하지 않았다. (아무래도 이 집을 나가야 할 때가 되었다고 해도, 무전기를 가지고 나가는 것은 혼자서는 무리다. 게다가 시간도 걸린다) 시마다가 울퉁불퉁한 손에 쟁반을 들고 요리를 가져왔다. 시마다가 있는 동안 서로 아무런 말이 없었다. 아직 젓가락을 대지 않은 것을 보고 이상하다는 표정을 짓는다. 내 얼굴을 수상쩍게 바라보고 있다. 그가 테이블에 접시를 옮기는 동안에, 나는 조금씩 뒤로 물러나 직사광이 닿지 않는 벽 쪽에 다다랐다. 벽에 등을 기댄 채 손을 앞으로 모으고 대책을 생각한다. 그다지 놀라지 않는 나 자신을 발견한다.

"이 집, 아니, 당신의 집. 정확히는 당신 형의 집이라고 합니다만— 넓은 삼층 건물이군요. 거기에 지금은 겨우 세 명이 살고 있을 뿐입니다. 당신은 계단 옆의 하인용 방에 살고 있고요. 그럴 필요는 없습니다. 앞으로는 삼층에 있는 당신의 방을 쓰십시오."

나는 살며시 고개를 가로젓는다.

"명령하거나 강제하거나 하지는 않겠습니다. 당신에 대해서 내게 알려준 사람은 자기 가족도 살게 해달라고 했지만 나는 거부했습니다. 조사해보니 그 사람은 살 집을 갖고 있더군요."

"……"

"가족분들은 불행한 일을 당했다고 하더군요……. 삼가 명복을 빕니다."

일본군이 이렇게 정중할 리가 없을 거라고 말하는 사람은 바보다. 중위는 계속 말했다. 그 전까지는 내성적인 사람인 듯 내 눈을 피했지만, 이번에는 제대로 고개를 돌려서 벽 쪽에 있는 나를 주시하며 "그리고 유감입니다만, 만약 그대로 하인용 방에 사시면서 하인 일을 계속하시겠다면 나는 당신을 경계하지 않을 수 없습니다. 아무쪼록 이집에서 당신이 있어야 할 위치로 돌아와주길 바랍니다."

"……"

다시 시마다가 돌아왔다. 그는 중위가 영어로 말하고 있는 것을 듣고는 나와 중위의 얼굴을 번갈아 보면서 멍하니 있다. 그사이에 나는 아무 말 없이 인사를 하고 방을 나왔다.

시마다가 뒤쫓듯 따라왔다. 부엌으로 돌아가 나는 해야 할 일을 해나갔다. 우선 시마다의 손에서 쟁반을 뺏어 흘러넘친 국물을 닦았다. 그리고 요리를 접시에 담고, 발소리가 나지 않게 식당으로 들어가 지금까지 해왔던 집사로서의 서빙을 했다.

내가 방을 나가려 했을 때 "아무래도"라며 중위가 불러 세웠다. "내가 하는 말을 들어주시지 않을 겁니까?"

나는 결심을 굳히고 대답했다.

"저는 형한테서 일본군의 하인이 되어서라도 집과 재산을 지키라는 명령을 받았습니다. 저 역시 그걸 바라고 있으니까요. 당신의 의향과 호의와는 상관없이 저는 하인으로서의 일을 계속해가겠습니다. 이집에 대해 가장 잘 알고 있는 사람은 바로 접니다."

"당신은 지식인입니다. 언제까지나 하인으로 있으실 수는 없을 겁니다. 당신의 두뇌와 사상이 그것을 허락하지 않겠지요. 그런 때가 온다면 삼층의 당신 방으로 자리를 옮기십시오. 그때까지 기다리겠습니다. 아무쪼록 편하신 대로. 아, 그리고 시마다를 좀 불러주십시오."

중위에게 간 시마다는 한참 동안 돌아오지 않았다.

나는 부엌에서 차분하게 식사를 했다.

기묘하지만 떳떳하지 못한 부분은 없이 나는 주권을 회복했다.

그 증거로, 돌아온 시마다는 마치 집사 중의 우두머리를 상대하듯이 나를 보고는, "첸상"

이라 불렀다.

여태까지 이 농민의 아들은, '어이'라는 말 말고는 다른 식으로 나를 부른 적이 없었다. 소박한 농촌 출신의 청년이다. 소박한—하지만 나는 도시의 노동자보다, 그 누구보다 그들이 훨씬 더 잔인하다는 것도 알고 있다.

주권자이자 노예. 참으로 나는 피점령지 국민의 전형적인 모습을 취한 셈이다. 주권자라는 말에, 이 경우 '잠재적' 혹은 '지하실의'라는 수식어를 갖다 붙이는 편이 훨씬 정확할 것이다. 나의 "두뇌와 사상"은 이 상태를 충분히 견뎌낼 것이다. 그리고 기리노 중위는 아마 출장지에서가 아니라 집 안에서 대화 상대가 되어줄 한 명의 지식인을 발견한 것에 두려움과 기쁨의 두 가지 감정을 느꼈을 것이다. 그건 나 자신을 통해서도 추측할 수가 있다.

나는 중위가 집을 비운 동안 종종 아직 돌아오려면 멀었나 하고 생각했던 것을 고백해둔다. 그것은 일종의, 아니 일종도 뭐도 아니다. 요컨대 친애의 느낌에 가까운 것이었다. 이 넓은 집에 혼자 있으면서 나는 중위가 모아온 책, 예를 들면 오언 래티모어나 그레고리 클라크, 리처드 H. 토니, 존 벨 컨드리프 등의 중국 연구서를 읽고 연구하는—그 목적에 대해서는 지금은 다루지 않겠다—기리노 중위와 논쟁을 해보고 싶은 유혹을 느끼지 않은 것은 아니었다.

하지만 중위는—아이러니하게, 다름 아닌 이 중위가—내 두뇌와 사상과 신체를 노예의 위치로 확실히 되돌려주었다. 더군다나 거기로 되돌아감으로써 주권도 회복시켜주었다. 중국인은 이익에 밝고 재물을 생명보다 소중히 한다는 일본에서 유포되고 있는 것 같은 잘못된 선입견을 그가 믿고 있다고는 생각되지 않는다. 하지만 형의 집과 재산을 지킨다는 것을 매번 강조해서 결국에는 나를 잇속만 챙기는 사람으로 생각하도록 시간을 끌자. 하인으로서 하는 최소한의 말 외에는 하지 말자. 일절 침묵. 나는 저 양쯔강처럼 묵묵히 내 일을 해나갈 것이다. 나의 양쯔강에는 아내와 아이와 그 외 친구와 동포들의 시신이 만 단위를 헤아릴 만큼 계속해서 떠내려가고 있다. 마천소학교에 수용되어 있었을 때 총과 칼에 죽은 사람들의 시신을 처리해야 했다. 근처 샛강에 시신을 유기하는 것이다. 샛강에는 축구공만 한 크기로 사람의 피와 기름이 뒤엉킨 거품이 떠다니고 있었다. 그 샛강도 시신도 거품도 결국에는 양쯔강으로 흘러들어간다. 모처우와 잉우의 시신도 피를 흘리면서 흘러 들어가고 있다. 시간처럼 흘러가면서 영원히 존재하고 있다.

얼마 전까지 나는 변하지 않는 것을 원했으며, 성장하고, 시들고, 유동하고, 동요하는 그런 것 모두가 싫었다. 그래서 뭐든 견고한 것을 원하다보니 내 세상은 바위, 그것도 대리석과 딱딱한 금속만으로 된 세상이 되기를 원했다. 침묵이 아니라 소리가 없는 세상을 원했던 것 같다. 하지만 침묵이란 것도 하나의 표현이다. 그것은 무엇인가를 의미한다. 침묵하는 것은 말하는 것이다. 벙어리는 침묵하고 있는 것이 아니다.

8월 5일

조금이라도 마음을 놓으면 큰일난다. 어젯밤 무서운 꿈을 꾸었다. 그리고 꿈의 대부분은 실제 있었던 일이었다. 일본군에게 붙잡혀 부역꾼이 되어 방랑하고 있을 때, 어떤 곳에서 일본군 병사가 한 아가씨를 윤간했다. 그녀는 얼굴에 분변을 칠하고, 국부에는 닭 피를 뿌려서 곤경에서 벗어나려 하고 있었다. 하지만 일본군 병사들도 이제는 속지 않았다. 그들은 그녀를 밧줄로 묶어서 샛강에 던지고, 물속에서 그녀가 허우적대는 것을 즐겁게 바라봤다. 이윽고 밧줄을 당겨서 끌어올렸다. 분변도 닭 피도 깨끗하게 씻겼다. 나는 몸이 묶인 채 짐차에 실려 있었다. 일이 끝나고 병사 중 한 명이 말했다.

"괜찮잖아, 너도 한번 할래?"

그 병사의 얼굴은, 일을 끝낸 짐승과 영원히 만족하지 못하는 인간의 중간 존재가 어떤 모습인지 명확하게 보여주고 있었다. 정신을 잃은 그녀는 정신을 잃었기에 제대로 인간다웠다. 잠시 뒤 그녀에게 찬물이 끼얹어지고…….

꿈에서는 그녀의 머리맡에 고개를 숙였다. 갈기가 긴 백마를 본다. 그 말의 커다란 눈.

덧붙여 말해두어야 할 것이 있다. 이 음란하고 잔학한 광경에서 그리 멀지 않은 곳에 두 사람의 나이 든 농부가 땅을 갈고 있었다. 두 사람은 곁눈질도 하지 않은 채 일하고 있었다. 머리 위로 곡괭이를 들어올려 규칙적으로 땅을 갈고 있었다. 곡괭이질 한 번 한 번에 그 두 사람이 얼마나 깊고 강하게 참고 있는지가 눈에 보였다.

안팎 모두 격렬한 변동이 일어나고 있다. 정부는 충칭으로 이전했다. 재정 궁핍 때문에 관리와 군인은 감봉되었다. 공군과 병졸들만 그대로 두고, 그 외는 3할에서 6할까지도 감봉되었다. 그렇다고 하는 것은 각자가 비는 만큼을 부정한 방법으로 채운다는 것이다. 또한 공산당은 8월 1일, 시안西安의 팔로군 참모부에서 제7차 전국대표대회를 개최했다. 1928년 모스크바에서 열린 제6차 대회 이후 실로 10년 만이다. 그런데 마침 그때, 일본군의 폭격을 만나 참석했던 대표의 다수가 참사했다고 한다. 기뻐하는 이는 누구일까? 의외로 그건……, 일본군보다 오히려……. 나는 언젠가 왔었던 그 낫과 망치, 그리고 시간이 걸리지만 "도깨비불(흰 바탕에 붉은 동그라미 깃발을 말하는 것이다)로 별도 달군다"고 하던 칼 장수가 떠올랐다. 일본군에 부역해야 했을 당시, 나와 같은 차에 묶여 있던 젊은 친구. 그 젊은이가 떠오른 데에서 양양에 대한 생각으로 이어진다. 양양도 젊은 친구도 모두 무사하길.

양양의 소식은 아직 모른다. 그 칼 장수는 어디에서 어떤 공작을 하고 있는지 모른다. 이 난징에는 지난 겨울부터 올 봄까지 지배하고 있던 직접적인 공포와는 또 다른, 일종의 공포와 전율의 심리 같은 것이 감돌고 있다. 정부계와 적의 헌병, 괴뢰정부의 비밀경찰, 특수공작원, 이들이 뒤섞여 체포와 처형을 자행하고 있다. 게다가 공표되는 이유라는 게 죄다 지극히 간단해서, 범인 X 혹은 Y는 국가의 이해에 위해를 가했기 때문이라는 것으로 끝이다. 그리고 국가의 이해란 아무래도 적이든 국민당 정부든, 공산당과 관계했었는지가 중요한 모양이다. 막연한 공포, 유언비어, 소문, 억측, 어두침침한 대화. K와 그 외 첩자들도 왠지 모를 두려움에 떨고 있다. 어두침침한 항구에 스릴러 콤플렉스가 퍼져 있는 것이 눈에 보인다. 희멀건 우유처럼 박명 속에 섞여 있다. 이 우유는 공포에 사로잡힌 사람에게는 예리한 얼음 조각이나 차가운 비수처럼 보일 것이다. 나는 그것을 1920년대, 나의 20대 때 국민혁명, 상하이 폭동 시대에 경험했다.

　예상했던 일이지만, 백부가 새로 산 파나마모자에 회색 양산을 쓰고 겉모습은 느긋하지만 실은 허둥지둥 찾아오는 모습을 창문으로 봤을 때, 속으로 피식 웃었다. 그는 아무래도 내가 있는 곳에 와보지 않고서는 가만 있을 수가 없는 모양이다. 투명한 공기 속에 한 줄기 하얀 필연성의 끈을 봤다.
　나는 말했다.
　"집사는 마음이 편합니다. 청소하고, 빨래하고, 밥하고, 어딘가 기물이 망가지지 않도록 하고, 그런 일만 성실히 하면 되니까요. 노예의 행복이라는 게 서서히 몸에 스며들어옵니다."
　거짓말이나 비꼬는 것이 아니다. 백부를 마주했을 때 이건 나의 진실이었다.
　백부는 아마도 상담을 하러 왔을 것이다. 처신을 어떻게 해야 할지에 대해서. 그 외에 상담할 만한 게 있을 리 없다. 하지만 상대방이 자기를 낮추면 으스대지 않을 수 없는 게 이 뚱뚱한 남자의 성미다. 그는 나의 중요한 정보 출처 중 한 명이다. 그는 위생부를 그만두고 변호사가 될까 고민하고 있다. 그는 도무지 비밀이라는 것을 갖고 있지 못한다.

백부는 기정사실에 대해 논했다.

"일본은 승리했지 않느냐. 가을이 되면 한커우도 함락돼."

"……"

그는 한커우가 함락되기를 바라고 있다. 일본은 승리했지 않느냐면서 그는 누구도 알지 못하는 미래, 각자의 의지에 따라 좌우되는 미래를 부단히도 과거화하려 한다. 아직 함락되지도 않은 한커우조차 빨리 과거의 일로 하고 싶어서 애가 탄다. 나는 그의 신경을 건드리지 않도록 신중해진다.

"일본은 강하니 어쩔 수 없는 일이지만, 현실적이 되지 않으면 안 돼. 현실이 문제란 말이야, 현실이."

나를 설득하려고 말한다기보다 그는 자기 자신을 납득시키려는 노력을 그저 나를 보면서 하고 있는 모양이다.

"누구라도 평화롭게 살고 싶은 건 마찬가지잖아."

평화주의자가 적국의 군사력에 의지한다. 사실을 인정하라고 한다. 나도 사실을 인정하는 데는 인색하지 않다. 하지만 내게 있어 사실을 인정하는 것은 기정사실을 한층 더 견고히 하기 위한 노력이 아니다. 그 사실을 바꾸려고 하는 의지인 것이다. 바꾸려고 할 권리가 나에게 있을 터이다. 권리는 이것저것 특수한 사실에 기인하는 것이다. 특수한 것과 보편적인 것을 바꿔치기해서는 안 된다. 보편적인 사실을 계산에 넣지 않는 특수사실주의자 혹은 현재사실주의자(표현이 이상하지만)는 자기에게 유리한 사실만 집어내고, 방해되는 것은 훌륭하게 피해버리는 특수한 재능을 갖고 있다.

"……그러니까 나는 변호사가 될까 해."

백부가 난징시의 위생부에 들어가고, 일본군이 입성한 뒤에 괴뢰정부의 위생부로 바꿨던 것은(어느 쪽도 마찬가지다. 괴뢰정부라고 해도 행정 기능이 미치는 것은 시내로 한정된다) 분뇨 처리로 돈을 벌수 있기 때문이었다. 지금 그는 불안에 사로잡혀서, 즉 앞에 적었던 스릴러 콤플렉스가 시내에 만연해가는 것을 보고 불안함 때문에 돈을 버는 편이 낫겠다고 생각하기 시작한 것이다. 불안이 시내 전체의 분뇨 양보다 많은 것이다. 또한 변호사란 지금으로서는 요컨대 브로커가 아닌가? 그는 일본군에 협력해봤다. 하지만 힘은, 권력은 어디까지나 일본군의 것이었다. 그는, 그들은, 권력의 대리인에 지나지 않았다. 민중에게 미움을 받았다. 거기서 그는 민중의 혐오를 절반으로 나누고 싶어졌을 것이다. 뭔가 알선해주는 역할을 맡고 싶어졌을 것이다. 권력 그 자체는 이국의 상전들이 소유했다. 그럼 하인들은 무엇을? 힘에 빌붙은 교활하고 간사한 계략. 보모가 애 어머니 앞에서는 자상하게 아기를 달래지만, 없을 때는 찰싹 때리고 하는 그런 처세. 협력자 한간은 모두 여성적인 성격을 가지고 있다. 일본군이라는 남편이 있다. 살이 제대로 오른 백부의 엉덩이에서 문득 나는 여성의 역할이 되는 남색을 느꼈다. 전쟁, 침략, 침입은 죽음과 섹스, 피와 정액 냄새로 가득하고, 협력자는 매춘부의 국부에서 나는 그 시큼한 냄새를 풍긴다. 그리고 매춘부는 모두 숙명론자다. 또 협력자는 인민의 눈으로 볼 때, 무분별한 성행위로 태어난 사생아다. 그는 앞으로도 상대방과 직업을 바꿔갈 것이다. 이런저런 직업을 전전하다가 사회 조직 밖으로 나가게 되고, 불평분자가 되고, 그 무엇도 아닌 사람이 되어 일본군의 권력만이 그를 존재할 수 있게 한다. 즉, 그는 정치가다. 변호사 다음에는 정열적인 정치가가 될 것이다. 그는 이미 정치가다. 그의 의견은 백 번도 더 모순된다. 그는 모순을 염려하지 않는다. 이것도 당연하다. 그는 대리인, 대변인인 것이다. 바람 속의 나뭇잎은 바람이 아니다.

"일본인은 우리 중국인에 비하면 어린아이야. 사실은 우리의 저력을 두려워하고 있다고. 뒤에서 잘 조종하면 된단 말이지."

나는 딱 한 마디, 진심을 담아 말했다.

"뭐, 수수하게 살면 어때요?"

"수수하게? 난 집사는 되지 못해. 너랑은 달라서 요리도 할 줄 모르고 싹싹하지도 않고 말이야. 게다가 이런 시대에 수수하게란 뭘 말하는 거냐? 너처럼 사육되는 처지라면 모를까. 난 일을 해서 처자식을 먹여 살려야 한다고."

"분뇨 처리하는 편이 낫지 않을까요? 분뇨는 요리 다음으로 오게 되는 것이고……."

"그게 수수하다는 겐가? 그렇구먼. 하지만 세상엔 근거도 없이 엮여 들어가는 사람도 많아. 변호사도 필요하다고."

여기서 나는 포기했다. 적어도 오늘은. 왜냐하면 지금 타격을 가하면 위험하기도 하지만 그것보다 내 사상으로는 백부라는 이 재료를 다시 조각할 힘과 기술, 제작능력을 아직 갖추지 못했다는 것을 자각했기 때문이다. 기술과 제작능력이 충분하지 않은데 악마의 힘이라도 빌려서, 다시 말해 기를 쓰고 덤비는 것은 사상 자체를 파괴해버린다. 대리석이 자기가 생각하는 대로 되지 않는다고 해서 대리석 자체를 경멸하거나, 이걸 마구 때리거나 하는 사람은 멍청한 사람이지 조각가는 아니다. 사상은 의지와 기술, 제작능력이 사상 자체를 한참 뛰어넘지 않는 한 실현되어서는 안 된다. 호모 사피엔스-지식인보다 호모 파베르-제작인에 이르는 길이다.

백부는 '그게 수수하다는 겐가? 그렇구먼' 하는 대목에서 입을 다물어야 했다. 한 번 발걸음을 멈췄어야 했다. 그가 그 뒤에 이어서 말했던 불행한 사람들에 대한 애매하고 매우 계산적인 동정심(?)도 그 자체로서는 무조건 부정할 수 있는 성질의 것이 아니다. 하지만 그의 경우 그 동정심(?)은 허공에 떠 있다. 딱 백부 자신과 마찬가지로. 하지만 허공에 떠 있어도, 즉 현재는 몽상의 상태에 지나지 않는다고 해도 결국에는 행위로 바꿔나갈 것이다. 다시 말해 백부는 스스로 원해서 소설적인 운명을 따라가고 있는 게 아닐까? 스스로의 욕망과 욕정에 휩싸인 사람은 소설적인가? 소설에서는 인물이 불행에 처했다고 해도 독자는 상쾌한 기분을 느끼는 것도 가능한데……. 백부는 상쾌할까? 백부는 살이 쪄서 뒤뚱뒤뚱거리며 양산을 쓰는 것도 잊은 채 땀을 닦으면서 돌아갔다. 소설에 간섭할 수 있는 것은 무엇일까?

그래서 나 자신은 어떤가? 나는 소설적인가? 소설의 등장인물 같은 면이 있는가? 어떤가?

자유와 숙명은 서로 대립하는 것이다. 하지만 조금 떨어져서 잘 살펴보면, 단 하나의 의지에 포함될 수 있는 것이 보인다. 자유는 숙명을 물어뜯으면서 끊임없이 스스로를 의지로 바꿔나가야 하는 것이다. 그리고 방치해두면 숙명은 손쉽게 자유를 쫓아가 책임을 삼키고 사람을 조종한다. 숙명론자는 괴뢰정부의 인형이다. 백부는 돌아가면서,

"너에 대해서는 무역상이었다고 말해뒀다. 너무 호되게 다루지 않도록 말이야."

"해군부는 올해 1월 1일자로 폐지되었습니다. 애당초 해군회사 Naval Company 같은 거긴 했지만요."

"그렇다면 죄다 날아간 셈이구먼. 이제 본격적으로 실업자인가?"

"아뇨, 집사입니다."

"고집 세구먼. 허허허."

저녁을 먹은 뒤, 목욕탕에 불을 때며 멍하니 있었다. 일본식 목욕탕이라는 것은 참 난감하다. 서양식 목욕탕과도 달라서 탕 속이 아니라 밖에서 비누를 쓰기 때문에 욕실 바닥이 온통 젖는다. 또 기리노 대위는 침대에서는 잠이 잘 오지 않는다며 마루 위에 한 척 정도 마루를 더 올려서 침실의 절반에 다다미를 깔았다. 옥상이 아니라 마루 위에 마루를 더하고 거기에 다시 다다미를 간다. 복잡한 생활이다. 요즘에는 다다미에 앉아서 식사를 하고, 거기에 직접 이불을 깔고 잠을 자는 것이다.

시마다가 나를 부르러 왔다. 뭔가 상황이 심상치 않은 듯한 목소리로 말했다.

"첸상, 대위님이 부르셔."

그렇다. 기리노 씨는 얼마 전 대위로 진급했다.

기리노 대위는 유카타를 입고 다다미 위에 앉아 있었다. 느긋하게 가슴을 풀어젖히고 있는데, 심경은 조금도 느긋한 상태가 아닌 것 같다. 그는 나에게 담배를 권한다. 이것은 우리 중국인과의 교류를 통해서 그가 배운 습관 중 하나다. 나는 담배를 피우지 않는다. 만약 담배가 다 떨어져 참지 못할 상황이 되면, 이 지하실에는 10분도 있을 수가 없을 것이다. 그는 내 집을 일본화하고, 나는 그에게 중국의 습관을 익히게 하고 있다. 그는 조금 취해 있었다.

한동안 침묵. 이윽고 우두커니 서 있던 나한테 벽에 걸려 있던 풀색 군복을 가리키며,

"이 옷을 보면, 보는 것만으로도 기분이 나빠지는 사람이 있다는 건, 우리도 알고 있습니다. 뭔가 이상한 것, 뱀이나 도마뱀이 집 안에 들어온 것 같겠지요? 하지만 협력하면 불쾌하지는 않게 될 겁니다."

낮고 중얼거리는 듯한 목소리다.

나는 그림자처럼 아무 말도 하지 않았다. 침묵에 아무런 의미를 지니지 않게 하기에는ㅡ.

"사실 우리는 이 난징에서 어마어마한 짓을 했죠."

기리노는 상하이 조계지에서 간행되고 있는 영미권 신문과 『뉴욕 타임스』와 『맨체스터 가디언』 등의 신문 다발을 탁자 밑에서 꺼내 털썩 내 발 앞에다 던졌다. 어느 것이든 사진과 RAPE, MASSACRE, NANKING 등의 대문자가 새겨져 있었다.

"이 말 그대로입니다. 그렇지요?"

얼굴을 찡그린다. 탄식을 하고 있는 건지 잔학성에 치를 떨고 있는 건지 읽어낼 수가 없다. 아마 둘 다일 것이다.

"많은 사람이 우리를 좋아하고 있다고는 생각하지 않습니다. 우리의 사명, 즉 오만한 장제스 정권을 무너뜨리고……."

잠깐 말문이 막힌 듯했다. 뭔가 꺼림칙한 것이다.

"우리의 사명에 경의를 표하고 이해해주는 사람은 가능하면 연루되지 않도록 하고 있습니다. 그것도 알고 있습니다."

"하지만 이 난징에서, 아니 우리 군이 점령한 지역에서 우리의 행정과 우리의 원조와 우리의 자비로 살아가고 있는 사람들을 비판하는

것이 허락된다면, 그건 너무 만만한 생각이 아닐까요?"

선전포고다. 대위가 영어로 말하고 있는 데다 그 영어가 일상 용어
가 아니라 책 속에서나 나올 법한 표현이다보니 아무래도 논리 전개
가 명쾌하고 무례하지도 않다. 하마터면 속을 뻔했다. 이 말 속에는
강렬한 증오, 경멸, 게다가 이상하리만치 열등과 우월의 두 콤플렉스
가 소용돌이치고 있다. 난 왜 이리도 둔감한 것인지. 금속이나 바위
만큼 둔감했다. 나는 직감했다. 이 남자는 자기 손으로 직접 고문한
적이 있다는 것을. 아니면 오늘 그는 그걸 하고 온 거다! 그래서 기분
이 가라앉지를 않는 것이다. 입가에 가볍게 경련이 일고 있다. 빡빡
깎은 머리가 왠지 잔인하게 보인다. 안경을 벗고 유카타의 소매로 땀
을 닦는다. 땀이 얼굴을 타고 흘러내린다.

"우리는 동문동종同文同種의……"

하려는 말이 금세 진부해진다. 동문동종이라니, 그들이 우리 문자
를 빌려가서 쓰고 있을 뿐이지 않은가? 동종은 도저히 아니다. 하지
만 나는 얼굴의 근육 하나도 움직이지 않았다. 근육 하나의 움직임이
라도 그의 열등감을 자극하기에 충분할 테니까 말이다. 그는 이렇게
나 부정적이고, 또 그러기에 이토록 공격적인 인간관을 가진 사람이
었나? 부정적이 되기에는 피해자인 우리 쪽이 더 많은 경험을 갖고
있다.

"사고가 있었다고 해도, 아니 사실 있었습니다. 그것 때문에 당신
가족은 불행한 일을 당했고요. 하지만 당신네 역사에도 태평천국의
난이라든지 그 외에 잔학한 사건들이 있습니다. 얼마든지요."

구실을 찾을 목적으로만 역사를 배운 것인가? 역행적인 자세로 역
사를 공부한 것이다. 여기에도 역행적인 예언자가 있구나.

"아무튼 우리 일본의 국력을 모조리 쏟아부어 아시아를 책임지려는 것입니다."

책임—사실 그 내면은 강압, 설득, 뇌물, 테러, 선전, 사재기. 그리고 여기에는 낮은 목소리의 협박도 포함된다.

대위는 한동안 가만있더니 조금 큰 목소리로 말했다.

"하지만 아무래도 믿지 못하겠습니다, 나는. 당신처럼 해외에도 체류한 경험이 있는 지식인이(그는 해외라는 말에 강하게 집착한다) 아무리 형님의 집과 재산을 지킨다고는 해도, 집사 같은 처우를 감수하고 있을 수 있다니. 무엇보다 아깝지 않습니까? 정부로 들어가라는 말은 나도 하지 않겠습니다만, 적어도 장사라도 하시는 게 어떤가요? 아무리 불행한 일을 겪어 염세적이 되었다고 해도 이렇게 사시는 게 돌아가신 분들을 애도하기 위해 이러는 거라고는 생각되지 않습니다."

사실 나는 얼마 전까지는 금속과 바위의 비정한 세상이나 초목과 정이 있는 세상으로 도망치려 생각하고 있었다. 딱 한마디만 하기로 했다. 방을 나가기에 좋은 기회를 준 것이니까. 들릴 듯 말 듯한 목소리로 말했다.

"저는 처자식을 사랑했습니다. 여기 계속 눌러 있고 싶은 것입니다⋯⋯. 재산도 중요합니다."

"⋯⋯"

이번에는 기리노가 침묵했다. 그는 자신의 처자식을 떠올렸을 것이다.

나는 그가 던진 신문을 정리하고 방을 나왔다. 얼음을 넣은 찬물을 한 잔 가지고 다시 올라가니 그는 위스키를 마시고 있었다. 내가 탁자 위에 찬물을 놓자 그는 털썩 드러누워 잠들었다. 훈도시라고 하는, 동남아 사람들이 입을 법한 가느다란 한 장의 천이 노골적으로 보였다. 샅아구니 사이의 물건이 축 늘어져 있었다. 왠지 모르게 쓸쓸해 보였다. 말이나 소처럼 힘, 권력은 있지만 완전히 만족하지는 못하는 동물 특유의 쓸쓸함. 나 역시 동물처럼 우울하다. 이 지하실에서 내가 아무리 주체적이고 적극적인 인간이며, 살아서 존재하기 위한 이유가 충분한 인간이라 하더라도 한 번이라도 좋으니까 손발을 대지에 굳게 딛고 호랑이처럼 울부짖어보고 싶다. 두 손을 들어올리고 오랑우탄처럼 소리쳐보고 싶다.

밤 9시 반이 지나도 전혀 선선하지 않다.

바람은 체온보다 더 뜨겁게 느껴진다. 쯔진산 바위의 열이 내려가지 않는 것이다. 열풍이 하늘에서 소용돌이치고 있다.

숨 쉬기가 힘들어져서 문 쪽까지 나가본다. 그러자 이층에 있는 대위 방의 옆방 창문이 열리더니 시마다가 둥그런 얼굴을 내밀며 말한다.

"베이샹취白想去인가?"

산책 나가냐는 뜻이다. 고개를 저으니 '대위가 취해서 잠들었으니 살짝 밖에 나가고 싶다. 비밀이야'라고 한다. 사창가를 가려는 것이다. 어디서 약탈했는지 비단으로 된 헐렁헐렁한 중국옷을 입고 허겁지겁 나간다.

나는 산책을 나가지 않고 문 입구의 돌계단에 앉아서 서늘한 바람을 쐰다. 열풍의 소용돌이 그 한가운데서 참아내는 것.

난징성은 성벽으로 둘러싸인 열풍로가 하나 있어서, 거기서는 인간의 피도 정액도 눈물도 땀도, 요컨대 인간이 밖으로 배출할 수 있는 모든 것이 열에 녹아 섞여서 용액이 되어 떠다니고 있다. 그 위에는 분노와 탄식과 슬픔이 섞인 짙은 가스가 맴돈다. 이 용액은 집도 사람도 익사시켜 당장이라도 성벽을 넘어 용암처럼 양쯔강으로 넘쳐 흘러가려고 한다 ― 어슴푸레한 저녁에 그런 환상이 떠오른다.

시간이 지나자 드디어 바람이 바뀌었다. 양쯔강에서 불어오는 바람이 이긴 것이다. 차가운 공기가 한 자루 창과 같이 다가와서 일순간에 주위의 열을 낮추었다. 찬바람은 점차 강해지고 격렬해졌다. 하늘엔 별이 가득했다. 바라보는 동안에 독일의 쾰른 대성당에서 들었던 바흐의 수난곡이 떠오른다. 그 수난곡Passion은 결코 수동적인 Passive 것이 아니었다. 그것은 그저 음악이라는 단어로 표현될 것이 아니라 온 건물 안을 종횡무진으로 휘몰아치는 질풍노도와 같은 것이었다. 대성당이 흔들리는 줄 알았다. 내가 할 수 있던 것은, 몇십 척이나 되는 거대한 파이프에서 포효하듯 분출되는 울림의 파도에 휩쓸리지 않도록 앞 의자를 꼭 붙들고 있는 게 고작이었다. 음악과 건축이 하나가 되어 있었다. 소리의 폭풍 속에서 두 손을 들어올리고 배 아래에서 소리를 끌어올려 외치고 싶어졌다.

이 난징성은 하나의 커다란 성당이고, 양쯔강은 길이 3158리의 파이프오르간이다. 그것은 뗏목을 신고, 배를 신고, 또 모든 것을 삼켜서 그 안에는 옛날 미뤄汨羅강에 숨어서 사람에게 모습을 드러내지 않았다고 하는 5척이나 되는 잉어도 자기 동족들을 수없이 이끌고 헤엄치고 있다. 6억의 사람들 한가운데를 깊숙하게 흐르며 존재하고 있다. 우리의 수난을 가지고 복수와 건설의 음악을 울려라.

신이 있는지 없는지.

신이시여, 죽은 자도 포함해 우리가 알고 있는 사람 모두에게 가호가 있기를.

보리가 되어가는 잉우여.

오늘 밤 시마다는 돌아오지 않았다. 사창가에서 나오다 살해당한 것이다. 흥이 나면 미국 흑인 영가 비슷한 노래를 부르던 순박한 남자였다.

8월 17일

오늘도 나는 내 아들 잉우가 묻혀 있는 밭에 갔다 왔다. 하루에 한 번, 어떻게든 구실을 만들어 들렀다 오는 것이 습관이 된 듯하다.

거기에 가면 마음이 진정된다. 신기하다고 말할 사람이 있을 것이다. 적에게 참살된 자기 아들이 묻혀 있는 곳에 갔는데 마음이 안정된다니, 참 이상한 일이긴 한데 실제로 그렇다. 작열하던 쇳덩어리가 내 마음속에서 서서히 식어가고 무게를 늘려간다고 비유하면 될까?

그런데 오늘 그 보리밭에서 풀을 베던 늙은 농부가 웬일인지 말을 걸어와서 다음과 같은 이야기를 했을 때에도, 조용히 그것을 듣고 깊이 고개를 끄덕일 수 있었다.

"언제였는지 처음 와서 땅을 파냈을 때 보니까 뼈가 꽤 가늘었는데, 아직 어린애였나?"

"다섯 살이었죠. 마지막 가는 것도 지켜봐주지 못해서요."

"그랬구먼. 그건 참······. 내 아들도 버스 차장이었는데, 제복 오른쪽 어깨가 번들거리는 걸 가지고 군인이라고 해서 살해당했지."

"오른쪽 어깨가 번들거렸다고요?"

"그렇지. 차장이었으니까 요금 넣는 자루를 오른쪽 어깨에 차고 있었지. 그래서 가죽 띠가 닳아 반들반들해지지. 그걸 가지고 총을 메고 있었기 때문에 닳은 거라고 하며 죽이더라고. 나와 마누라는 무릎

170

꿇고 두 손을 모은 채로 그걸 보고 있었지. 당신은 자식이 죽는 걸 못 봤다던데, 그게 더 나았을지도 몰라……, 어쩌면 다행이지."

"……그런가요."

"그렇고말고. 한창 전투 중인 군인이었다면 그럴 수도 있다 하겠지만, 전투가 끝나고 난 뒤 버스 운행이 아직 재개되지 않아 아들은 집 앞에서 빈둥거리고 있었지. 그런데 그때 붙잡혀서는, 우리 집 바로 앞에서 말이야. 사람을 개돼지 죽이듯이 그러더라니까."

"……"

이야기를 하는 동안에도 농부는 계속 허리를 구부린 채 풀을 베고 있었다. 한 번도 얼굴을 들지 않았다. 드디어 이야기가 끝났을 때 아주 잠깐 얼굴을 보였다. 잘 자란 보리 사이로 내비친 얼굴은 옻칠한 옛날 불상의 얼굴처럼 검게 빛나고 있었다.

"한동안은 밭에도 못 나왔지. 그런데 백성은 언제까지고 꾸물거리고 있을 수는 없으니까 나왔어. 그런데 곧 전차가 와서 그다음에 병사들이 들이닥치는 바람에 한참 동안 보리씨도 뿌리지를 못했지. 그래서 이제야……, 마치 이모작 같은 것을 하게 된 꼴이야."

한동안 침묵이 이어졌다.

나는 마음먹고(죽은 자에 대한 이야기를 더 이상 하지 않아도 좋다. 서로의 침묵이 그것을 충분히 말해주었다고 생각했기 때문에)

"그래서 올해는 보리가 좀 어떤가요?"

라고 물었다. 농부는

"글쎄, 잘되지는 않겠지. 어쨌거나 제철을 놓쳐버렸으니까."

말을 토해내듯이 하고는 여전히 고개를 숙여 풀을 베면서 내 옆을 떠나갔다. 그는 살짝 얼굴을 들어 보여줬던 때 말고는 한순간도 손을 쉬지 않았다.

나는 딱 그 자리만 풀이 베여 검은 흙이 뚜렷한, 잉우가 묻힌 곳에 멍하니 서 있었는데.

그는 한순간도 손을 쉬지 않았다 ― 이것이 내 가슴에서 깊이 반응한 것이다. 내가 일본군의 부역꾼으로서 짐칸에 전선으로 묶인 채 한 아가씨가 윤간 당하는 것을 눈앞에서 봐야 했을 때, 샛강에서 떨어진 밭에서 나이든 농부 두 사람 역시 곁눈길도 주지 않고 열심히 곡괭이질하고 있던 것을 떠올리게 했다. 설령 마음에 끓어오르는 고통이 있다고 해도 아니, 오히려 고통이 있으니까 그들은 정확하고 규칙적으로 한순간도 손을 쉬지 않고, 땅을 파고, 풀을 베고 있었던 것이다.

잉우가 무참히 죽는 모습, 살해되는 모습을 홍위로부터 전해 들은 이후로 나의 분노와 슬픔, 그리고 요즘에 그 반동으로 오는 일종의 허탈감, 그 모두가 뭔가 아득한 것으로밖에 생각되지 않는다. 현실과의 사이에 투명한 커튼을 한 장 친 듯한 느낌이었다.

그런데 그 커튼이 찢어진 것이다. 농부의 곡괭이에 의해서, 낫에 의해서.

찢어진 곳에서 짙은 녹색, 검은색에 가까운 녹색을 뿜내며 자라고 있는 보리 역시 환상 속의 보리가 아니라 마침내 열매를 맺고 정제되어 보릿가루가 되어야 할 것으로 보인 것이다.

그 환상 세상을 가령 저승이라고 해볼까? 그 저승에서 내가 잉우와 지금은 없는 아내 모처우와 나란히 바라보고 있던 지상의 경치, 저승에서 죽은 자의 눈으로 바라본 경치는 참으로 아름다웠을 것이라 생각한다.

한여름에 검은 안경을 쓰면 사물의 그림자와 빛의 구분이 오히려 명확해질 때가 있다. 그처럼 모든 것이 그 각도를 명확히 해 하나하나가 주위의 다른 사물로부터 확실하게 구별돼 보였다. 시간은 지상의 시간처럼 한 순간 한 순간 잘게 잘리는 것이 아니라 계곡 물처럼 차갑고 빠르게 흘러가는 것이 귀에 들리는 것 같았다.

바람이 불어와 보리가 파도치며 휘어진다. 그 휘어진 방향으로 나는 바람에 떠밀려 걸어 나갔다.

"그럼, 또 오겠습니다."

하며 농부에게 인사를 했다.

"내일은 안 오는가?"

"일이 있어서요."

조금 쑥스러웠지만 그렇게 대답했다.

자연의 풍경이란 것은 설령 어떤 풍경이라 해도, 사람이 노동과 함께하는 경우에는 그 풍경이 특별히 더 아름답다거나 혹은 아름답지 않다거나 하지 않는다.

걸어가면서 1920년대 상하이 폭동 때, 함께 어두운 뒷골목을 도망다녔던 화가 지망생인 친구가 생각났다. 그는 그 뒤로 나와 마찬가지로 운동을 그만두고 일본으로 유학을 갔고, 그림 소재도 인간이 섞인 것을 피해서 풍경화만 그렸다. 그리고 결국에는 그 풍경도 현실에 존재하는 자연을 그리는 것이 아니라 공상이나 환상 속의 경치를 그리게 되었다. 기독교 신자여서 조르주 루오풍의 필치로 주름살이 깊게 파이고 헐렁한 비단옷을 걸친 농부 등을 그리게 되었다.

그 농부는 이미 현실의 농부가 아니라 화가 자신이 표현하는 하나의 관념이었다. 게다가 그는 정치적으로는 격렬한 좌익 지지자인 동시에 실생활에서는 손익 계산이 매우 확실했었다. 추측건대, 그가 믿은 기독교는 가톨릭에 가까운 것이었을 텐데, 이 동양에서 서양의 예술을 실현하려 하는 사람의 종교답게 고독한 기독교였다. 요컨대 (나도 마찬가지지만) 내면적인 안정이라는 것이 전혀 없었다. 그는 여러 일을 해봤다. 하지만 몸에 익힌 것이 없다……. 이 화가의 이름을 K라고 한다. 상하이 뒷골목에서 헤어진 이후로 10년 가까이 만나지 못했다. K 역시 앞으로 길어질 이번 전란 동안에 여러 변화를 피할 수 없을 것이다. 그건 그것으로 좋은 일이다. K에게도 나에게도 하나의 관념이다. 개인적인 인식과 사회적인 인식 사이에는 엄연한 균열이 있다. 분열하고 있는 것이다. 전자는 어떤 신앙, 신이 있는 곳을 향하려고 하고, 후자는 조직 쪽을 향하려 한다. 그것들이 주체적으로 존재하려는 갈망을 각각 따로 한다면, 이런 상황은 별로 이상한 일도 한탄스러운 일도 아니다. 보통의 일이다. 인간의 조건인 것이다. 이 둘을 이어주는 것 혹은 이 둘을 동시에 살고 있는 것이 우리의 신체인 것이다. 신체란 균열 그 자체인 것이다. 혹은 바꿔 말하면, 그 균열에서 살고 있는 것, 그 균열에 몸을 누이고 있는 것이 우리 신체인 것이다. 잉우가 묻혀 있는 땅, 거기서 일하는 농부한테서 밭의 보리를 휘게 하며 불어오는 바람은, 이 균열로 불어오는 것이다. 바람이 몸에 스며들고, 땀이 식어갔다.

나는 조금씩 차분해졌다. 1927년 4월, 그 화가 지망생인 친구 등과 함께 상하이에서 탄압을 당했지만 겨우 체포를 면했다. 그로부터 6년간 각지의 화교총회를 통해서 인도, 서구 등지로 싸돌아다니다가 1932년에 귀국했다. 지인들의 소개로 해군부에 취직해서 있는 듯 없는 듯 다른 사람과도 사귀지 않고 가만히 앉아 있기를 5년. 그리고 지금 처자식과 친구를 잃고 적군 속에서 홀몸이 되어보니, 10년의 시간이 그때그때의 경치와 더불어 눈에 보이게 되었다. 사람은 회상의 형식으로 자기의식의 근거를 찾는 존재인 것 같다.

고개를 들고 두 팔을 움직여 뭉친 어깨를 풀면서, 이중 스파이가 된 K와의 대결 준비—며칠 전에는, 기리노 대위가 근무하는 기관의 사무실 뒷문에서 K가 주위를 살피면서 나왔다—와 내적인 불안정과 배신의 관련성 등에 대해서 생각하며 내 집, 아니 기리노 대위의 공관 쪽으로 길을 잡았다.

그때 멀리서 쪼개진 대나무로 땅을 치는 고음이 고요하고 사람도 없는 공간에 울려 퍼졌다. 두 번, 세 번, 네 번 두드리고 잠시 뜸을 들인다. 또다시 한 번, 두 번, 세 번, 네 번. 심신의 긴장감이 누그러지고, 곳곳에 굳어 있는 응어리가 녹아내리는 것 같다. 나는 그 투명한 울림을 내며 다가오는 칼 장수를 기다리고 있었던 것이다. 기다리고 있었다는 것을 온몸으로 알았다. 마치 애인이라도 기다리고 있었던 것처럼.

나는 길모퉁이에 서서 칼 장수가 오는 것을 기다렸다. 그 키 크고, 어깨 넓고, 손발도 큼지막한 산둥성 사람과는 약 두 달 반 정도 짐차에 묶여서 같이 생활했던 적이 있다. 그가 6월 초순 '부엌칼, 가위, 칼, 창도 있고 총고 있고, 대포도, 낫과 망치도, 별도' 칼 종류는 다 다루는 칼 장수가 되어서 나타났을 때, 나는 눈을 떴던 것이다. 그때, "다음에 올 때는 도깨비불도 쇠도 자를 수 있는 진짜 물건을 갖고 오지요"라고 하며 쪼개진 대나무를 큰 소리 나게 땅에 부딪히면서 헤어졌던 것이다.

소리가 끊겼다. 나는 갑자기 불안해진다. 쫓기고 있던 것은 아닌가 하는 생각이 곧바로 든다.

하지만 그는 모퉁이를 돌아서 왔다. 그런데 나를 보고 싱긋 웃지도 않는다.

"오랜만이네."

라고 해도 눈짓만 할 뿐이다. 긴장하고 있다. 뭔가 그들의 당과 국민당 정부 사이에 안 좋은 일이 생긴 것일까? 정부의 결사 항일이라는 방침은 아무리 생각해도 뭔가 맥락이 정리가 되지 않는다. 왕징웨이汪精衛 일파가 평화론을 주장하고 파벌 투쟁을 기획하고 있다는 정보가 들어온 상태다.

네다섯 걸음 나란히 걷다가 슬쩍 뒤를 돌아다본 뒤, 마주보지 않고 각자 정면을 바라본 채 작은 목소리로 물었다.

"당신이 천잉디 씨죠?"

나는 가슴이 철렁했다. 일본군에 부역하며 그와 같이 있었을 적에 나는 가명을 쓰고 있었기 때문에 그가 내 이름을 알고 있을 리가 없다……

나는 아무 말 없이 고개만 끄덕였다.

"댁에서 기다려주십시오. 나중에 찾아가겠습니다. 알려드릴 일도 있으니까요."

땅에 발을 스치는 듯한 걸음걸이로 그는 성큼성큼 나아갔다. 서랍이 달린 상자를 지렛대 앞뒤에 걸어 메어 들고 박자를 맞추며 걸어갔다. 대나무도 울리지 않고, "부엌칼~, 가위~, 창~, 총~, 낫이랑 망치~"라고 외치지도 않는다. 씨익 웃더니 그대로 다음 모퉁이를 돌아서 사라졌다.

나는 약간 아연해져서 잠시 멍하니 서 있었다. 하지만 곧 정신을 차리고 서둘러 집으로 돌아가기로 했다. 만약 그가 누군가에게 쫓기고 있다면, 추적자들에게 칼 장수를 만나지 않았냐고 심문을 당할지도 모른다. 또 멀리서 쪼개진 대나무를 울려 사람을 불러 모아 장사를 하는데, 갑자기 그걸 멈춘다는 것은 가두연락을 위한 무슨 신호였는지도 모른다. 나는 뛰다시피 하며 큰길로 나와 세탁소에 들러 기리노 대위의 양복을 찾아서(대위는 요즘 군복을 거의 입지 않는다. 머리도 기르는 것 같다) 집으로 돌아왔다. 이 세탁소는 예전부터 우리 집의 단골 가게였는데, 지금은 공동 경영자라는 형태로 화베이華北 지역에서 온 일본인에게 뺏긴 상태. 대부분의 사업이 이 공동 경영자 없이는 해나갈 수 없는 구조가 되어버렸다. 이 세탁소의 일본인이 실제로 세탁 일을 하는 것은 아니다. 그는 그저 공동 경영자일 뿐이고 평소에는 내내 화베이 지역으로 여행을 다니고 있다. 뭘 하러 화베이로 가는가? 그는 때때로 누런 이를 드러내고 웃으면서 성냥갑을 보여주는데, 종이에 싼 조그마한 것이 두세 개 들어 있다. 그것은 헤로인이다. 물건을 따와서 줄 테니 팔아오라는 것이다. 막대한 양의 마약이 타이완과 조선 및 둥베이東北 지역에서 생산되고, 일본군을 통해 그것이 들어오는 것이다. 근래 조사된 내용은 한커우에 이미 보고되었다. 지난주, 지하에 숨어 있던 학생들 한 무리가 황산과 가솔린을 염소산 칼륨과 설탕에 적셔 비단으로 말아 깡통 속에 밀봉해서 만든 폭탄(?)을 사창가에 던졌다. 그 무리 중 한 사람이 체포되어 거리 한가운데서 사살되었다. 지근거리에서 심장과 머리에 총을 쐈는데, 담벼락에 뇌수와 머리카락이 생생하게 달라붙어 있었다.

사창가에서 살해당한 시마다를 대신해서 다니나카谷中라는 전령이 새로 왔는데, 이 사람은 성격이 천하태평이다. 그런데 대위의 술을 슬쩍 하는 걸 보고 나는 심히 놀랐다. 다니나카는 탄광의 광부였다고 한다. 그와 함께 장작을 쌓아올리고 석탄을 나르면서 칼 장수가 오기를 기다리고 있었다.

다나나카는 석탄을 주워들고는 단면을 햇빛에 대어 반짝거리게 하면서,

"와~ 이거 석탄이 좋네~, 참~ 좋구마이~"

라면서 "케케케" 희한한 소리로 웃는다. 그는 석탄을 사랑하고 있다. 그런데 그는 시마다와는 다르게 집 청소나 잡초 제거는 전혀 사랑하지 않고, 목욕탕에 불 때는 것 외에는 거의 아무것도 안 한다. 다만 내가 열심히 일하고 있으면 언제나 "미안허요~" 그런다. 그는 대위한 테서 내가 집사처럼 일하고 있지만 사실은 이 집의 주인이고 실례되는 짓을 해서는 안 된다고 들었던 것이다. 시마다와의 공통점은 하루 종일 단조로 된 서글픈 곡조의 노래를 부른다는 것이다.

드디어 대나무를 울리는 소리가 들리며 칼 장수가 찾아왔다. 젊은 친구는 이전에 왔을 때보다 한층 더 햇볕에 타서, 무두질한 가죽과 같은 피부가 되었다. 나는 그를 부엌문으로 인도하고 온갖 칼을 가지고 나왔다. 그는 칼들을 갈면서 이야기를 시작했다.

"아까는 실례했습니다. 조금 일이 생겨가지고요⋯⋯."

거기까지 말했을 때 다나나카가 돌아왔다.

잠시 말이 없다가 그는 갑자기 광둥어로 말을 바꿨다. 나는 그에게 이 부대는 중국어를 알아듣지 못한다고 서둘러 말했지만 그는 그대로 광둥어로 말을 이어나갔다.

"아까 말하려고 했던 게, 당신은 양먀오인楊妙音이라는 여학생을⋯⋯."

그 이름이 나오기를 얼마나 학수고대하고 있었던가! 눈에 보이지

않는 필연의 끈과 같은 것이 이 남자와 나를 이어주고 있다. 양양이 살아 있다. 아내 모처우는 이미 포기했지만 적어도 젊은 그녀만이라도 살아 있기를 기도했던 것이다.

"그녀는 쑤베이蘇北의 어느 곳에 누워 있습니다."

"병인가?"

"그게……, 실은 매독입니다."

그렇구나. 그녀 역시 진링대학에 설치된 국제난민위원회의 안전지대 안에서, 아니면 그 밖으로 끌려나와서 당했던 것이다. 눈앞이 순간 확 밝아졌다가 점차 어둑어둑해지는 기분이다.

"그뿐만이 아닌 모양입니다. 저희가 있는 곳까지 오기 전에 누군가가 고통을 덜어주려고 마약을 놓은 것 같습니다. 요즘에는 의약품은 없어도 마약은 어디에라도 있으니까요. 위생부는 마약부나 다름없고, 금연위원회는 판매위원회나 마찬가지죠."

"그래서 중독됐나?"

"끊으면, 미친 듯이……"

"날뛴다고?"

"네."

세상에, 이 무슨 일인가. 작년 11월 20일에 일본군이 쑤저우에 입성하여 항아리와 도자기 제작을 업으로 하는 자기네 일가를 접수했을 때의 상황을 아주 냉정하게 세세한 부분까지 눈에 보이듯이 이야기해주었던 그 여학생이 어쩌다 싸구려 매춘부 꼴이 되어버렸단 말인가? 쑤저우에서 난징의 우리 집까지 혈혈단신으로 상처투성이가 되어서 도망쳐와서 도착하자마자 곧바로 이야기해주었던 것인데, 흥분하면서도 거의 감정을 섞지 않고 일본군의 행동만을 묘사한 완고

한 정신력을 나는 마음속에서 감탄하고 있던 정도였건만. 그리고 난징 함락 직후인 12월 14일에 모처우, 잉우, 양양과 나, 네 명이 철사로 묶여서 마췬소학교에 수용되었을 때도, 한발 먼저 난민들을 조직해야 한다는 말을 꺼냈던 것 역시 그녀였건만.

아마 그녀 역시, 시다문西大門에서 100명씩 묶어서 처형하는 기관총을 맞고도 구사일생으로 살아난 나와 마찬가지로, 아니 그 이상의 고통을 맛봤을 것이다. 그 이상의……, 그렇다. 여성은 굴욕을 당할 때 죽음 이상의 참혹한 고통을 겪을 수밖에 없는 운명을 지고 있다. 죽음과도 비슷한 고통 속에서 또 다른 생명을 낳는다고 하는 행복을 짊어지는 것과 마찬가지로…….

"그래서……"

나는 쓰디쓴 맛을 꿀꺽 삼켰다.

"임신되거나 하지는 않았나?"

"실은, 했던 것 같습니다."

"지웠나?"

"예, 떠돌아다니던 동안에 뭔가로 아랫배를 강타당해서……."

"그래……. 그 외에 다른 병은?"

"심한 영양실조입니다. 요즘은 약간 나아진 것 같지만요."

"자네가 간호하나?"

"예, 그다지 잘해주지도 못하지만요. 요전에 난징에 왔을 때, 어떤 약장수를 위협해서 살바르산과 주사기를 구해서 제가 놓았습니다."

"자네는…… 의사인가?"

"……지망생이었던 적이 있습니다."

"학생?"

그는 씨익 웃으며 고개를 끄덕였다. 검은 얼굴에 20대 젊은 친구다운 동안이 엿보였다. 나는 그와 함께 두 달 반 정도 짐차에 묶여서 고난의 길을 걸었던 적이 있는데, 그가 학생일 거라고는 전혀 짐작도 못했었다. 노동하는 학생이라고는 해도, 학생에게는 어딘가 학생한테서만 볼 수 있는 무언가가 있는 법인데. 내가 인텔리로서 자신의 신분을 숨기려고 했던 탓에 알아차리지 못했던 건가? 그러고 보니 그 당시 그는 언제나 "이런 일을 안 한다고 해도 뭐……"라고 입버릇처럼 말했다.

"그런데 내가 천잉디라는 걸 어떻게 알았나?"

"그녀를 처음 봤던 데가 진링대학에 설치되어 있던 안전지대였습니다."

"자네도? 나도 거기 있었어. 아내 모처우와 아들 잉우랑, 그리고 양양."

"그녀를 봤던 게 시민으로 변장한 포로가 있다는 명목으로 난입한 일본군에게 당신이 붙잡혀 트럭으로 끌려 올라갔던 그 직후였던 것 같습니다. 저는 진링대학병원 의사 윌슨 씨 댁에서 집사로 일하며 학비를 벌었던 적이 있어서요. 아직 학생이었지만, 그때 지원해서 도와주러 갔던 겁니다."

지원해서…… 그것만으로도 그때는 정말로 엄청난 용기가 필요했을 터다.

"그런가? 나는 보는 것처럼 살아남았네. 정말 하늘이 도왔던 거지. 살아남을 수 있었던 것은."

그리고 나는 목구멍까지 올라왔던 말을 드디어 내뱉었다.

"그 국제위원회의 주거부에는 위생부에 있던 내 백부가 마중 나왔을 텐데."

"제가 그녀를 봤을 때, 그 사람, 그 백부 되시는 분의 가슴에 매달려서 울부짖고 있었습니다. 당신이 군인도 아닌데 붙잡혀서 트럭에 실려가 집단학살 당하도록 왜 가만히 보고만 있느냐고. 어째서 내려가서―당신의 백부는 이층 창문에서, 중앙 정원에 있는 트럭에 당신이 실려가던 걸 내려다보고 있었습니다―그 사람은 아니라고 일본군에게 한마디도 하지 않았냐고, 그러고도 사람이냐고, 백부의 와이셔츠 단추가 뜯어질 정도로……"

"그래서, 뭐라고 하던가?"

"내려가더라도, 당신이 아무런 페이퍼(증명서) 같은 것도 안 갖고 있다며, 페이퍼도 도큐먼트도(영어를 썼습니다. 확실히 기억하고 있어요) 없는데, 어떻게 군인이 아니라는 것을 증명할 수 있겠느냐고 말했습니다. 나는 그때 우연히 그 복도를 지나가고 있었는데요, 누가 정확히 당신인지도 모른 채 계단을 뛰어내려가 당신이 있는 쪽으로 가려고 했습니다. 그런데 중앙 정원의 출구 부근에서 위원회 일원이며 역사 선생이었던 마이너 베츠 박사에게 제지당했습니다. 당신이 그렇게 된 것을 시작으로 젊은 남녀들에게는 안전지대가 점차 가장 위험한 곳이 되어갔습니다."

나는 침묵했다. 대답할 말이 없었던 것은 아니지만, 그 자리에서 백부의 입장에 대해 생각해봤던 것이다. 백부로서는 아무리 양양이 울부짖더라도 그런 식으로 말할 수밖에 없었다……. 성이 함락되려 했을 즈음, 위원회에 들어오지 않겠냐고 나에게 말했던 게 있으니까. 어쩌면 '그러기에 내 뭐라고 했냐' 하는 식으로 생각했을지도 모른다.

입장을 바꿔서 나였다면 어떻게 했을까? 나는 마친소학교에서 처

182

형되었던 동포들의 시체 정리를 해야 했을 때, 아직 숨이 붙어 있던 장교의 시체를 샛강에 던져버렸지…….

칼 장수는 갑자기 내가 아무 말이 없어지자 슬쩍 내 눈을 보더니 다시 고개를 숙여 칼을 갈기 시작했다. 처음에는 천천히, 그러다 점차 빨라진다. 이야기하는 동안에는 숫돌에 칼을 갖다 댄 채 갈지는 않고 있었다. 그의 내부에서 무언가가 나에게 저항하고 있는 것처럼 느껴졌다. 뭔가 내가 부당하게 차분한 상태로 그의 이야기를, 육친의 불행에 대한 이야기를 듣고 있다고 생각하는 걸까?

살아서 일하고 있는 인간을 보고 있으면서 거기서 죽음과의 연결 고리를 찾아내기란 원래 곤란할 터다. 우리는 죽음에 바짝 붙어서 살아왔고 또 현재도 그렇게 살고 있기 때문에 일한다는 것, 노동을 떠나자마자 곧바로 인간관이 일그러진다. 그가 슬쩍 내 눈을 봤을 때, 항목별로 나눈다면 나는 대체로 다음과 같은 것을 생각하고 있었던 것이다.

1. 살아 있다고 하는 것. 살아 있지 않다고 하는 것.

2. 그다음 죽게 내버려둔다고 하는 것.

3. 그리고 어느 결정적인 날, 해방의 날이 오기까지 그걸 위해 일하고 그날을 점점 구축해나간다고 하는 것.

4. 하지만 결정적인 날이라는 게 과연 있을지 의심의 여지가 있다는 것. 그날이 오면, 역사는 또 다른 날을 준비할 게 틀림없다는 것. (신을 믿는가? 역사를 믿는가? 신과 역사……. 역사가 만약 '과정'에 지나지 않는다면, 역사는 니힐리즘을 불러일으키는 원흉이다. 하지만 신을 모르는 사람은 역사 이외에 살아갈 터전을 갖지 못한다)—역사, 역사라고 하는데, 나 혹은 나를 포함하는 것 외에 대체

무엇이 역사란 말인가?

5. 하지만 가령 직선에 비유한다면, 직선이란 그것이 존재한다고 확신하는 의지가 아니면 자연 속에서는 결코 존재하지도 않는다. 누가 만들어주지도 않고 또 유지되지도 않는다. 직선이 존재한다고 한다면 그것은 인간의 의지 속에서만 존재한다. 인간 이외의 것으로는 직선도 순수한 원도, 삼각형도 존재하지 않는다.

6. 즉 승리와 해방은 다르게 말하자면 관념의 실현이라는 것. 그리고 이 관념은 인간의 이름에 있어서만 존재할 수 있다는 것.

그러나 여기서 내 생각은 역시 제2항으로 돌아가는 것이다. 뭐 거창하게 말하는 것 같지만 결국은 껍데기일 뿐이라는 식으로.

설령 어떠한 압력이 있더라도 부조리한 죽음을 인간의 이름으로 그냥 죽게 내버려둔다는 항목으로 말이다. 그리고 마지막 제7항으로, 구해내고자 하는 사람을 희생시킴으로써 얻어진 승리는 아마 그 누구에게도 체면이 서지 못하고, 가설적인 가치밖에 가지지 못하리라는 것.

하지만 이 7개만으로도 한 명 한 명의 인간이 그 모든 것을 항상 고려할 수 있을 만큼 넓고 크고 힘에 가득 찬 존재라고 믿기 어렵다. 인간의 존재를 인식한다는 것은 결국, 그 조건이 얼마나 받아들여지기 어려운 것인지 아는 게 아닐까? 그냥 죽게 내버려둘 수밖에 없는 것이 있다. 하지만 그렇다고 해서 우리가 온갖 비참한 일의 포로가 되어버릴 일은 없을 것이다. 내가 눈을 감고 싶을 정도의 비참한 일과 몹시 자극적인 일만을 이 일기에 적고 있는 것은, 인간이 극악한 경험을 얼마만큼 견뎌낼 수 있는지, 인간은 어떤 존재인지 하는 것을 고통이 가시기 전에 확인해보고 싶기 때문이다. 시간이 지나면 나 역시 깨끗이 잊어버릴지도 모른다. 그러니 입으로는 말하지 않지만 매 순간 나는 거무칙칙한 니힐리즘과 무한정한 희망 사이를 오가고 있다고 할 수 있다. 희망 쪽은 희망할 의무가 있다고 확신하기 때문에 간신히 가질 수 있었던 것이다. 그럼에도 불구하고라는 것이 입에서 나올 수 있는 유일한 말일 것이다. 하지만 그렇게 말하더라도 나는 내가 결코 비관주의자pessimist라고는 생각하지 않는다. 희망도 니힐리즘과 같을 정도로 짊어지기에 무거운 짐인 것이다. 우리는 죽을 때까지 이 짐을 짊어지고 가야 할 의무가 있다고 생각한다. 바꿔 말하면 희망에도 견뎌 나가야 한다는 것이다. 하지만 누가, 무엇이, 대체 나에게 그런 의무를 지웠단 말인가? 신인가? 역사인가? 나 자신의 경우는 신도 아니고 역사도 아닌 내가 그런 의무를 바로 나에게 부여한 것이다. 내가 그 의무를 창조한 것이다. 그렇게 단언하고 싶은 기분이 든다. 하지만 지금 내가라고 할 때, 나는 마치 어깨에 무언가 초월적인 것이 가볍게 닿은 듯한 어떤 전율을 느낀다…….

즉, 결정적인 구원의 날 같은 것이 있을 수 없다고 하는 것, 그것 자체가 우리에게 희망을 낳게 하는 그 원천이 아닐까? 노동하는 날들이 있을 뿐이라는 것을 신뢰할 수 없다면 자살 외에는 방법이 없다. 그저 하루하루 흘러갈 뿐이다. 그런 날들을 일하면서 보낸다는 것은 한편으로는 양양洋洋한 느낌을 주지 않는가?

하지만 사람이 생사를 걸고 싸우고 있을 때, 인간이란 무엇인가 하는 논의는 별 쓰잘머리 없는 소리라고 생각될 수 있다. 그것은 사실이다. 그리고 인간관이 모호한 상태에서는 어떤 싸움에도 생사를 걸 수 없다는 것도 사실이다. 무서울 정도로 근본적인 시대다. 지금은 인간 그 자체와 똑같이 온갖 가치와 도덕이 벌거숭이가 되어 몰아세워지고 있다. 어쩌면 지금 가장 괴로워하고 있는 것, 괴로움을 당하고 있는 것은 인간이 아니라 오히려 도덕일지도 모른다. 살아 있는 인간은 죽어버린 사람과 빈사 상태의 사람에 비하면 참으로 무참한 것이다. 나는 이 손으로 아직 숨이 끊어지지 않았던 그 사람을 샛강에 던져버렸던 것이다.

(나는 내가 무슨 말을 하고 있는 건지, 그걸 알고 싶다.)

젊은 친구는 다 간 식칼을 손에 들고 한쪽 눈을 가늘게 뜬 채 바라보고 있었다. 뜨거운 여름의 햇빛이 식칼이라는 하나의 도구에서 순수한 금속의 광채를 이끌어내고 있었다……. 아니면 내 서툰 손놀림 탓에 때가 묻었던 칼에다 원래 지니고 있던 그 광채를 되돌려주었다고도 할 수 있다. 내가 아무 말도 안 하고 있는 동안 젊은 친구는 그 일을 묵묵히 수행하고 있었다.

나는 아무래도 어떠한 사람으로서 존재하려 하고,

양양을 비롯한 그들은 무슨 일을 행하려는 것 같다.

나는 항상 어떠한 사람으로 존재해야 하는가를 주로 생각하고, (존재)

그들은 주어진 시간과 장소에서 무엇을 해야 하는가를 생각한다. (행위, 그리고 조직)

식칼의 날에 비친 빛이 눈부셔서 고개를 돌렸을 때 그 역시 고개를 돌려, 두 사람으로부터 소외되었던 공간의 묘한 지점에서 나와 시선이 마주쳤다. 하지만 그는 아무 일도 없었던 것처럼 다시 입을 열었다.

"그녀는 당신의 부인께서 돌아가시는 것을 보지 못했다고 합니다. 병사들 속에서…… 아니, 칼에 찔린 건 아니고 숨겨 있으셨다고 합니다. 갑자기 진통이 오는 바람에 병사들 속으로 뛰어 들어가게 됐던 게 아닐까 하고 그녀는 말했었습니다. 그리고 시신은 위생국의 트럭에 쌓여 있었다고 합니다. 12월 15일 밤, 그녀가 젊은 남녀 중 7~8명을 병원 뒤로 모아서 자체 조직을 만들려고 회합을 하고 있던 차에(그런 일은 안전지대 안에서는 금지되어 있었습니다) 담장을 부수고 들어온 병사들에게 습격을 당해 미처 도망치지 못하고 붙잡혔습니다. 실신했다가 다시 정신을 차려보니 아드님 잉우의 모습이 어디에도 보이지 않았다고 합니다. 면목이 없다고 말했었습니다. 실은 저도 그때 작은 모임에 출석하고 있었습니다. 하지만……."

거기서 그는 말을 멈췄다가 이번에는 이전에 모처우가 썼던 재봉용 가위를 갈기 시작했다. 너무 힘을 주어 갈기에 가윗날이 부러지지 않을까 걱정됐다.

"저도 실은 무서워져서 도망쳤습니다. 미안하게 생각하고 있습니다. 이 빚은 평생 갚을 생각입니다."

하얗게 작열하는 태양이 고흐의 그림에 있는 것처럼 두 개로도 세 개로도 보이고, 빙글빙글 돌아 얼굴이 뜨겁고 귀가 울리기 시작했다. 그리고 두세 개의 태양 속에는 각각 갓난아기가 한 명씩 손발을 동그랗게 모으고 잠들어 있다…….

갑자기 집 안쪽에서 음악 소리가 들려왔다. 전령인 다니나카가 라디오를 켠 것이다. 경쾌한 춤곡이었다.

"쑤베이에서 그녀와 재회했을 때 제가 사과를 하자 그녀는 적어도 자기는 살아 있으니까, 라고만 했습니다. 그리고 최근에 이런저런 이야기를 나누다가 난징에 있는 이 집 이야기가 나왔습니다. 거기서 하인으로 일하고 있는 사람이 아무래도 당신일 것 같아서 말을 걸어봤던 겁니다. 하지만 그녀는 믿기지 않는다는 표정이었습니다. 무리도 아니죠."

"그래, 무리도 아니지. 게다가 하인으로 일하고 있을 거라고는 도저히 상상도 못했을 거니까."

그녀도 지하실의 무전기에 대해서는 모르는 모양이다.

"양양은 나에 대해서는 뭐라고 말하던가?"

"예, 언제나 중용의 길을 걷고자 하는 사람이라고 말했습니다."

"중용의 길이라?"

"예."

찌푸렸던 얼굴이 약간 펴지는 기분이 들었다. 어느 누구도 결코 중용의 길 같은 것을 따를 수는 없다. 인간은 그런 식으로 만들어져 있지 않다, 향상심을 잃지 않는 한은 말이다. 내가 중용의 길을 걷는다고 하는 건 되바라진 인간의 거만한 마음에 지나지 않는다고 생각한다. 무엇이 중용인가? 스스로도 파악하기 힘든 극단적인 것만 생각하고 있는 것이다.

"양양에게 말해주게나. 중용 같은 것은 존재하지 않는다고. 비록 하인이지만, 품에 지폐는 없어도 순금은 갖고 있을 요량이라고."

이렇게 말하면서 나는 내 자신이 왠지 모르게 빈털터리에 야박한 인간이 된 것인 듯 느껴졌다.

둘 다 입가에 가벼운 미소를 머금었다. 집 안으로 들어간 나는 삼층으로 올라가 지폐를 한 묶음 꺼내와서 칼 장수에게 건넸다.

"양양에게 살바르산을 사주시게. 그리고 이 집에 돌아와도 아마 팬

찮을 걸세. 그사이 기리노 대위의 허가를 얻으면 알리겠네. 여기서 병을 치료하는 것이 어떨지 물어봐주게. 약은 위생부에 근무하고 있는 내 백부에게 부탁하면 상당량을 얻을 수 있을 걸세. 그럼 다음 기회에."

"그…… 당신의 백부라는 분은 아편과 헤로인을 다루고 있습니다."

"뭐라고?"

변호사로 전업한다, 전업한다, 몇 번이나 말하면서도 위생부를 그만두지 못했던 이유가 거기에 있는 건가? 아편을 다루는 사람은 국민당 정부 조례에 의하면 사형이다.

칼 장수는 내게 결의를 재촉하듯이 강렬한 눈빛으로 바라봤다.

"정말인가? 확인된 건가?"

"안칭과 주장에도 망이 쳐져 있습니다. 일본군 특무 기관과 합작으로."

"……그런가, 그랬던 건가?"

기리노 대위가 안칭과 주장 방면으로 여행을 갔을 때보다 백부가 열흘이나 먼저 길을 나선 이유를 알았다. 그는 적당한 인물을 물색하러 갔던 것이다.

대위가 돌아온 바람에 칼 장수는 허둥지둥 떠났다. 그는 거리로 빠져나가서 쪼개진 대나무로 땅을 쳐 소리를 내면서 걸어갔다.

저녁 준비를 할 때 손가락을 깊이 베었다. 살짝 닿았을 뿐인데. 잉어를 요리하면서 잉우를 생각하고 있었다. 일본군이 성을 포위하여 포격을 퍼붓고 있을 당시, 집 안에서 계속 웅크리고 있을 수만은 없어서 정원으로 나갔을 때, 문득 붉게 물든 단풍잎을 한 장 주워 들고는

"아빠, 이거 예쁘네"라고 하던 그 목소리가 아직도 귓가에서 떠나지 않는다. 그 목소리가 귓가에서 아직 떠나지 않는다고 생각하던 찰나에 베였다. 놀랄 정도로 피가 많이 흘러나와서 나는 거의 실신할 뻔했다. 그토록 다량으로 수백 수천에 이르는 사람이 살해되어 땅바닥이 시커멓게 된 광경을 봐온 내가 말이다.

오늘 배운 일본어 하나.

기리노 대위는 입버릇처럼 "쳇, 유우쓰ゆううっ하군"이라고 한다. 유우쓰는 우울優鬱이다. 나는 결코 우울하지 않다. 마음이 답답하지도 않다.

또 하나, 아무래도 솔직하게 적어두지 않으면 안 될 일이 있다. 그것은 그 칼 장수가 와서 식칼 등을 반짝반짝하게 갈아주고 간 뒤로 가끔씩 나를 덮치는 어떤 환상에 대해서다. 식칼로 내가 생선을 푹 자르듯이 대위를 잘라버리는 기분 나쁜 환상이다. 그럴 때마다 땀구멍에서 땀이 비 오듯 쏟아지고 심장 박동이 빨라진다. 손가락을 베였을 때에도 잉우 생각만 들었던 것이 아님을 고백해둔다. 이런 불안정한 상태로는 안 된다.

8월 21일

17일에 나는 마음이 답답하지도 않다고 썼었다.

하지만 드디어 올 것이 왔기 때문에 나는 결단을 내리지 않으면 안되게 되었다.

백부와 K에 대해서다.

테러리스트, 살인청부업자들이 파견되어 온 것이다. 그들은 배신자 중에서 수괴였던 자를 처단하기 위해 어둠 속에서 등장한 것이었다. 또 공산당에 대한 감시도 아마 더 삼엄해질 것이다. K와는 내일 마지막으로 한번 이야기를 해보기로 했다. 백부도 아편을 다루고 있는 것이 명백해진다면 그대로 놔둘 수는 없다.

⋯⋯⋯⋯⋯⋯⋯⋯⋯⋯⋯⋯⋯⋯⋯⋯⋯⋯⋯⋯⋯⋯⋯

내 눈이 어떻게 됐던 것은 아닐까? 그런 의심도 든다.

백부에 대해서는 말할 필요도 없다. 그리고 K에 대해서도, K가 이중 스파이가 되기 훨씬 전부터, 즉 마음도 정신도 뒤집어졌던 작년 겨울에조차 나는 K가 이중 스파이가 아닐까, 적어도 그럴 성향이 있다고 확신하고 있었다. 그랬다는 것은 나 자신에게도 그럴 성향이 있기 때문인가? 그럴지도 모른다.

게다가 오늘 그 회색 옷을 입은, 눈이 움푹 들어간 여자를 다시 봤다.

오늘 나는 기리노 대위를 위해 술을 사러 후중텐壺中天으로 갔다. 거기서 내일 오후 쉬안우 호수에서 K를 만나고 싶다는 내용의 연락을 의뢰하고 돌아오다가, 두 달쯤 전에 역시 K와 연락하던 중 내 눈앞을 쓱 스쳐 지나갔던, 그 회색 옷의 여자가 포착됐다. 그녀가 죽은 모처우와 닮았다는 걸로 그때는 그렇게 기억에 남았다.

그런데 기억 속의 그 여자 얼굴을 계속 생각하고 있으니 모처우와 닮은 곳이 점차 사라져갔다. 뭔가 정반대 사람처럼 생각되는 기분이 들었을 때, 기묘하고 이상한 부분이 있다는 걸 깨달았다. 정이라곤 일절 없을 것 같고, 모든 것에 무관심하고, 어떤 의미에서도 고통이라는 것을 조금도 느끼지 않을 듯싶은데, 그럼에도 불구하고 정열적, 아니 정욕적이면서 차가운, 뭔가 그런 것이다. 심리적인 분열이 그대로 전체를 이루고 있는 이상한 용모였다. 오늘 그 여자와 또 마주쳤던 것이다. 그런데 나도 내 눈을 의심할 정도로, 그녀는 내가 마음속에서 기억하고 있던 모습과 완전히 똑같은 얼굴을 하고 있었다. 즉 눈이 움푹 들어가 있다는 것만 제외하고는 모처우와는 어느 것 하나 공통되는 부분이 없는 얼굴이었다. 그녀는 삼륜차를 타고 있었다. 나는 술집의 자전거를 빌려서 뒤를 쫓았다. 뭔가에 빨려 들어가는 것처럼 쫓아갔던 것이다. 그녀는 일본군의 경제고문 공관으로 들어갔다.

나는 그 공관 앞을 지나가면서 '아, 역시 그렇구나' 하고 생각했다.

요컨대, 딱 보면 금세 상황이 이해되는 그런 느낌인 것이다. 도자기 애호가가 물건을 보는 순간 전부 다 꿰뚫어보듯이(?) 말이다. 기뻐해야 하나, 슬퍼해야 하나? 내 원래 임무는 다섯 명의 첩자를 지도 감독하며, 그 보고를 확인하고 전보를 보내는 것이 전부인데, 어느샌가 나 자신도 그쪽의 전문가가 되어 있는 것이다.

여기서 러시아 소설에서 읽은 한 장면이 떠오른다. 한 젊은 남자 A의 뒤를 또 다른 남자 B가 쫓아간다. 두 사람은 친한 친구라 해도 좋을 사이다. 그런데 B는 A를 몰래 죽이려고 생각하고 있다. A가 어느 날 칼 가게의 진열장 앞에 선다. 서슬 퍼렇게 빛나는 칼들을 보고 있는 사이, 그때까지 한 번도 생각해본 적 없지만 A는 문득 B가 칼로 자신을 죽이려 한다는 것을 알아차린다. 투시나 계시라고도 할 수 있는 팽팽하게 긴장된 한 줄기 선이 A와 B를 잇는다. 사실 B는 칼을 손에 들고 길모퉁이에 숨어 있었던 것이다. A가 그것을 알아챘다. 그리고 A가 알아챘다는 것을 B 역시 투명한 (텔레파시 같은 것에 의해) 곧바로 알아챈다. A는 진열장을 떠나 길모퉁이를 향해 간다. 두 사람은 각자 팔짱을 낀 채 아무 일도 없었다는 듯이 나란히 길을 걸어간다. 그런 장면이다.

소설 같은 기술을 일부러 거부해왔는데, 나 자신이 소설 같은, 즉 사람들의 일상생활의 차원과는 동떨어진 곳으로 어느샌가 이동해버린 걸까? 그렇다면 그 계기는 무엇이었을까? 계속 긴장해 있지 않으면 안 되는 것이 나에게 화학변화 같은 것이라도 강제로 일으킨 건가? 아마도 위험에 가득 찬 이상한 생활 속에서 위험과 이상이 내 생활을 침범해오고 있는 것이리라. 생활의 건전한 일상성을 희생시켜가며 나는 점점 비인간적이 되고, 한편 전문적인 눈을 획득해가고 있는 것이다. 분명 나는 내가 이 세상에서 가장 싫어하는 그 지하 특공대 특유의 얼굴―뱀의 껍질처럼 창백하거나 검푸르게 완전히 피곤에 지쳐버린 얼굴, 그리고 기분 나쁜 데카당스 냄새―을 어느 정도 몸에 지니고 있다가 그게 점점 겉으로 드러나게 되었는지도 모른다.

어쩌면 그런 얼굴이 그 칼 장수 청년의 마음에 어떤 저항감을 불러

일으켰는지도 모른다.

소설 같아서는 안 된다. 그것은 실생활에 있어서는 반드시 파국을 가져올 것이다.

8월 22일

쉬안우 호수

수심이 얕은 한쪽 물가에 보라색 부레옥잠이 피어 있었다. 물 역시 보랏빛이다. K가 노를 저어 커다란 연잎 사이를 헤치며 넓은 호수로 나왔다. 지린사吉林寺와 지밍사鷄鳴寺 지붕 기와의 푸른색, 건물의 붉은색, 벽의 흰색이 눈에 들어온다. 대지의 노란색을 기반으로 하여 청색, 적색, 백색, 이 삼색이 서로 섞이고, 또 그것을 분리하는 보라색, 노란색 위에 서 있는 보라색, 그것이 우리 도성의 색채인 것이다. 대지의 노란색을 딛고 높이 솟은 자금紫金색의 바위산, 대지의 노란색에 안긴 쉬안우 호수와 모처우 호수의 보라색, 높이 올라가면 올라갈수록 더 짙은 보라색 하늘. 이들은 모두 역사 이전부터 역사 이후에까지 영원히 이 땅에 보장된 아름다움인 것이다. 우리는 이 비정한 아름다움을 견디기 위해 두께 5미터에서 15미터의 성벽을 쌓고 그 안에서 살아가는 것이다.

호수 군데군데에 논병아리가 무리지어 있었다. 쿠, 쿠, 하며 짧게 울고 있다.

K는 바지춤에 넣어둔 총이 배에 직접 닿는 걸 주체하지 못하면서 노를 젓고 있었다.

그 권총은 호숫가를 헤매면서 작은 배를 찾고 있을 때 내가 건넨 것이다. 나는 그럴 생각으로 집에서부터 이 권총을 복사뼈 안쪽에 묶어 가지고 왔던 것이다.

"K, 자네, 권총 갖고 있나?"

내가 물었다.

K는 깜짝 놀란 듯 얼굴에 어린애처럼 공포를 내비쳤다. 원래 냉정할 정도로 빈틈없는 그인데……. 그 놀란 모습에 이번에는 내가 깜짝 놀랐다. 어느샌가 사람을 위협하는 무언가가 몸에 밴 모양이다.

"아니……, 안, 안 갖고 있네."

그는 쩔쩔맸다. 뻔히 보이는 거짓말이었다. 나와 마찬가지로 바지자락을 막노동꾼처럼 데님으로 묶고 있었다. 총을 복사뼈 안쪽에 묶어 둔 것이다. 내가 바지자락을 풀어서 권총을 건넸다.

"그래? 그럼, 내 총을 가지고 있어주겠나? 난 익숙지가 않아서, 이렇게 무거운 게 발목에 붙어 있으니 아무래도 걷기가 어려워서 말이야. 게다가 기분도 이상하고."

K는 빙그레 웃었다. '그러겠지. 익숙하지 않은 일은 안 하는 편이 나아' 하는 뜻이 읽혔다. 그는 방금 전의 충격에서 회복됐는지,

"그래서 오늘은 무슨 용무인가?"

라는 공세로 나왔다.

"저 배를 빌리지."

주위에는 아무도 없었다.

K가 먼저 탔다.

K를 혼자 태운 뒤 배를 밀어버리고 호숫가 쪽에서 쏠 수도 있겠구나 하고 생각했다. 하지만 권총은 지금 그에게 넘겨준 상태였다.

호수 한가운데로 나와서,

"K, 내가 무슨 말을 하려는 건지 말 안 해도 알겠지. 나는 자네를 쏠 수도 있었어. 나는 내가 오인하고 있다고 생각하지 않아—그런데 내 권총은 아까 자네에게 건넸어."

나는 가운데쯤 앉아서, 서서 노를 젓고 있는 그를 올려다보며 이야기했다.

그가 손에서 노를 놓았다. 셔츠를 들어올려 권총을 꺼냈다. 총신을 쥐고 그대로 서 있다. 잔잔한 수면에 비친 그의 모습을 보고 성가시게 됐구나 하고 생각했다. 하지만 공포는 없었다. 성가시게 되었다는 것은 K와 나의 위치 관계다. 그는 서 있고 나는 앉아 있다. 그는 총을 거꾸로 쥐고 있다. 쏘기보다 때리는 편이 그 자세에서는 어울리는 것이었다.

"이걸 내게 주었다는 것은 그러니까⋯⋯, 나를 아직 믿고 싶기 때문이다, 그런 뜻인가?"

앉아서 얘기하자고 말하고 싶었지만, 이 상황에서는 할 수 없다.

"아마도⋯⋯."

K는 움찔하며 어색하게 어깨를 으쓱했다. 한순간 나를 죽이려고 생각했던 것일까? 여기서 물고기처럼 죽는 건가? 뭐 이상하게 거부감이 들지는 않았다(이제 됐다 하는 기분과, 어쩔 수 없네 하는 기분이었다). 현기증이 나며 공중에 붕 뜬 기분이 가라앉자 생각지도 못한 말이 입에서 튀어나와서 나 스스로도 놀랐다. 난 참 왜 이리 교활한가 하는 기분과, 그래 그걸로 됐다 하는 기분이 섞여서 보라색 수면 위에 내 뇌와 내장이 비쳐 보이는 기분이 들었다. 나는

"집에서 뭔가 소식이 있었나?"라고 물어봤다.

왜인지는 모르겠지만, 다행히 K도 내가 이야기를 딴 데로 돌린다고

는 생각하지 않은 모양이다.

"음……. 모두 잘 지내는 것 같네."

"그건 다행이네. 나는 양양의 소식을 들었어."

"아아, 그 사촌 여동생, 여학생이었던."

"그래. 그런데 매독에 헤로인 중독이래."

"……"

"자네는 돈이 갖고 싶겠지?"

키가 큰 K는 몸을 웅크리고 배의 바닥에 앉았다. 이번엔 바닥의 판자 위에 앉아 있는 나를 올려다보는 꼴이 되었다. 나와 자기 사이의 딱 가운데에 총을 놓았다. 물의 흐름에 맡겨둔 배는 연꽃 군락으로 떠내려갔다. K에게 여자가 생긴 것이다. 아마도 그 여자에게 이용당하고 있으리라. 나는 그 여자가 그 회색 옷을 입은 여자―언젠가 K에게 필름을 건네려고 들렀던 연락 장소, 즉 후중텐 술가게에서 K와 이야기를 했을 때 스쳐갔던 여자, 모처우와 닮았다고 착각했던 여자―가 틀림없다고 직감했다. 그리고 동시에 그 직감이 극도로 꺼림칙한 것이란 생각도 들었다. 그때 K는 아마도 그 여자와 만나 어딘가를 가려 했던 것이다. 그런데 내가 있다보니……. 살갗 위를 꾸물꾸물 민달팽이가 움직이는 것 같은 느낌이 든다.

"여자는 나에 대해서 알고 있는가? 이야기했나?"

"아니."

눈은 거짓말을 하지는 않았다. 만약 이게 거짓말이라고 한다면, 그 살인청부업자들에게 두 사람 다 통보해야 했을 것이다.

반대편 스파이인 여자와 잔다는 건 어떤 기분일까. 불쑥 그런 생각이 들어서 깜짝 놀랐다. 지금 K와 이야기를 하고 있는 이런 기분이겠지······.

K의 얼굴은 땀으로 흥건했다. 그가 무언가를 말하려고 입을 연 순간 혀가 검게 보였다. 땀범벅이 된 얼굴은 마치 울고 있는 것처럼 보였다.

"나는 결코 애국심 따위를 호소하려는 게 아니네. 그런 것, 그런 것이라고도 말할 수 없을지도 몰라. 하지만 살아 있는 몸은 관념도 추상도 아니니까. (답답하다!) 총에 맞으면 죽어."

"아까 내가 쏠 거라고 생각했나?"

금속선과 같은 눈빛이 나를 꿰뚫었다. 그는 나보다 더 괴로워하고 있다.

"아니, 손잡이로 때릴 줄 알았어."

"그랬지."

신경 쓰지 않고 이야기를 계속하기로 했다.

"나는 어떤 주의도 믿지 않네. 주의와 방침이라는 것은 요컨대 일을 해가기 위한 도구지. 믿기 위한 것이 아니야. 사람의 천성뿐이네, 내가 믿고 있는 것은. 하자고 생각하는 것, 그걸 관념이나 이상이라고 해도 좋아. 그걸 실현하기 위해서는 관념이나 이상이 아니라 몸으로 속죄해나가는 것 외에 인간에게 다른 수단은 없네. 몸을 다루는 데에만 전문인 사람들이 왔어. 응, K, 알겠는가? 우리는 말이야, 첩보 관계자라는 사람은 모두 유다인 거지."

"유다라고?"

"성서에 나오는."

"아아······."

"유다와 겟세마네 밤의 베드로에게는 그리스도가 얼마나 비인간적인, 아니 밉살스러운 놈으로 보였을지 자네는 알 수 있지 않은가? 인간이 된다는 것은 애국자나 정치가들이 말하는 만큼 쉽지는 않네. 자기 자신과의 싸움과 저항이 시작되기 전까지는 애국도 그 무엇도 쉽지. 두려워하거나, 분노하거나, 때리거나 죽이거나 하는 데에는 어떤 사상이나 통일된 의지 따위는 필요하지 않네."

"……"

"돌아가세. 나는 슬슬 돌아가서 요리를 준비해야 하네. 오늘 밤 기리노 대위는 연회를 열 거야."

"분명 그 여자도 갈 것이네. 이미 꿰뚫어보고 있지 않나?"

"남자의 정신에 금이 간 곳을 흔드는 것은 여자뿐이지. 적의 편에 붙은 여자라도 아무 상관없어. 다만, 이번 경우는 언젠가는 여자에게 정보를 주지 않으면 안 되게 될 걸세. 그게 문제지."

K가 권총을 돌려주었다.

"그런데 아까 이야기, 이해가 되던가?"

"아마도……."

그걸로 됐다. 나는 단언하는 사람, 맹세하는 사람을 싫어한다. 우리는 약간 서사복구誓死復仇(죽음을 맹세하여 원수를 무찌른다는 뜻 — 옮긴이) 같은 말을 과하게 쓰고 있는 것 같다. 이래서는 진짜 서사복구하는 사람들은 문자를 읽지 못하는 사람들과 그 형제들만이 될지도 모른다.

작은 배 위에서 우리는 단둘뿐이었다. 다른 것은 없었다.

그러나 우리 사회에서는 — 왠지 모르게 사회라는 문자를 썼는데, 잘 생각해보면 첩보 관계자 사회라 하더라도 억압자에게 억압당하고 있다고 느끼는 보통 사람들의 사회와 전혀 다르지 않다. K와의 오늘과 같은 대결도 어느 사회에나 있을 일반적인 일이다. 유다 이야기는 그 자리에서 순간적으로 떠올린 것인데, 유다와 그리스도의 관계가 우리의 특수한 사회에만 적용되는 게 아니라는 건 명확하다. 그 관계가 가르쳐주고 있는 것은 니힐리즘과 불신을 기조로 하든지, 희망을 기조로 하든지, 아니면 그 양자 간의 싸움을 기조로 하든지, 어느 쪽이든 인간에 대해서 어떤 확실한 판단과 사상을 가진 자는 몸으로 그 것을 속죄해나가지 않으면 안 된다는 것이다. 게다가 그 판단과 사상 자체가 반대로 인간을 몰아붙여서 비인간화하려 할 때에는, 몸으로 그 사상과도 싸우지 않으면 안 된다는 것이기도 하다.

하지만 거기에도 한 가지 문제가 있다. 그것은 인간이 과연 그것들 모두를 완수할 수 있을 정도로 강하고 큰 존재인가 하는 것이다. 원하든 원치 않든 어떤 일이건 결단을 내리지 않으면 안 될 때에는, 그리스도와 유다와 베드로에 해당되는 게 동일한 사람 속에 동시에 존재하고 있는 것을 보게 된다. 게다가 모든 조건을 만족시켜 조화로운 한 걸음을 내디딜 수 있을지는 그 누구도 보증할 수 없는 것이다. 그래서 서로 보완하기 위해서 사상은 여러 명의 인간을 요구하기 시작한다. 여러 명의 인간은 조직되지 않으면 안 된다. 인간은 조직되고, 조직된 인간은 어떠한 질적 변모를 경험하고, 동시에 사상도 변질되어간다. 조직은 행동과 책임에 직결된다. 단적으로는 거기서 정당이 발생한다. 정당이란, 지식인층은 어떤 사상의 실현을 위해 모인 집단이라고 하듯이, 먼저 전제부터 생각하는 경향이 있는데, 현실에서 전제는 금방 그 성질이 바뀌어버려서 더욱 행동적인 성격이 된다. 인간의 불합리함 쪽이 더욱 뿌리 깊어지게 되는 것이다. 우리 역사에서는 드디어 지역적인 군벌 시대가 끝나고 정당의 시대가 시작된 것이다.

하지만 이틀 전에 나는 무섭게도 근본적인 시대라 하면서, 도덕관념과 가치관념을 의인화하여 그것이 괴로워하고 있는데 인간 자체는 의외로 느긋하게 있지 않은가라고 적었다. 근본적이라고 했던 것은 정당이라든지 이데올로기를 의미한 것이었을까? 과연 그럴까? 내 안에서는 이 둘이 아무래도 잘 이어지지가 않는다. 정신이 깨지고 금이 간 곳에 몸만 느긋하게 존재하고 있는 건가? 그런 것이 가능한 걸까? 내 사고는 뭔가 순서가 반대로 되어 있는 걸까?

그런데 우리 사회에는—이라고 적기 시작해서 엄청나게 샛길로 빠졌지만, 나는 우리 지하 사회에는 한번 마크한 또는 마크된 사람은 곧 눈앞에 나타난다는 법칙 비슷한 것이 있다고 말할 생각이었다.

K가 말한 대로 대위의 연회에 회색 옷의 여자(오늘 밤은 옅은 핑크색 장삼을 입고 있지만)가 참석했다. 뭔가 생각이 많은 듯 긴장한 표정을 하고 있다. 그리고 백부도 왔다. 물론 나는 부엌에 머물면서 연회에는 나가지 않았다. 서우두首都반점에서 출장 요리사와 종업원을 불렀기 때문에 나는 약간 거들기만 하면 돼서 다행이었다.

샐러드를 만들 채소를 씻다가, 복어라고 부르는 독이 있는 물고기를 요리사가 조심조심 요리하는 것을 바라보면서 멍하니 생각에 빠져들었다. 이 복어라는 물고기는 일본에서 얼음에 담아 공수해온 것이다. 요리는 중식, 양식, 일식 모두 참 대단했다. 일본에서는 특무를 맡아 사복 차림을 한 대위는 중국으로 치면 대령 정도의 사치를 부릴 수 있는 모양이다. 아편과 헤로인 등을 우리 동포에게 팔아치운 돈으로 조달되고 있는 것이다.

연회에 대해서는 그다지 적을 만한 게 없다. 늘 그렇듯 일본인은 본격적으로 취하고, 중국인은 취한 척을 하고 있었다.

10시 넘어 일행들은 모두 자동차를 타고 나갔다. 근래에 동포들의 가옥을 빼앗아서 하나둘씩 세워진 일본식 기생집들로 간 것이다. 백부는 자동차를 타지 않고, 취했으니 걸어가겠다고 말하고는 나를 만나러 왔다. 나는 사람들이 집을 비운 동안에 지하실에 있는 무전기 배터리를 충전하려고 했었다. 대위도 전령인 다나카도 오늘 밤에는 돌아오지 않을 터였다.

"어떤가, 요즘은? 집사 일도 편치는 않겠지."

"백부님은 좀 어떠십니까? 변호사는 돈이 좀 됩디까?"

"아니, 역시 별로 안 되더군. 변호사는 그만두기로 했어. 변호사란 건 아무래도 자유 직종이라 사회적 지위는 있어도 정치적인 보장이 없어. 이런 시대에 민간인으로는 살아가기가 녹록지 않지."

"그렇군요."

"민간인은 말이야, 결국은, 많든 적든 너처럼 되지."

"집사로요?"

"그렇지."

공무원 관료로 나서서 연설이라도 했으면, 그 정부가 어떤 자질의 것이 됐든, 노예로는 살지 않을 수 있을 텐데, 라는 식의 생각이다. 한편으로 정부 관료라는 것은 그 어떤 직업을 가진 사람보다 놀랄 정도로 아나키즘적인 사람이다. 하지만 노예인 내가 아나키즘적이라서 너무 편해 보였는지 백부가,

"나는 요즘 주역 책에 빠져 있어."

라고 말하는 걸로 봐서, 역시 불안한 것이다. 역술 따위에 의지한

다는 것이다.

백부는 형에 대한 최근 소식을 전하면서 기분 좋은 듯 웃었다. 그 소식은 나도 이미 알고 있었다. 내게 난징에 있는 재산을 지키라고 명하고 한커우로 도피한 형이 한커우에서 사법부 판사라는 위치를 이용해 비리 행위를 저질러 체포될 뻔했던 것이다. 즉 한커우로 도피했고, 또 그사이에 한커우가 함락되면 다시 충칭으로 이전할 국민당 정부는 머지않아 부정부패와 내부 당쟁 때문에 분열, 해체될 것이라는 말이다. 그때에는 옌안延安을 기반으로 세력을 떨치고 있는 공산당에 대항하는 자는 우리밖에 없게 된다는 얘기다. 다시 말해, 이 난징에는 새로운 이론이 한커우 정부의 부패를 먹이로 삼아 성장하고 있는 것이다. 나는 이 새로운 논리에 동조하는 사람들이 한커우에도 생겨날까봐 걱정이다. 왕징웨이 파가 동요하고 있다는 정보가 일본군 쪽에서 전해져오고 있는데 그게 실현될까 걱정이다.

백부는 여러 일에 대해 말했다. 그런데 그중에,

"이런 시절에는 그리스도교 신자인 우리는 다른 사람보다 많은 의무를 짊어지고 있어."

라고 말했을 때에는 완전히 놀라서 넋이 나갈 지경이었다. 아연해져서 백부의 얼굴을 빤히 쳐다볼 수밖에 없었다. 그는 마음속 깊은 데서부터 그렇게 믿고 있는 모양이었다. 신사들이 동맹을 만들면, 그 동맹에 가장 들어가고 싶어하는 사람은 도둑이라고 말했던 사람이 있다는데, 백부는 점차 훌륭한 애국자가 되어가고 있는 모양이다. 그리고 그가 애국자가 된 가장 큰 이유는 아편과 헤로인을 다루기 시작했던 데에 있는 것 같다. 그것은 다음 대화에서 명백해졌다.

"양양의 소식을 들었습니다. 불쌍하게도 매독에 걸리고 헤로인에 중독된 모양입니다. 가까운 시일 내에 어떻게든 기리노 대위의 허가를 얻어서 이쪽으로 데려올 생각입니다."

라고 내가 말했을 때 뭔가 움찔하면서,

"그런……가? 참, 저기 말이야, 일본은 영국이 100년 전 아편전쟁을 일으켰을 때 했던 짓을 지금 따라하고 있어. 아편이 부쩍 늘었지. 게다가 이상한 건 일본인은 애국적이기만 하다면 아편을 갖고 오건 헤로인을 갖고 오건 아무런 죄책감이 없다는 거야."

"그렇다면 수단을 가리지 않는다는 건데, 수단에 대한 도덕적인 간섭은……"

"도쿄에 있는 현생 신에게 맡겨둔 모양이야."

"하하……"

이것은 도덕 문제에 대한 완전히 새로운 처리 방법이었다. 신이 현존한다고 하는 이 새로움이 일본의 강력함인가?

"그런데 말이야, 잘 생각해보면 이런 시대에는 그런 게 아니면 일이 되지도 않아. 그리고 이런 꼴이 되어버린 중국을 구해내기 위해서는 당분간 참고 지낼 수밖에 없어."

백부의 마음속에서 뭔가가 소리를 내면서 무너져 간다. 그 소리가 귀에 들리는 것 같았다. 백부마저 도쿄에 있는 신에게 영혼을 맡기는 건가? 아득해진 나는,

"백부님, 그건 잘못된 것 같은데요?"

라고 공손함을 잃지 않을 정도로 반박했다. 나는 내 입장이 매우 곤란해지는 것을 느낀다. 노골적으로 드러내다가 내가 레지스탕스, 지하공작원이라는 걸 들켜서는 안 되기 때문이다. 나는 어떻게든 마음이 통했으면 하고 바랐다. 강하게 반박하면 할수록 그는 그만큼 극

단적으로 애국적, 구국적, 즉 일본적이 되어서 마음이 통하지 않는
이방인이 될까 걱정되었던 것이다. 백부는 대답하지 않는다. 침묵하
고 있다. 참고 있는 것이다. 뭘 참는지는 내 짐작이 빗나가지 않기를
바랐다.

"위생부라는 곳은 약품을 다루는 곳이니까요. 양양을 위해서 살바
르산을 좀 구해주시지 않겠습니까? 그리고 헤로인은 못 하게 할 생각
이니까 필요없습니다……."

백부님, 제발 정신을 좀 차리길. 마약에 깊이 관여한다면 민족에게
독을 퍼뜨리는 자로, 나는 검은 무대의 테러리스트들에게 당신에 대
해서 통보하지 않으면 안 된다고.

"그렇군……. 나도 조심하지. 점쟁이도 말했어, 마약은 안 된다
고."

백부는 도덕이 아니라 점괘에 의지하고 있다. 그건 자유 직업은 안
된다, 관직명이 없으면 안 된다고 하는 생각도 마찬가지일 것이다.

마약 이야기를 끝내고 백부는 "그럼, 이만" 하면서 자리에서 일어
났다. 그 유곽으로 가지 않으면 안 된다. 요리사도 모두 돌아갔기에
나는 한시라도 빨리 충전 작업에 착수해야 했지만, 아무래도 백부가
신경 쓰여서 근처까지 배웅해주기로 했다. 정보도 중요하지만 인간이
더 중요하다. 어두운 거리로 나가니 백부는, "그런데 말이야" 하면서
화제를 바꿨다.

"오늘 밤에 왔던 그 여자 말이야. 그 남편은 경제부의 젊은 과장이
었다는데, 남편이 한커우로 도피했지만 아무래도 재산이 계속 마음
에 걸렸던 모양이야. 남편과 상의해서 여자는 난징에 남아 집의 재산
을 지키기로 했다는구먼. 대단하더군, 여장부야. 너는 형의 재산을

집사가 되어서 지키고 있는데, 그 여자는 자진해서 정부의 비서장실로 들어갔어. 적국의 첩자와 소통해 국가를 보전한다通謀敵國,保全國家, 아니 재물을 보전한다고 해야겠지."

나는 멍해졌다. 정보를 얻으려고 애쓰지 않아도 계속해서 정보가 들어오는 것이다. 여기서도 눈에 보이지 않는 필연의 끈 같은 것을 본다. 투명 인간이라도 된 것 같은 기분이다.

집으로 돌아와서 곧바로 충전 작업을 시작했다. 그걸 끝내고 나서 나는 거울에 비친 얼굴을 뚫어지게 바라봤다. 그 누구라도 내 얼굴을 보자마자, 뭔가 정보를 술술 털어놓고 싶어지게 암묵적으로 유인되는 느낌을 받는다고 한다면 그때 나는 파멸될 것이다. 너무 전문적이 되어서 평범한 일상성을 잃을 때 파멸이 오는 것이다. 인식이나 관찰만 하는 사람은 자신의 파멸에 의해서 그 인식에 리얼리티를 부여하게 되는 게 결말인 모양이다. 파멸이라는 것은 그것이 지근거리까지 닥쳐오면 오히려 감미로움마저 느껴지기도 한다는 것을, 요 반년 동안에 질리도록 깨달았다. 게다가 처자식이 살해당한 나는 고독한 중년 남자의 평정심을 유지하기가 대단히 어려운 위치에 있다. 나에게 가장 필요한 것은 아이가 살해되더라도, 강간을 눈앞에서 보더라도, 강하게 인내하는 것(체념하는 것이 아니라). 그리고 규칙적으로 대지를 경작하며 사는 그 농부들과 어깨를 나란히 할 수 있을 정도로 강하면서도 그런 티가 나지 않는 일상성인 것이다.

기리노 대위와 전령은 어차피 아침까지 돌아오지 않겠지만, 혹시 모르니 잠자리를 펴주려고 이층으로 올라갔다. 평소대로 이층의 전등을 모두 켜고 스탠드의 전구를 빛이 강한 전구로 바꿔 대위의 가방에 든 서류를 카메라로 찍는다. 서류를 원래대로 돌려놓고 대위의 책상 주변을 정리하고 있으니, 오언 래티모어의 중국 연구서와 작은 판본의『논어』사이에 조그만 영어책 한 권이 있어서 꺼내 봤다. 상하이판 도색 잡지였다. 나는 암울해졌다. 적의 타락에 우울해할 게 뭐 있냐고 할지도 모른다. 하지만 역시 암울해졌다. 직업 군인이 아니라 원래는 대학 교수였던 그 대위가, 래티모어와『논어』를 읽으면서 그걸로는 부족해서……. 대위의 뒷사정을 본 것 같고, 무슨 현장에 입회해 있는 것 같은 좋지 않은 기분이 들었다. 급속히 타락해가고 있는 것이다. 대위만이 아니라 내 주변의 동포들도. 내가 이 집의 그저 단순한 집사가 아니라 형의 가산을 지키는 동생이라는 것을 처음 알게 되었을 때의 대위에게는 아직 이런 모습이 느껴지지 않았었다. 그렇다면 나는 이 (적군의) 장교를 사랑하고 있었나?

그건…… 좀 단언할 수가 없다. 하지만 전직 교수로서의 지식과 교양이 중국 침략이라는 행위와 이어지지 못하는 그 어두운 균열이, 이런 조악하게 만들어진 영어책을 원하게 만들고 어울리지 않게 큰 연회를 열게 하는 것이라는 점은 명료하다. 또한 그것이 아마도 그 "쳇, 유우쓰하군" 하는 입버릇도 생겨나게 했을 것이다. 우울한 일이다. 중국도 일본도 쪼개지고 있다. 어둡다.

그러나 그는, 그리고 그들은 지금쯤, 백부의 표현을 빌리자면, 당분간 승리자다. 하지만 승리는 승자라고 하는 인간에 속해 있는 다양한 사람들 중 정말 한 가지 속성에 지나지 않는다. 그 증거로 그들의 승리는 그의 우울함조차 해소하지 못한다. 우리는 패배자일지도 모른다. 하지만 패배는 패자라고 불리는 인간의 정말 한 가지 속성에 지나지 않는다. 그 농부들은 패자인가? 결코 패자가 아니다. 그들은 우선 일차적으로 농부다. 그들이 저항에 참가할 때에는 결코 패자로서가 아니라 농부로서 참가하는 것이다. 그렇기 때문에 그들이 투쟁한다고 한다면, 그 투쟁은 아마도 인간으로서 농부로서 해방을 얻을 때까지 투쟁하는 게 될 것이다. 그리고 그 투쟁은 투쟁하는 동안에 마주한 적인 일본군도 언젠가 초월해버릴 것이다. 극복해버릴 것이다. 그때 적은 필요 없게 된다. 그렇게 되면 농부라는 존재는 그대로이지만, 인간으로서의 모습은 완전히 다른 것이 되어 있지 않을까?

아무리 노예로, 물질로 되기를 강요받더라도 역시 우리는 인간인 것이다.

이렇게 파고들어가면서 나 스스로도 놀랐다. 이번 전쟁이 만약 정당하게 수행되었다고 한다면 그 결말, 즉 일본에 대한 항전은 어느샌가 승리할 것이고, 결국 혁명이 온다……

이 전쟁을 마침내 극복하는 것은 혁명이다.

나는 대위를 설득해서 양양을 이 집으로 데려오도록 허가를 받을 자신이 생겼다.

9월 12일

"대위님, 실은 한 가지 부탁이 있습니다."

"부탁? 허, 웬일인가요? 뭡니까, 들어보지요. 여태껏, 그런 집사 같은 거 하지 말고 당신답게, 즉 당신의 지식과 신분에 어울리는 일에 대해서 우리에게 협력해달라고 계속 부탁했지만 당신은 전혀 들어주지 않았죠. 그래서?"

"실은, 제 사촌 여동생인 양먀오인이라는 사람의 소식을 알게 되었습니다. 제 형과 당신들 정부의 위생부에 있는 백부를 제외하고……"

"당신들…은 아니지요."

"네……. 형과 그 백부 두 사람을 제외하고는 제 혈육 중에는 유일하게 살아남았고, 소식이 확실한 사람입니다."

대위는 미간을 일그러뜨리며 아래를 봤다. 내 아내와 아이는 일본군 때문에 참살되었다. "아직 여학생입니다만 여기로 데려와 요양하게 하고 싶습니다."

"요양? 병인가?"

"유감스럽게도 그렇습니다. 배가……"

대위는 노골적으로 인상을 찌푸렸다. 물론 병에 걸렸다고 해서 싫은 것이 아니다. "배가"라고 말한 부분의 의미가 그에게 통한 것이다. 기리노 대위는 그의 동포인 병사들이 부녀자들을 강간하거나 약탈

방화 등을 하는 것에 대해서 요즘에 극도로 신경질적이 되어 있다.

"배라고 해도…… 심각하지는 않겠지?"

"영양실조입니다."

"응? 아, 그런가?"

아, 그런가? ―자기는 양양이 강간당해 성병을 앓고 있을 거라는 식으로 생각했는데, 위장을 상한 그 정도인가? 아아 그런 건가? 하는 의미인 듯했다.

"장티푸스나 콜레라는 아니겠지?"

실은 매독이라는 말을 이때는 미처 하지 못했다. 매독의 고통을 없애기 위해서 헤로인 중독까지 되었다고는 더욱 말하지 못했다.

"장티푸스나 콜레라는 아닙니다."

"그래……."

잠시 대위는 생각에 빠졌다.

"전염되거나 할 염려는 없습니다."

"그래……. 미안하오. 여러 가지로 고생을 하시게 됐네."

'그래'라는 말에는 정말로 딱하게 되었다고 여기는 마음이 담겨 있었다. 하지만 이상하게도 그 뒤에 미안하다 등등에는 오히려 승리를 자랑하는 것 같은 느낌이 엿보였다.

"원래 이 집은 응, 첸상, 내가 적의 재산으로 접수해 사용하고 있지만, 원래는 당신의, 아니 저 후방으로 도망친 당신 형의 집이지요. 그러니 당신이 당신의 사촌 여동생을 이 집에서 요양시키고 싶다, 그것도 전쟁 때문에 병을 얻은 젊은 여자를 쉬게 하고 싶다고 말씀하시는데, 내가 반대할 이유는 없지요."

"그러면……"

"잠깐 기다리시오. 한두 가지 조건이 있소."

어떤 조건일까? 나는 몇 가지 예상해두었다.

"어떤……"

"어떤 병인지는 확실히 모르겠지만, 아무튼 전쟁이 없었다면 걸리지도 않았을 거니까요. 그런데 사촌 여동생 분의 이름은 어떻게 되나요?"

"양楊입니다."

"양씨도 좋은 집의 자녀, 그것도 상류층 집의 자녀로서 무엇 하나 부족함 없이 지내왔겠죠. 그러니 전쟁은 어쩔 수 없다고 해도, 내게는 병을 치료해줄 의무 같은 게 있다고 생각됩니다."

"……"

그렇다면 수십 수백만의 난민과 죽은 사람들은 어떻게 해줄 생각인가? 일본군의 손에 의해 저질러진 난징 대학살을, 그저 전쟁에 의해 발현된 인간의 잔학성일 뿐이라는 식은 참아주기 힘든데…….

"그러니 양씨를 일본군 병원에서 치료받도록 해주시면 안 될까요? 그리고 치료 중에 사진을 두세 장 찍게 해주세요."

"그래서 그 사진을 일본군의 깊은 자비심을 보여주는 것으로 공개하시고 싶으신 것입니까?"

뜻하지 않게 목소리가 날카로워졌다. 조심해야 돼.

"아니, 그건 양씨 본인의 허락을 받고 나서죠. 이 두 가지가 뭐 내가 말하는 조건이라는 건데, 둘 다 양씨 본인의 자유 의지로 결정하셔도 상관없고요."

"만약 그 둘 다 그녀가 거부한다고 해도, 이 집에 데려오는 것만은 승인해주시겠습니까?"

대위는 한동안 천장을 올려다보며 턱을 손바닥으로 문질렀다.

"That is⋯⋯(음⋯⋯ 그렇군요)"

어조가 바뀌어 갑자기 굵은 목소리가 나왔다. 나는 그것을 그가 결정을 강요받은 이 순간에, 기리노 개인에서 갑자기 지휘관, 장교, 관료로서의 기리노 대위로 바뀐 것이라 해석했다.

"알겠소, 그렇게 하죠."

"그럼, 좀 있다가 데려오겠습니다."

"뭐라고요? 이 근처에 와 있는 건가요?"

"예, 실은 어떤 미국인 집에 있습니다. 그 미국인은 친절하게 대해주고 있습니다만 환자라 달가워하지 않아서요."

"호오~ 미국인이 환자를 달가워하지 않는다?"

"당연히 그럴 거라 생각합니다."

당신 역시 좀 전까지 그러지 않았냐고는 말하지 않았다.

"여러모로 감사합니다."

대위는 미국인이 싫어하는 일을 자기가 해준다고 하는 것, 자비를 내릴 수 있게 된 '황군'— 참 얼마나 낡은 단어인가? 천 년이나 이천 년 전 역사 속의 전쟁을 연상시킨다 — 의 장교로서 뭔가 낯간지러운 기분을 느낀 모양이었다.

부엌 정리를 끝내고 정각 저녁 8시에 나는 집을 나섰다. 덧붙여 적어두자면 요즘 기리노 대위는, 저녁 8시 이후에는 집사 일을 하지 않아도 좋다, 자유롭게 지내도 좋다, 가끔씩 자기 이야기 상대가 되어달라, 첸씨가 갔던 해외 이야기라도 들려달라(중국에 대해서 이야기하자고 말하지 않은 건 감사하다)고 하면서, 8시 이후에는 노예로부터의 해방을 약속해주었던 것이다. 이건 상황이 좋기도 하고 또 안 좋기도 하다. 왜냐하면 대위가 집을 비울 때, 주로 밤인데, 나는 일본식 침상 펴는 것을 이유로 대위 방에 들어가 서류를 카메라로 찍고 있었기 때문이다.

집을 나와서 나는 미행이 붙지 않는지 경계하면서 길을 뺑 돌아 K가 하숙하고 있는 곳에 들렀다. 양양과 그 칼 장수 청년과는 9시 반에 어떤 찻집에서 만나기로 약속했었다.

K는 갑자기 그것도 밤에 내가 찾아온 것에 꽤나 놀란 듯 처음에는 무슨 일인지 경계했다. 무리도 아니다. 지난번에 이중 스파이인 걸 추궁하면서 자네를 죽여도 상관없다느니, 살인청부업자에게 전해야만 할지도 모른다느니, 그런 말을 했으니까.

"오늘은 무슨 일이야?"

"아니 오늘은 따로 일이 있어서 온 게 아냐. 사촌 여동생인 양양을 이쪽으로 데려오게 됐어. 가까운 혈육에 대한 희소식을 함께 기뻐해 줄 사람이 없어서 말이야. 게다가 요즘엔 자네가 어떤 그림을 그리고 있는지 보고 싶기도 해서 들렀어. 잘못됐나?"

"아니⋯⋯, 이중 스파이가 어떤 그림을 그리고 있는지 내면에서부터 찾으려는 겐가?"

"아니 아니, 그럴 생각은 없어. 아무쪼록 이상하게 받아들이지는 말게."

"응, 뭐 그랬더라도 상관없어."

"응⋯⋯."

그는 우울한 모습으로 일어서서 벽에 세워두었던 가로 50센티미터, 세로 70센티미터 정도의 캔버스를 가져왔다.

이전에 나는 1920년대 상하이 폭동 때, 어두운 뒷골목을 같이 도망쳐다녔던 화가 지망생 친구 이야기를 적었다. 그게 사실은 이 K의 이야기다. 이번 전쟁이 시작되고 내가 다섯 명의 첩자를 통솔하게 되었는데, 그중에서 그를 발견했을 때는 정말 꽤나 놀랐다. 하지만 그 이유와 경위를 캐묻는 것은 내게 허락되어 있지도 않고 내 임무도 아니다. 우리 전체를 감시하고 있는 자가 따로 있을 것이다.

"이게 요즘 그리고 있는 거야. 나흘 정도 그렸어."

그림은 잿빛의 솜옷을 입은, 농부 같아 보이는 남자의 반신상이었다. 밀짚모자에서 삐져나온 머리카락도, 수염도, 눈썹도 대부분 하얬다. 검은 옷의 소매 부분과 셔츠 같기도 하고 목도리 같기도 한, 목 부분에 배치된 붉은색이 강렬하다. 배경이 황색과 검은색이 뒤섞인 듯한 색이라 그 붉은색은 한층 더 눈에 띄었다. 소설처럼 허구적인 느낌은 거의 없었다.

"꽤나 리얼리즘이군. 조르주 루오 풍은 이제 관뒀나?"

"응……. 뭐랄까, 너무 어울리지 않는 것 같은 기분이 들어서 말이야."

"하하."

이젤의 받침대 꼭대기에 평소처럼 십자가에 못 박힌 그리스도의 작은 조각상이 걸려 있는 것을 재확인했다.

"그런데 신앙심은 여전하지?"

"응, 그건……. 그런데 역시 교회에 나가는 건 아니니까 마찬가지지."

검은 옷의 농부를 보고 있자니 자연스레 아들 잉우가 묻혀 있는 밭의 그 농부가 떠올랐다.

자세히 보니 이 검은 옷을 입은 농부의 눈이 어딘가 모르게 이상했

다. 즉 양쪽이 가지런하지 않은 느낌이 들었다. 그걸 말하니,

"그렇다니까. 아무리 해봐도 안 돼. 밤에만 그리다보니 그런 건지도 모르겠어."

"그런가? 밤에만 그린다⋯⋯."

"밤에만 그릴 수밖에 없어. 낮에는 내다팔 그림과 그 밖에"라고 말하고, 잠깐 장난스럽게 눈짓하더니(이 어린애 같은 부분에 그 회색 옷의 여자가 반한 거다. 분명) "아무튼 바쁜 탓도 있지만 전쟁이 끝날 때까지는 밤에만 그리기로 했어. 아무리 그 결과물이 일그러진다 해도 말이야. 그건 그걸로 괜찮을 거니까"라고 했다.

"눈이 짝짝이군."

"응⋯⋯ 그건 인정하지. 하지만 거기에 이상한 의미를 갖다 붙이지는 말아줘."

"아아, 그런가? 알았어. 미안해. 사과하지. 그런데 말이야, 기리노 대위의 집무실에 출입하는 걸 갑자기 멈추면 오히려 의심받을 수 있으니 계속해주게나."

"그래, 그건 그리하지. 하지만 괴롭군. 눈이 짝짝이가 될 거야. 아참, 방금 자네에게 이상한 짐작은 하지 말라고 해놓고."

"그런데 자네 그림도 여러모로 변하는군."

"⋯⋯마음이 차분해지지 않아. 이런 곳에 십자가 같은 걸 붙여두고 일을 하고 있지만 완전히 믿지 못하는 거야. 뭐를 믿어야 할지 모르는 거지."

"위험하군."

"그래. 이런 리얼리즘을 시작한 것도 너무 위험하니까 말이야. 뭐랄까⋯⋯ 추상이 추상을 물어버린 것 같은 기분이 들기 시작했기 때

문이 아닌가 생각해. 하지만, 음, 리얼리즘이란 이상한 거라서 말이야. 방법이 있는 것 같기도 하고 없는 것 같기도 하고 마치 수수께끼 같아. 눈도 짝짝이가 될 거야. 어쨌든 기리노 대위의 집무실에는 계속 드나들겠네. 하지만 그런 내 행동이 다른 마음이 있어서 그러는 게 아니라는 걸 증명해줄 사람은, 역시 기리노 대위의 사저에서 집사를 하고 있는 자네, 자네뿐이라네. 그리고 그런 자네는 자네의 집, 즉 대위의 사저에 있는 비밀 지하실에 무전기를 갖고 있지. 자네 역시 언제 체포될지 몰라."

"그렇지."

"그러니까, 이렇게 말하는 것도 이상하지만, 리얼리즘이야."

"그런가? 결국 목숨을 건 일이니까."

논리에 비약은 있었지만 왠지 모르게 이해가 되는 게 있었다.

"보증할 사람은 자기 자신과 현실뿐이니까."

방구석에는 일본인에게 줄 선물용으로 그린 쯔진산, 성벽, 모처우 호수, 쉬안우 호수 등의 그림이 겹쳐서 놓여 있었다. 현란하고 평평한 느낌을 주는 소품이었다.

"그림은 좀 팔리나?"

"그건 뭐, 괜찮아. 그러니 이전에 자네가 돈이 필요한지, 그게 그 여자와 연애하는 데 필요한 건지 물었던 것은 약간 틀렸어. 한숨 좀 돌리고 싶어서 돈이 필요했던 건 사실이지만."

"그럼, 아무것도 완전히 믿을 수 없고 절망적이어서?"

"뭐, 그렇게 말하면 그런 거겠지. 갑자기…… 아니, 갑자기도 아니지……. 어쨌든 그 대위의 집무실에서 만나 갑자기 시작된 거야. 그 여자에게 어떤 이유가 있었는지는 모르겠어. 그리고 나한테도 어떤 이유가 있었는지 그것도 모르겠단 말이야. 어쨌든 내게는 삶의 불꽃이라는 기분이 들었으니까. 하지만 뭐랄까 그 여자와 사귀면서 그게 연애인지 아닌지는 알 거 같아. 둘이서 어릴 적부터의 자기 신상에 대한 이야기를 서로 나누었는지 아닌지 하는 것이라서 말이야."

"Spark of life. 인생의 섬광인가. 하지만 영구적인 light of life이지 않았나?"

"그건……, 뭐 그런 건 묻지 말게."

"그런데 말이야, 연애를 해서 리얼리즘이 되고 하는 건……"

"안타깝지만 우린 이제 더 이상 어린애가 아니네."

"그렇다면 자네의 그…… 절망이니 정치니 전쟁 같은 건 일단 제쳐놓고 말하자면, 초로, 중년에 들어선 인간의 위험함이라고 해석하는 것이 자네 자신에게도 맘 편하지 않은가?"

"그럼 뭐야? 전쟁도 정치도 픽션 같은 것이고, 중년이라든가 초로라든가 하는 게 현실적이라는 건가?"

"아니 그런 뜻이 아니야. 우리는 어떻든 실제로는 인식과 행위가 각각 따로따로이면서 통째로 하나인 존재이니까."

여기까지 말해놓고 나니 혼란스러워졌다. 전쟁도 정치도, 초로도 중년도, 여자도 연애도 죄다 통째로 뒤범벅이 돼가지고 혼돈의 솥 안에서 부글부글 끓고 있는 그런 느낌을 받았다. 혼란—하지만 나는 이 혼란과 혼돈을 후회할 생각은 조금도 없었다. 마이너스가 아니라는 확신 같은 것이 있었다. 분열되어 혼란스럽다고 스스로 말하거나 남한테서 그런 말을 듣게 된다면, 그저 건성으로 '네네, 참으로 지당하십니다'라고 생각하면서 그것의 적극적인 면을 되돌아보지 않는 지식인의 근성은 경멸스럽다. 설령 아무리 분열되어 있더라도 인간은 한 사람 한 사람 다 통째로 하나의 존재인 것이다. 이런 당연한 것을 확인하는 것이 이리도 어려워졌단 말인가.

내가 생각에 빠져 있자 K는 잠시 휘파람을 불면서 커다란 서양 미술사 책을 촤르륵 넘기고 있었다. 불쑥 이런 말을 꺼냈다.

"아무튼 이런 농부의 그림 같은 걸 그리고 있으면 곰곰이 생각하게 된단 말이야. 변변찮은 직업도 없는 상태에서 자네는 웬만큼 외국어가 되고 나는 일본어는 되는데, 오히려 외국어를 할 줄 아는 그런 놈들이 스파이로서는 제격이란 말이지. 스파이라는 건 정치인과 마찬가지로 딱히 제대로 된 직업을 갖고 있지 않은 자들을 통칭하는 말이지."

그렇다면 K는 적어도 화가인데 나는 어떤 직업을 갖고 있는 걸까? 이중 스파이는 K가 아니라 바로 나인 거 같아서 흠칫 놀랐다.

"그럼 그 스파이, 즉 스파이 기술을 확실한 직업으로 삼으면 되지 않나? 거기까지 가면 그건 의지와 정신의 문제야, 이렇게 되면."

"응?"

K는 황당한 표정으로 나를 바라봤다. 나는 진지하게 그의 눈을 주시했다. 2초, 3초, 현기증이 날 것 같았지만 나는 기를 쓰고 버텼다. 거기에 내 생명과 정신을 건 무언가가 있다고 느꼈다.

이윽고 K는 뭔가 자기도 모르게 나쁜 말, 즉 생각지도 못하게 내 마음에 상처가 될 말을 했던 것 같다고 생각했는지 말을 이었다.

"음, 용서해주게. 음, 지금 내가 뭐라고 했더라? 기분 나쁘게 했다면 용서해주게나."

"아냐……."

라고 부정하고 나는 웃어 보였다. 그는 5, 6초 전에 본인도 의도치 않게 얼마나 진실된 것을 말했는지 정말로 기억하지 못하는 모양이었다.

"자네가 했던 말은 진짜일세."

라고 하며, 나는 오래전에 '나는 나 자신을 애국자 같은 거창한 사람이 아니라 단순한 기술자로 인식하고 있다. 머리가 아니라 손으로 생각하는 것이다'라는 의미의 말을 적어뒀던 것을 잠시 떠올리면서 일어섰다.

양양과 칼 장수를 만날 시간이 다 되었던 것이다.

문을 나설 즈음에 K는 새로 입수한 중요한 정보를 알려줬다. K는 컷그림이나 삽화를 가지고 일본 측 신문사에 출입하고 있다. 거기서 최근 도쿄에서 온 기자를 둘러싸고 일본인 기자들이 잡담하는 것을 엿들었는데, 아무래도 도쿄 정부는 5년 전에 탈퇴를 선언했지만 계속 가담하고 있던 국제연맹의 각종 위원회 전부에서 정식으로 탈퇴할 것을 결의한 모양이라는 것이었다.

밖으로 나온 나는 심호흡을 했다. 그리고 하현달을 올려다보면서 어두운 길을 걸었다. 여러 가지 일을 생각했다.

그중 한 가지.

그것은 K가 휘파람을 불면서 넘기고 있던 미술사 책. 그것은 내가 파리에 있을 때 그에게 보내줬던 것이다.

그가 빠르게 넘기고 있던 페이지 중에, 이상하게도 내 마음을 푹 찌르는 듯한 그림이 한 점 있었다. 조그마한 책상 앞에 어딘지 모르게 호색한의 분위기를 풍기는 남자가 파이프 담배를 피우면서 책을 읽고 있는 그림이었다. 이마 양쪽이 벗어지고, 그 벗어진 부분과 콧등이 빛 속에서 두드러져 보인다. 옆 소파에 놓인 손도 하얀빛을 받아서 이상하리만큼 생생하다. 하지만 문제는 그 눈이다. 그 눈은 정말로 글자를 파먹고 있다. 눈이 글자를 깨물어 부수고 있는 그런 소리가 들릴 정도로 꿰뚫을 듯이 맹렬하게 그는 책을 노려보고 있다. 생생한 손은 당장이라도 낚아챌 듯한 맹금류의 발톱을 떠올리게 한다. 책상 위에는 깃털 펜이 단검처럼 잉크통에 꽂혀 있다. 배경의 벽은 거무칙칙하게 더러워져 있다. 그런 그림이다.

전체적인 인상은 참담함. 아니 오히려 몸과 마음이 무참해진 상태에서 겨우 눈과 손만이 비수나 손톱처럼 날카로워져 있다. 나약하고 어리석어서 방황하는 마음속에 어렴풋이 끼어 있는 안개 속 저편에 몰래 조용히 숨어 있는 혼—이라고 말할 수밖에 없는 것—에 그 눈의 힘만으로 이르고 있다는 생각이 들었다. 빛을 받은 이마와 술기운에 붉어진 콧등과 손에서 받는 인상이 호색한처럼 약간은 퇴폐적이고 동물적이어서 그의 눈이 응시하고 있는 그 펼쳐진 책에는 그것들 모두를 초월해 그를 구해낼 수 있을 존재가 숨어 있을 것처럼 생각되는 그런 그림이었다.

내 기억이 틀리지 않는다면, 그건 쿠르베가 그린 프랑스 시인 보들레르의 초상이다.

그런 이국의 데카당스파 시인의 모습에 어째서 그토록 마음이 끌렸던 것일까?

사실대로 말하면, 나는 깊은 밤에 지하실에서 앞으로 고꾸라지듯 무전기를 향하고 있는 내 자신의 모습을 그 그림 속 시인의 몸에서 발견했던 것이다. 시인은 부지런히 단어를 고르고 잘 정련해 아름다움을 창조한다. 같은 자세로 무전기를 향해 나 역시 그래서는 안 될 이유는 없을 것이다.

하지만 시인은 그처럼 신중한 눈빛 그대로 그 몸을 양양처럼 매독에 짓밟혀갔고, 나는 나 자신의 구원을 위해 기도를 담아 무전 단자를 두드린다. 언젠가는 들통이 나서 고문당하고 한 번 더 죽게 되겠지……

찻집 계단을 올라가면서 양양한테 헤로인 금단 증상이 나타나면 어떻게 할지, 단호하게 헤로인 주는 것을 계속 거부할 수 있을지, 그 세탁소의 일본인에게 머리를 숙이고 헤로인을 나눠달라고 부탁하는 비참한 일이 아무쪼록 일어나지 않아야 할 텐데, 역시 때를 봐서 상하이에 있는 독일 병원에라도 입원시키는 것이 낫지 않을까 등등을 생각했다.

양양과 칼 장수는 아직 오지 않았다. 10분 기다리다가 나는 찻집 주인인 노인장에게 다른 찻집의 이름을 알려주고 장소를 바꿨다.

양양은 놀랄 만큼 검은 얼굴을 하고 있었다. 검붉은 것도 아니고, 검푸른 것도 아니고, 그저 검다. 더 정확하게 표현하면 옅은 칠흑색이라고나 할까. 그러나 얼굴 이외의 피부는 이상하게도 하얀 느낌이다. 종이와 같은 그런 색이다.

칼 장수는 양양의 어깨를 안고 계단을 올라왔고 부지런히 돌봐주었다. 양양은 나를 발견하고도 이렇다 할 반응을 보이지 않았다.

"잘 지내요? 걱정하게 했지요, 네?"

목이 완전히 쉬었다. S 소리만으로 말을 하고 있는 것 같다.

"어쨌든 살아 있어 다행이야."

"그래요……, 모두 죽었…… 죠? 잉우도?"

"응……."

"저, 아직 고름이 많이 나와요. 아파요, 걸으면. 머리와 몸이 울려서 가죽신은 못 신어요, 천으로 된 신이 아니면."

"헤로인은?"

"끊은 지 3주째예요. 미칠 것 같아요."

"어느 정도?"

"하지만 이제 정신을 잃지는 않아요."

살짝 팔을 들어올려 보였다. 팔꿈치에서 어깨까지 때 묻은 붕대가 감겨져 있었다. 마치 나뭇가지 같은 가느다란 팔의 피부에는 아마도 옅은 검은 점들, 즉 주삿바늘 자국이 무수히 있을 것이다. 그중 하나에서 고름이 나오고 고름과 고름이 섞여서 상박부 전체가 고름으로 가득 차 있는 상태일 것이다.

"금단 증상이 있을 때는요, 온몸의 뼈에서 살과 가죽이 찢겨나가는 것처럼, 살 속에서 뼈를 잡아당겨 빼내는 것처럼 아파요. 기절해 있는데도 아파요."

양양은 뼈만 남은 손가락으로 종이를 접어 코를 풀었다. 얇은 종이에는 피가 묻어 나왔다. 그 얼굴은 뭔가 정체 모를 표정을 보이고 있었다. 무언가가 무언가를 덮어 숨기고 있다. 슬픔도 아닌, 그만큼 어둡지도 않은, 하지만 이전의 순진하며 적극적이고 확실한 자기주장을 가진 여학생도 아닌, 아무래도 다가가기 어려운, 그 안으로 들어가는 것을 거부하는 듯한 불투명한 것이었다. 젊은 칼 장수가 아무리 부지런히 손을 움직이고 있어도 그게 얼마나 그녀의 눈에 보이고 있을지 의문이었다.

정말로 고독하고 완전히 말라비틀어진 병든 나무. 그렇게 보였다. 불쌍하다고도 말하지 못했다. 눈은 가뭄에 드러난 호수 바닥처럼 말라 있었다.

그런 그녀가 이전에는 쑤저우에서 도자기 명장의 영애였다.

순간적으로 나는 그녀가 이 주변에 넘쳐나는 매춘부가 아닌가 하는 생각이 들었다는 걸 고백해둔다.

사색이 된 옅은 칠흑색의 얼굴과 다 쉬어버린 목소리 속에 잠겨 있는 것. 요동치는 모든 것을 다 잃어버린 무관심과도 비슷한 그런 것.

눈먼 장님이나 귀머거리를 앞에 두고 있는 것 같은 기분이 들었다.

색깔도 소리도 움직임도 전혀 그녀를 움직이게 하지 않는다……

그녀의 세상은 적막 그 자체다.

갑자기 내 눈앞에 나타난 이 옅은 칠흑색의 존재에 대해서, 영혼이라는 말 외에는 달리 표현할 방법이 없다.

무거운 외투가 완전히 해어져 있다. 무언가가 무언가를 덮어 숨기고 있는 게 아니다. 이건 완전히 벌거벗은 것과 다름없다.

그녀가 아무 말이 없자, 나는 무서워졌다.

검은 조각상과 같은 침묵이다. 젊은 칼 장수가 차를 가져다주거나 공기가 너무 차지 않느냐고 묻는 등 계속 시시콜콜 챙겨주게 되는 기분이 이해가 됐다.

벌거벗은 영혼을 눈앞에 두고, 사랑하는 아이의 주검을 앞에 한 부모처럼 조용히 옆에 있어 주는 것 외에는 다른 방법이 없다.

목에서만 나오는 메마른 목소리로,

"오빠, 기억하고 있어요? 분명 작년 12월 6일이었을 거예요. 아직 난징에 일본군이 들어오지는 않았지만 포탄을 맞아서 불이 났었죠. 그날 아침, 맞은편 집에서는 연못을 파헤치고 있었어요. 연못에 있던 초어와 가물치가 마구 날뛰었죠. 물이 없어지니 진흙 속에서 흙탕물을 마구 튀기면서 돌아다니고. 그러고는 새파래진 아가미로 애달프게 거친 숨을 쉬다가 나중에는 하얀 배를 위로 보인 물고기들이 있었죠. 그리고 연못의 주인 격인 커다란 가물치가 자기 하인에게 상처를 입혔다고 화가 난, 전쟁에서 도망쳐온 소좌였던 그 집 주인이 결국에는 그 가물치를 총으로 쏴버렸던 거……."

나는 등에 있는 털이 일제히 주뼛 서는 것을 느꼈다. 시다문에서 100명씩 묶어서 총살할 때, 기관총탄을 맞고도 살아났던 그때의 기적이라고 할 수밖에 없는 일이 똑똑히 기억났던 것이다. 나도 그 가물치였던 것이다. 땀방울이 피부에 난 꺼칠꺼칠한 비늘을 타고 흘러내린다. 털이 아니라 모든 비늘이 일어서는 것 같다.

보아하니 양양 앞의 탁자에 뭔가 물이 떨어진 흔적이 있었다. 그런데 그건 땀이 아니라 눈물인 듯했다. 하지만 그것은 슬픔이나 분노의 눈물이 아니라, 거의 망가져버린 몸 그대로의 영혼에서 자연스럽게 새어나온 무색투명한 물이었다.

"그 가물치였어요. 진링대학 그 안전지대의 뒷문 쪽에 있던 도랑에 밀려가서 아가미를 움직이고, 배를 다 드러내놓고, 목이 바짝 말라붙고, 가슴이 터질 듯이 부풀어 오르고, 그리도 또, 진흙 속에 푹푹 빠져들듯이 가슴과 배가 움푹 들어가고, 두 어깨가 눌려, 온몸이 불덩이처럼 뜨겁고, 그 뒤로도 몇 번이나 아가미까지 피투성이가 된 가물치가 되어서, 잉우도 모처우 언니도 언니 뱃속의 아이도 모두 죽어버렸어요. 내 뱃속의 아이도요."

…………………………………………

옅은 칠흑색의 양양은 자신이 겪은 무서운 체험을 무심할 정도로 조용하게 이야기한다.

양양의 이야기에는, 아마 그녀의 친어머니를 제외하고는 그 누구도 맞장구를 칠 수도 뭔가 반응을 보일 수도 없을 것이다.

수수께끼, 그래……, 벌거벗은 것은, 가장 현실적인 것은 수수께끼와 같다. 수수께끼처럼 보인다.

이 수수께끼는 오직 하나의 이름을 갖는다. 그 밖에 다른 어떤 이름도 가져서는 안 된다.

만약 여기에 사랑이라는 이름이 아닌 다른 이름이 붙게 된다면, 그게 어떤 이름이건, 예전에 여학생이었던 그녀는 분명 자신을 죽였을 것이다.

그리고 나는 완전히 기적에 의해 99퍼센트 확률의 죽음을 피했음에도 저 정도로 벌거벗겨졌던 적이 없었다.

백치라도 되지 않는 한 남자에게는 그게 불가능한 건가?

그녀를 보고 있으면 왠지 모르게 피라는 것에 대해서 생각하게 된다. 여자는 아이를 낳는다. 모든 것을 금속을 쪼개듯 분석해나간다면 사람은 드디어 피에 부딪혀 멈추게 되는 걸까?

이날 밤 10시 반, 양양을 데리고 돌아와 기다리고 있던 기리노 대위에게 소개했다. 대위는 진심으로 염려하며 복장을 제대로 갖춰 입고 일어선 채로 기다리고 있었다.

나는 비록 아주 조금일지라도 대위에 대해서 적이다, 나쁜 놈이다, 악당이다, 라는 식으로 생각했던 적이 있다. 그런 내 자신의 모습이, 양양이라는 거울에 비쳐 보여 부끄러운 마음이 들었다.

양양은 대위에게 아무런 반응을 보이지 않았다. 아무 말 없이 슬쩍 보고는 총총걸음으로 그 앞을 지나갔다.

침대에 누이니, 그녀는 쉰 목소리로,

"엄마, 잉우야, 모처우 언니."

하고 부르더니, 내가 건네준 수면제를 먹었다. 눈은 말라 있다.

"몇 번이고 자살하려고 했어요. 그런데 체력이 없으니 자살도 안 되더군요. 체력이 붙으면 살아나갈지 죽을지 생각해보려고요. 하지만 살아 있으니 걱정은 말아요."

여기까지 말하고 입을 잠시 다물더니 툭 한마디 덧붙였다.

"살아간다는 것은 적신다는 것. 죽는다는 것은 마른다는 것. 믿으세요. 괜찮으니까."

양양의 몸은 나병 환자나 다름없었다. 그녀는 칼 장수 청년에 대해서는 한마디도 언급하지 않았다.

잠이 든 걸 보고 방을 나오니, 문밖에 다니나카가 멍하니 서 있다가 눈을 껌뻑거리면서 말했다.

"대위님 얘기로는 엄청 큰일을 당했다는구먼. 참 끔찍헌 일이여."

한밤중, 일본이 국제연맹의 각종 위원회 전체를 탈퇴할 조짐이 있음을 전보함.

9월 13일

태풍이 상하이 방면을 통과하는 막바지에 폭풍우가 왔다.

어제 생각의 연장선.

어떤 체험을 했다고 해도 벌거벗겨지지는 않는 나 같은 남자는, 거짓 인간, 이중 스파이, 인간의 배신자인가? 오욕 속에서, 오욕에 익숙해져서, 양양의 표현을 약간 바꾸자면 오욕에 몸을 적시고 살아갈 수밖에 없는 것인가?

K의 집에서 봤던 시인 초상의 생생함이 떠오른다. 그 시인은 오욕과 부패의 한가운데에 있으면서 무언가를 (그 그림에서는 책을) 꿰뚫어버리려 하고 있었다. 그 시선이 향한 끝에는 무엇이 있는지는 모른다. 다만 그 불타는 의지가 화폭에 나타나 있었다.

양양은 몇 번이고 자살하려 했다고 했다. 그렇다는 것은 몇 번이고 그녀 자신과 산욕의 고통과도 비슷한 괴로운 싸움을 했다는 것이다. 그리고 그녀는 거의 망가진 육신 속에서 그 옅은 칠흑색의 영혼을 낳은 것이다. 아이 대신에.

적과의 싸움에 존재하는 혹독한 필연성은 자기 자신과의 싸움 속에서만 발견될 수 있다. 이것이 저항의 원리 원칙이다. 이 원리 원칙에서 벗어난 싸움은 모두 죄악이다.

모처우를 죽이고, 그 뱃속의 아이를 죽이고, 잉우를 죽이고, 양먀

오인을 범하고, 난징에서만 수만 명의 사람을 능욕한 인간들은 그들 자신과의 싸움과 그 의지를 모조리 내다 버린 인간들이었다.

이전에 속 좁은 백인들이 이교도들을 적으로 삼은 것은, 기독교를 믿으려는 의지를 내다 버린 인간으로 봤기 때문이다. 하지만 지금 여기에 있는 것은 종교나 이데올로기의 문제가 아니다.

오늘날 우리의 적이 주장하고 있는 것은 애매모호한 꿈에 지나지 않는다. 그 증거로 그들은 끊임없이 물러나려 하고 있다. 지금의 자기 자신을 감당하지 못한다. 매춘부나 남창처럼 그들에게 다가가는 우리 쪽 허풍쟁이들을 모조리 관리로 등용해놓고 자기네는 뒤로 물러나려고 한다. 그들이 내세우는 동아시아 해방이라는 슬로건, 뭐 그건 나름대로 들어줄 만은 하다. 하지만 그것이 얼마나 냉엄한 이상인지를 알게 되었을 때에 그들은 물러날 것이다. 허풍쟁이 모두가 짊어질 수 있을 만한 것이 아니다. 해방은 반드시 인민 전체의 인식과 인간이 구성된 과정, 즉 질적 변화를 동반한다. 그 질적 변화에 그들의 군 조직과 질서는 견디지 못할 것이다. 그리고 우리의 그것도 마찬가지다. 평소에 봐도, 그들 지휘관의 대다수는 책임을 지고 싶어하지 않는 무정부주의적인 관료 기질이 다분하다. 우리의 그것도 마찬가지다. 장교 계급이 국제적인 것이듯이 관료 기질도 만국 공통적인 것이다.

예를 들면 기리노 대위. 오늘 밤도 양양의 상태에 대해 이야기하자고 했다. 그것만 보면 참으로 친절하게 대해준다고 할 수 있다. 위생병을 매일 불러다주고, 군의관도 사흘에 한 번씩 이 집까지 오게 한다. 실제 병명은 뭐냐는 질문에 나는 솔직히 말했다. 그는 낯빛을 흐렸다. 그리고 지난번에 말했던 두 가지 조건을 스스로 취하했다. 은혜를 입었다고 생각하지 말고, 젊은 학생이니 건강을 회복하면 항일운동에 가담할지도 모르겠지만, 그래도 괜찮다고 말했다. 그의 성의를 나는 믿는다. 그리고 그 내용을 양양에게 전했다. 그녀는 한마디 답변도 하지 않았다. 그런 일은 귀에도 눈에도 들어오지 않는 느낌이었다. 아무 답이 없었다는 것을 대위에게 전했다. 대위는 기다리겠다고 했다. 훌륭한 태도다. 이에 대해 승리자 운운하는 논리를 붙이고 싶지는 않다.

그런데 그 뒤에 붙들려 잡담을 하다가, 서재에 수십 권 쌓여 있는 영어와 독일어로 된 중국 연구서 및 중국 고전 중에서 그가 어느 한 권도 완독한 게 없다는 것을 알게 되었다. 마르크스주의와 경제학 이야기도 하기 시작했는데, 이것도 완독한 것이 별로 없다. 대학 교수란 게 이런 건지 나는 약간 충격을 받았다. 물론 그런 교수는 우리 중에도 있다.

그는 이야기를 하는 동안 내 눈앞에서 무너져내렸다. 위스키 병에 손을 뻗는다. 집사로서 내가 서빙을 하려고 한다. 그는 주인이라는 것에 견디지 못한다. 뭔가 양심의 가책 같은 것을 느낀다. 교수임을 견디지 못하고, 장교임을 견디지 못하고, 고독함을 견디지 못한다. 흠칫하며 뒤로 빠지려고 한다. 그래서 구석에 몰리면 폭발한다. 이것이 위험한 것이다. 도망과 폭발, 이것이 난징 폭행의 잠재적 이유였던 게 아닐까? 지금 중국에서 그는 자신이 일본인이라는 당연한 것조차 괴로워한다. 그들에게 있어서 중국 침략이란 심리적으로는 일본 탈출의 꿈을 실현했던 것은 아닐까? 하지만 어디에 있더라도 일본인임을 포기하는 것은 불가능하다.

그들은 국제연맹, 즉 국제사회에서조차 탈출해 도망치는 것을 꿈꾼다. 고독함을 견디지 못해 타국에 밀려들어오고, 밀려들어와서 고립

되고, 이윽고 전 세계(그들 자신의 민중도 포함해서)를 정복하지 않는 한, 그리고 정복해서도 파멸할 것이다. 전 세계를 정복하는 것과 전 세계에서 도망치는 것은 그들에게는 동의어이지 않을까? 고립, 파멸, 게다가 일본의 미학관과도 비슷한 것이 있는 모양이다. 그들의 미학관은 사회, 인민의 한가운데에 존재하는 것이 아니다. 그것은 탈출자, 도망자의 애매모호한 꿈이다.

9월 18일

9·18 기념일.

아침 식사를 서빙하면서, 대위가 1931년 9월 18일에 있었던 류탸오거우柳條溝 철로 폭파 사건에 대해 이야기하는 것을 들었다. 놀랍게도 그는 그 사건이 일본군의 자작극이라는 것을 모른다. 중국군이 저지른 일이라고 믿고 있다. 일본인 이외의 전 세계 사람들이 알고 있는 것을 그는 모른다. 그러고 보면, 난징 사건도 보통의 일본인은 알지 못할지도 모른다. 싸우지 않는 한 우리는 진실조차 지키지 못하고, 그것을 역사가에게 알리는 것도 할 수 없는 것이다.

대위가 아침 식사를 끝내자 뒤처리를 하기 전에 잠시 하인용 방을 들여다봤다. 양양은 아직 잠들어 있었다. 마른 다리의 무릎 주변이 경련하는 듯 툭툭 움직이기도 하고, 무언가를 쥐고 싶은 것인지 손가락을 움직이기도 했다.

푹 자는 게 좋을 거라 생각하면서 나는 문을 닫았다. 그때 칼 장수 청년이 찾아왔다. 주사를 놓으러 온 것이다. 오늘은 짐도 지지 않고 대나무도 두드리지 않고 찾아왔다. 잠들어 있다는 것을 알리자 그럼 기다리겠다고 했다. 이 청년은 양양을 사랑하는 것인가? 양양이 이 청년을 믿고 있으면 좋으련만. 식사 뒤처리를 하고 청소를 하기 시작하면서 나는 그런 생각을 했다.

이층 계단을 빗자루로 쓸고 있을 때, 갑자기 칼 장수 청년이 비명을 질렀다. 나를 부르고 있다. "양여사가, 양여사가" 하는 목소리가 섞여 있다.

나는 빗자루를 내던지고 계단을 뛰어 내려갔다.

내려가는 도중에 아뿔싸 하는 생각이 들었다.

"아무래도 이상합니다. 맥박이 약하고 체온도 이상하게 낮습니다. 혹시 어쩌면 또 그런 것 같습니다."

자살.

곧장 나는 이삼 일 전에 양양에게 건넸던 수면제 상자를 살펴봤다. 텅 비었다. 그리고 내가 전용으로 쓰는 상자도 텅 비어 있었다.

"서둘러 물을 좀 끓여주십시오. 그리고 1.5미터 정도 되는 고무관이 없을까요? 깔때기도."

재빨리 가스에 불을 켜 물을 끓이고, 거의 쓴 적이 없는 이층에 있는 가스 곤로에 붙어 있던 고무관을 뽑았다. 청년은 고무관을 뜨거운 물에 넣어 일단 소독하고, 양양이 악물고 있던 입을 억지로 열어 젓가락 4개를 물렸다. 그 틈으로 고무관 한쪽 끝을 위까지 집어넣고, 다른 한쪽 끝을 내가 높이 들고 있는 깔때기에 꽂아 미지근한 물을 위로 주입했다. 한 되 정도나 주입했을 때, 청년은 깔때기를 침대보다 낮게 내려달라고 했다.

그랬더니 뿌연 액체가 깔때기 안으로 역류했다.

"색깔이 뿌옇네요. 그럼 아직 두 시간이 채 안 됐다는 건데. 오늘 아침입니다. 약을 먹은 건. 동공이 크게 열려 있지는 않은지 봐주십시오."

동공은 그다지 크게 열려 있는 것 같지는 않았다.

위세척은 성공한 모양이었다.

"이걸로 제가 아는 것만 세 번째입니다. 처음은 샛강에 몸을 던졌습니다. 그리고 두 번째는 농가의 헛간에서 목을 매려 했는데, 몸이 워낙 약해져 있어서 매달리지 못하고 실신해버렸었습니다. 그래도 목덜미에 붉은 흔적은 남았습니다만 실패했습니다. 이번에는 오빠 분이 계신 곳으로 온 거라 마음 놓고 저지른 것일까요?"

위세척을 세 번 반복하고 나는 강심제와 포도당을 사러 약방으로 달려갔다. 그리고 의사에게 전화를 걸었다. 주사액은 무시무시하게 비쌌다.

돌아와 보니 양양은 의식을 회복해 있었다. 하지만 하는 말들은 모두 제정신이 아니었다. 환시와 환청이다.

팔에 주사를 놓는 게 불가능해서 포도당을 손등의 가는 혈관에 넣는다. 햇병아리 의사인 칼 장수 청년은 필사적이다. 이 남자는 필요할 때에는 척척 움직이는 게 가능하다.

주사액이 들어가자 양양은 거의 뼈나 다름없는 앙상한 손가락으로 천장을 가리키며 중얼거린다.

"저기 봐, 저기, 하얀, 눈이 펄펄, 내려오고 있잖아. 추워, 추워."

이를 부딪칠 정도로 심하게 떨면서 "추워, 추워"라고 하는 중간중간에, 사람의 목소리라고는 생각되지 않는 키~ 우위~ 하는 무서운 비명 소리가 섞이는 것이었다. 나는 그게 그녀가 말하는 가물치가 된 순간인가 생각했다. 또 하얀 눈이라는 말을 반복해서 들으니, 지난해 12월 14일 밤 모처우, 잉우, 양양, 그리고 나까지 네 명이서 마천소학교의 아수라장을 도망쳐 나와 기관총탄에 집요하게 쫓기다 관과 관 사이에 죽은 듯 엎드려 있었던 그때 일이 떠오른다. 그때 하얀 싸락눈이 내리고 있었다. 나는 우리 네 명이 엎드려 있던 관 앞에 고개를 떨구고 서 있던 커다란 백마를 봤다. 그 말도 피를 흘리고 있었다.

하지만 어제 양양과 이야기할 때 그녀는 그런 백마 같은 건 없었다고 했다. 그때 이후로 나에게는 이 백마의 환상이 오래오래 맴돌았다. 모처우와 잉우와 양양의 죽음을 생각할 때마다 백마가 갈기를 길게 늘어뜨리고 허공을 스쳐 날아가는 것이다. 나에게 있어서의 백마는 아마도 양양에게는 하얀 싸락눈이고, 연못 바닥의 물고기가 되는 것일 테다.

공포는 응축되어 말이나 물고기나 고양이 등 원시적인primitive 동물의 형상을 취하는 것이다. 명나라 효릉에 늘어서 있는 짐승 석상들이 떠오른다.

의사가 왔다. 위세척을 하는 것 외에는 별다른 방법이 없다고 한다. 칼 장수의 처치는 완벽했다.

다행히 낮이 다 되어 그녀는 의식을 거의 회복했다.

"눈이 아파, 눈이 아파."

라고 한다. 이건 메틸알코올을 잘못 마시거나 하면 눈꺼풀 안쪽으로 뭔가 굴러가는 것처럼 가렵고 아픈 느낌이 나는데, 그것과 비슷한 약물의 작용이 아닌가 한다.

"어째서 이런 짓을 한 거야? 이제 안 할 거지?"

나와 청년이 번갈아가며 외쳤다. 그러자 가늘지만 확실한 목소리로 양양이 말했다.

"무서웠어. 살아 있는 게 무서워……. 오빠 서랍에 약상자가 세 개 있었지? 그거 손에 쥐고 어젯밤 마음 놓고 잤어."

그저 한마디 물었을 뿐인데 술술 털어놓을 것 같다.

"그래서, 오늘 아침에 오빠가 부엌에 있을 때, 아침 해가 예뻐서, 그래서, 오빠가 침대 옆에 두었던 우유로 수면제를 먹은 거야. 하지만 역시 체력이 없어서 다 먹지는 못했어. 한 상자 반밖에."

"살아 있는 게 무섭다고? 죽는 게 무섭다는 건 이해가 된다만……."

"죽는 건, 무섭지 않아, 조금도. 그래서 먹은 거야."

그래……, 그럴지도 모른다. 그게 진실일지도 모른다―나는 그렇게 생각했다. 인생은, 이 시간은, 우리가 보통 생각하고 있듯이 삶에서 죽음으로 향하기만 하는 것이 아니라 죽음 쪽에서도 성큼성큼 다가오고 있는 것이다. 그래서 현재라는 순간은 언제나 이 두 가지 시간이 해류가 맞부딪친 것처럼 파도치고, 세발솥의 기름과 같이 끓고 있는, 그런 식으로 존재하는 것인지도 모른다. 그 접경에는 처음도 종말도, 전쟁도 학살도 강간도, 모든 것이 서로 접합되고 경합되어 있다. 그러니,

"기운을 차려야 하잖아? 그냥 가만히 이대로 있어서는 누구라도 죽기만 할 뿐이야. 요전에 뭐라고 말했어? 살아 있을 거니까 걱정하지 말라고 했잖아? 오직 단 한 사람 너뿐이라고. 지금 이 오빠가 진심으로 믿고 있는 건, 응."

"응응……" 하고 두세 번 되풀이하다가 그녀는 잠시 침묵했다. 침묵하고 뭘 생각하고 있는 걸까? 얼음보다 차가운 것에 닿은 듯한 느낌이 들었다.

"네……, 하지만 요전에 말했죠. 살아 있다는 것은 적시는 것이라고, 죽는 것은 마르는 것이라고요."

"응, 하지만, 그 뒤에 믿으라고, 괜찮을 거라고도 했잖아."

"네, 믿으라고, 괜찮을 거라고……, 괜찮다고 했던 것은 내가 죽어도 살아 있다는 것과"

"똑같지가 않아. 똑같지 않다고."

"네, 하지만 몸 주위에서 술렁거리는 물이, 거품이 일어날 것 같은 것, 진흙 같은 것, 그게 뭐든 좋아졌어요. 질척질척 젖어 있는 것보다 마른 편이 좋겠다고 생각했어요. 어젯밤부터 모처우 언니와 잉우하고도 얘기했어요. 모처우 언니 뱃속의 아이도 내 아이도 모두 있었어요. 그 이야기란 게, 말 하나하나가 보석처럼 빛나고 있었고—하지만 역시 눈이 내리고 있어서, 하얗고 자잘한 게, 저기, 저기 봐요, 저쪽에서도 내리고 있잖아요. 창틀 쪽에, 하얀 양초가 한 자루, 불을 밝히고 있잖아요"

열 방울 정도 연속으로 주르륵 '보석같이 빛났던' 것이 양양의 눈시울에서 솟아나와 검게 탄 뺨과 베개를 적셨다. 그 얼굴 표정은 눈에 묻혀 죽은 사람을 연상시켰다.

그것이 왠지 모르게 나를 안도케 했다.

"더 이상 몸이 마르면 안 돼. 마른 생선처럼 되면 안 된다고."

가만히 옅은 칠흑색의 양양을 바라보며 절역絶域이라는 옛말을 떠올렸다. 그녀는 사람에게 먹힌 존재이고, 나는 사람을 먹은(아직 숨이 붙어 있던 사람을 샛강에 던진) 존재다. 절역, 즉 멀리 떨어져 있는 두 사람, 그 위아래와 전후좌우는 얼음처럼 냉랭해지고 있다. 내 생각과 시간도 여기에 멈춘다. 천사나 친어머니가 와주지 않으면 안 된다. 구원이 있는지 없는지는 지금으로부터 더 앞의 일이다.

갑자기 백부가 찾아왔다.

"이제 심려치 않으셔도 될 것 같습니다."

맥박을 계속 재고 있던 청년이 속삭였다.

백부는 기리노 대위한테서 양양이 돌아왔다는 소식을 듣고 곧장 찾아온 것이다. 병에 대해서도 헤로인에 대해서도 알고 있었다. 그는 하인용 방으로 곧바로 들어가려고 한다. 나는 좀더 기다려달라고 말할지 고심했다. 그녀가 되살아나기 위해서는 지금은 일정한 온도와 습도가 필요하기 때문이다. 너무 차가워져도 너무 건조해져도 안 되는 것이다. 게다가 백부가 칼 장수와 얼굴을 마주치게 되는 것 역시 곤란하다.

백부는 커다란 부채로 커다란 가슴을 파닥파닥 부치면서 말했다.

"그래서, 뻬이(일본어로 헤로인의 약어, 은어)는 필요 없나? 더 이상 금단 증상은 없나?"

나는 목소리를 낮춰서 힘을 가득 실은 목소리로 또박또박 말했다.

"마약을 다루는 것은 그만하세요."

"뭐뭐, 뭐라고? 난 안 했어, 난. 모두 동양 뭐시기라는 쪽바리들 짓이지."

"이런 상황에서만 쪽바리라······."

"일본인한텐 실례인가? 허! 네가 언제부터 친일파가 되었나? 기리노한테 감화된 건가? 그럼, 이거 두고 가마. 한동안 집을 비울 테니까. 집사 주제에 큰소리 치지 말거라."

백부는 살바르산 주사액이 들어 있는 커다란 상자를 현관 옆의 사이드 테이블 위에 툭 던져놓고, 부채를 파닥파닥거리면서 문도 닫지 않고 나가버렸다. 새로 산 파나마모자를 쓰고 양산을 펼친 채 천천히 돌계단을 내려갔다. 나는 늘 그렇듯 고개를 숙여 인사했다. 슬쩍 고개를 돌려 그는 내가 고개를 숙이고 있는 것을 보고, 약간 야비한 미소를 띠우며 한쪽 눈을 찡긋 감았다.

양양은 조용히 잠들어 있었다. 다시 반 혼수상태다.

참 정신없는 하루다. 청년과 둘이서 몰래 점심을 먹고 있으니 이번에는 백모伯母가 병문안이 아니라 거의 호통을 치러 왔다.

"이놈이고 저놈이고 물고기마냥 칠칠치 못하게 살해당하고 강간당하고, 어푸어푸 허우적대며 배를 위로 드러내고서는 한커우든 충칭이든 다 도망가버리고, 너 하나가 믿을 만한 집안사람이었는데, 그런 너마저 집사 따위가 돼버려서, 믿을 놈 하나 없다 하다가도, 그래도 난징에 있으니까 아직은 그래도 괜찮겠지 했는데, 역시나 아무 쓸모없는 놈이었어!" 하며, 화려한 사이드 테이블에 커다란 엉덩이를 내려놓으며 화를 내기 시작했다. 무슨 얘긴가, 대체? "뭘 그렇게 의아하다는 표정을 짓고 있어? 난 자리 욕심 많은 저 색골 영감탱이를 집에서 쫓아내버릴 거야. 시골에 완전히 가둬버릴 거야. 집이고 돈이고 나 혼자서 다 꾸려나갈 거야. 너도 알고 있지, 그 여자, 그 눈이 움푹 들어간 여자, 여기서 열렸던 동양병東洋兵 연회에도 왔다던데, 너도 한패지? 그 여자랑, 몰래몰래, 짐승마냥 추잡스런 짓거리나 하고, 동양병 그 괴뢰정부의 위생부 차장이라고 으스대기만 하고 아무것도 아니잖아. 위생부 따위는 어차피 똥구덩이 우두머리일 텐데, 요즘은 그런 돈만 가로채는 것이 아니라 나라에서 금한 마약까지 다루고, 거기에다 뒤가 구린 남의 둘째 부인까지 가로채서 그 여자 재산을 차지할 계산까지 하고 있어. 그러고도 네놈의 큰아버지냐? 집사라고 머리만 숙이는 게 능사는 아니잖아. 나를 바보 취급해도 유분수지. 시골로 내쫓고 감시를 붙여서 가둬놓을 거야. 시골은 지금 장난 아냐. 공산군 비적들이 쳐들어오려 하고 있어. 알아?!"

속사포로 지껄여대니 숨이 막혀 대답도 못 하겠다. 침이 획획 날아온다.

'알아?!' 하고 난 뒤 갑자기 목소리를 죽이고 주변, 특히 이층의 낌새를 살피는 것 같더니 말했다.

"어쨌든 정성껏 잘 간병해줘. 이 돈은 응, 미국 돈으로 삼백 달러인데, 이거 가지고 응, 저 앨 상하이에 있는 독일인 병원에 입원시켜. 매독은 독일이 제일 잘한대. 그렇게 해 응."

그러고는 또다시 갑자기 "죽여버릴 거야. 이놈의 영감탱이!"라고 소리를 바락바락 질렀다.

"처음 봤을 때부터 그렇게 생각하고 있었습니다."

"그럼 빨리 착수해! 아~ 덥네! 그런데 응, 여행증명은 받을 수 있어?"

"그 애라면."

"그 애를 말하는 게 아니라 따라가야 할 너 말이야. 멍청아!"

"받을 수 있습니다."

"동양병 따위한테 부탁하지 말고, 옜다, 이거 써. 대위한테 얘기해서 응, 이걸로 오늘 밤에라도 가. 빠를수록 좋잖아. 정성껏 잘 보살펴줘, 몇 남지 않은 집안사람이잖아. 네 큰아버지는 시골로 보낼 테니까 증명은 필요 없어."

여행증명은 백부의 이름으로 되어 있었다.

"입원시켜서 응, 반년이든 일년이든 괜찮아. 몸이 깨끗해질 때까지 응. 그리고 넌 돌아와서 내 상담역이 돼다오. 소중히 잘 보살펴줘. 얼른 그 돈은 감추고. 그럼 난 간다. 꼭 오늘 밤 야행이 아니라도 돼. 하지만 가능한 한 빨리 가, 빠른 편이 나으니까. 그럼 간다. 불쌍해라.

이 동양병 놈들!"

콧등에는 땀방울이, 양 볼에는 눈물방울이 흐르고 있었다. 전족이라 아장아장 걸음으로 돌계단을 내려간다. 위험해 보여서 달려가니,

"아직 부축은 필요 없어."

백모가 실컷 떠들고 돌아간 뒤, 눈을 뜬 양양에게 상하이에 있는 병원에 갈 건지 물었다.

오 분 정도 아무 말이 없다가 입을 연다.

"만약 입원하면 진링대학의 병원으로 들어가고 싶어요."

이번에는 내가 아무 말을 못 했다. 칼 장수도 놀란 듯 눈을 휘둥그레 뜨고 있었다. 진링대학은 그녀가, 그리고 모처우가 능욕당하고 죽임을 당한 바로 그 장소다.

"괜찮아지려고 한다면 다른 곳으로 가는 게 아니라 이런 몸이 되게 만든 그 현장으로 되돌아가고 싶어요. 다른 곳에서 몸과 마음의 상처를 잊은 척하며 그걸로 쾌유되었다고 생각하고 싶지 않아요."

"하지만 그건 힘든 일이야. 험악한 일을 당한 장소에서, 결국 입원해 있는 동안 매일매일 그 험악한 일을 당했던 기억이 계속 되살아날거야. 환시와 환청이 더 심해지기만 할 것 같은데. 엄청난 의지가 요구되는 일이야. 전지요양이라는 건 병을 위해서는 정당한……"

"아뇨, 엄청난 의지가 필요한 건 알고 있어요. 하지만 지금 오빠, 엄청난 의지가 필요한 다음에 뭐라고 했죠?"

"일, 이라고 했었나?"

"네, 현장에 있지 않으면 병을 낫게 하는 게 내가 해야 할 일로 되지 않을 것 같아요. 내가 해야 할 일이 없으면, 상하이 같은 데로 간다면 오히려 환시와 환청 속에서 살게 될 거예요."

"흐음."

"지금, 이 창문으로 정원의 나무를 보면서 이런 생각을 했어요. 나무는요, 아주 지혜롭구나, 그런 생각을요. 나무는 어떤 상처를 받더라도 그 현장을 떠날 수가 없잖아요. 도망갈 수도 숨을 수도 없어요. 그 자리에 있는 것 말고는 다른 방법이 없어요. 나무는요, 아무리 험악한 일을 당하더라도 그 자리에서 열심히 기다리는 거예요. 열심히 뿌리를 움직여서."

"그런가, 뿌리를 움직여서."

"나 역시 내가 강간당했던 현장에 있는 것은 싫어요. 하지만 정말로 낫고 싶다면 그 자리에서 철저히 나아가야 하지 않을까요?"

나는 고개를 끄덕였다. 그리고 청년에게 병원장인 미국인 윌슨 씨에게 이삼 일 내에 입원하고 싶다는 연락을 보내달라고 했다.

"계속 신세만 지네요……."

조용하고 메마른 목소리가 조용하게 몸에 스며들어온다. 그것과는 하등의 연관도 없지만, 가을이구나, 나는 문득 그런 생각이 들었다.

양양은 어떤 움직이지 않는 것에 분명히 다다르고 있다. 그렇다는 것은 심신의 상처와 싸우기 위한 의지를, 이상한 표현이지만, 자살을 통해서도 잃지 않았다는 의미다. 자살도 또한 그녀에게 있어서는 상처와 싸우고 '정말로 낫기' 위한 노력이었다는 게 나는 이해됐다. 괴로움 그 한가운데서 치유하라. 그녀에게 있어서 그 현장에서라는 것은 상처에 고약을 바르는 것이 아니라 온전히 자기 자신의 완전한 치유력에 의해, 동물이 스스로 상처를 핥아서 낫게 하듯이, 가을과 겨울을 지나 봄이 오듯이 치유하려는 것이다. 그것을 자기가 해야 할 일로 삼으려는 것이다.

그리고 지금 그녀가 명확히 존재하는 자로서 있을 수 있는 위치와 할 일은 거기밖에 없는 것이다.

지난밤 마중 나왔던 기리노 대위에게 양양이 조금도 반응을 보이지 않았던 이유를 알 것 같은 기분이 들었다.

진정한 치유력을 가진 자는—뭐라 말하면 좋을까. 결국 그녀가 쾌유되고 움직이기 시작한다면, 그녀가 투쟁하는 것은 '적이 왔기 때문에'와 같은, 어떤 인과관계에 의한 투쟁이 아닐 것이다. 무언가에 의해 촉발되는 것이 아니다.

10월 3일

기리노 대위 출장. 아마도 한커우 공격 작전의 양상을 보러 간 것이라
생각된다. 전령인 다니나카의 이야기에 따르면, 대위는 자꾸만 전방
쪽으로 나가고 싶어하며 전투부대에 근무하고 싶어한다고 한다. 어찌
된 일일까? 정보장교라는 밋밋하고 지루한 일이 싫어진 건가? 아니
면 대위 자신이 뭔가 공허하고 불안하고 불만인 건가? 어쩌면 내 집
에서 기거하는 게 답답하고 갑갑한 것인가? 이 세 가지 가운데 후자
라고 한다면, 나는 더욱 세심하게, 그리고 아무런 티가 나지 않게 움
직이지 않으면 안 된다. 즉 마음을 비워야 한다는 것이다.

요 근래에 이런 일이 있었다.

이층에 기거하는 대위는 삼층에는 거의 올라가지 않는데 과거 내
서재였던 삼층의 방을 보여달라고 하는 것이다. 거기에 "士者不武"라
는 문구가 적힌 액자가 걸려 있는 것을 보고 무슨 뜻이냐고 물었다.
나는 적혀 있는 글자 그대로 '사士(선비)가 되는 사람은 무를 하지 않
는다'고 답했다.

대위는 납득이 안 간다는 표정을 지으며 혼잣말처럼 중얼거렸다.

"사士(일본에서 士는 보통 무사武士를 의미함— 옮긴이)가 되는 사람이
무를 하지 않으면 어쩌자는 겐가?"

나는 우물거리며 제대로 대답하지 못했다. 대위는 더 이상 얘기하

지 않았지만 만약 그때 어떻게든 대답해야 했다면 나는 이런 식으로
라도 대답했을 것이다.

사농공상, 사민에게는 각자 생업이 있어 배움을 가지고 그 위치에
있는 자를 사士라고 한다. 만약 당신이 사士를 군인이라 해석한다면,
예로부터 우리 군대의 이상은 사농공상이 각자 본업은 그대로 유지
한 채로 무기를 손에 드는 것이다. 따라서 그것은 사민 각각의 생업을
지키기 위한 방위군일 뿐, 침략군일 수는 없는 것이다 등등.

뭐 이 정도 되려나.

대위는 불만인 듯했지만 아무 말 하지 않아 다행이었다.

하지만 과연 아무 말을 하지 않아 다행이었을까?

대위도 언젠가 그걸 알게 되겠지.

요즘, 지난번에 무전으로 보냈던 K의 정보, 즉 일본은 국제사회에
서 완전히 탈퇴 도피할 조짐이 있다는 정보에 대해서 정부 각 기관에
서 강렬한 반응이 있었기에 그 내용을 K에게 전하러 집 밖으로 나갔
다. 후중톈에 연락을 부탁하고 회합 장소를 명나라 효릉으로 정했다.

가을바람을 맞으며 천천히 걸어갔다.

도중에 백부와 빼닮은 체형의 남자를 발견했다. 호통 치러 왔었던
백모를 생각하니 왠지 모르게 웃기는 기분이 든다. 하지만 농담이 아
니다. 시골에 감금된 백부는 지금쯤 일본군과 정부군과 공산군, 이
세 종류의 군에 맞서 재산과 토지를 어떻게 지킬지를 고심하고 있을
것이다. 시골로 돌아가는 것은 좋은 것이다. 동방에서는 어떠한 사상
도 그것이 시골에서도 타당한지, 농경노동과 부합하는지를 가지고 시
험대에 오르고 가치가 결정되는 것이다. 도회지 사상은 대체로 밤의

사상이다. 도회지는 자활하지 못한다. 사상도 그렇다.

그런 점에서 이 난징은 실로 좋은 곳 같다. 수도라고는 하지만 성 안팎에 광대한 밭지대가 있고, 연못, 구릉지, 샛강, 그것들의 넓이가 집들이 있는 구역보다 훨씬 넓다.

중산문에서 모자를 벗고 일본군에게 머리를 조아리며 들어와, 동 북쪽에 우뚝 솟아 있는 쯔진산 기슭, 명나라 태조 홍무제洪武帝와 마 馬황후, 의문懿文태자를 합장한 능묘에 이른다. 풀이 완전히 황폐해져 처량하다. 참배를 위한 길에 화강암으로 된 사자, 낙타, 코끼리, 수달, 기린 및 말의 석상이 각각 두 마리씩 있다. 하나는 앉아 있고 다른 하 나는 서 있다. 그리고 무관 네 명과 문관 네 명, 도합 여덟 명의 석인 이 서로 마주보고 서 있다. 언제 와봐도 참으로 괴기하고 이상한 느낌 이 든다. 하물며 높이가 오 미터나 되는 거대한 석상들을 보고 있으 면, 대체 이런 것을 왜 만들었을까 하는 생각마저 든다. 그리고 쯔진 산 정상에서 이를 봤을 때는 능묘가 상징하는 죽음과 영원함에서, 기 분 나쁜 환상으로도 보이는 괴기한 모습의 석상들 사이를 통과하여 생에 이른다. 바꿔 말하면 성내로 이르는 모든 길이 절실한 것으로 보 이는 것이다. 정연한 것이다. 아시아적 혼돈과 불합리 등은 결코 아닌 것이다. 또한 반대로 성내에서 내가 지금 걸어온 대로 온다면, 사람은 죽음을 초월하여 산 정상에, 그리고 마침내 하늘에 이른다.

나는 때때로 공상 속에서 쯔진산의 정상에 베이징에 있는 천단을 놓아본다. 공상은 거리낄 게 없다. 웃음이 나올 정도로 널리널리 모 든 게 피어오른다. 나의 즐거운 우주상이다. 이 우주의 가장자리에는 적의 섬들도 흐릿하게 보인다. 지난겨울 살인과 약탈, 강간이 시작되 려던 그 어둑어둑한 날에 봤던 검고 거대한 세발솥도 떠오른다.

예전에 각지의 화교총회를 찾아 방랑하며 다닐 적에, 회교의 대사원 그 양파같이 생긴 탑을 보며 저 탑과 『천일야화』의 구성 방식이 꼭 닮았구나 하는 생각을 했던 적이 있다. 즉 하룻밤에 이야기를 하나씩 차차 풀어가는 동안에 이야기는 점점 짧고 간결해진다. 하룻밤 하룻밤 빙글빙글 선회하며 상승해가다가 결국에는 천 번째 밤, 그 양파처럼 생긴 탑과 같은 꼴이 되는 것에 감탄한 적이 있다. 그리고 이야기가 끝났을 때, 첨탑의 끝에서 뭔가가 확 날아오른다.

K가 왔다. 그림 도구 상자를 어깨에 메고 있다. 그런 것을 메고 있어도 더는 이상하지 않은 난징이 된 것이다.

"그래? 그게 그렇게 중요한 정보였단 말인가?"

"그래서 후속 정보를 무리하게 강요하지 말라고, 되받아쳐놨어."

"고맙네."

용건을 끝내니 K는 곧장 그 여자 이야기를 시작했다.

"Spark of life, 인생의 섬광인가?"

내가 놀리자, 그는 약간 분연히 반격을 했다.

"잠깐 동안의 섬광, 뭐 그렇게 자네는 말하지만, 그게 아무런 가치도 없는 것이라면 언제까지도 변치 않는 옅은 빛 또한 가치 같은 건 없을 거야."

나는 솔직하게 사과했다. 그리고 고백했다.

"실은 나도 그 여자를 처음 후중톈 앞에서 봤을 때 놀랐어. 자네는 손이 빠르군."

"음……, 그런가? 하지만, 뭐랄까, 그, 이 나이가 되어서, 중년이라고 하던가? 그 언저리에서 연애를 하니 인생이 조금 과거가 된 듯한 기분이 들어. 목구멍이 뭔가 아릿한 느낌이야."

"흐음 그렇군…… 그래서 자네는 본인이 이전보다 얼마나 바뀌었다고 생각하나?"

"아니, 전혀. 아니, 꼭 그런 것도 아닌가……."

둘이서 짧게 웃었다. 쓴웃음이었다.

"양양이 말이야, 이따금 가만히 나를 바라보고는 오빠는 바뀌었다고 하더군. 얼굴도 모습도. 나는 흰머리가 제법 늘었을 뿐이라고 대답하지만, 조금은 느낌이 이상해."

풀을 밟으며 송백나무 사이를 걸어가고 있는데, 문득 침묵이 찾아왔다. 정적은 어두웠지만 군데군데 밝은 곳도 있었다.

이윽고 K가 걸음을 멈추고, "그런데 말이야" 하며 평소의 입버릇으로 말문을 열었다.

"우리 사회에서는, 결국 어떤 세상에서도 그런 건지 모르겠는데, 연애는 금방 때가 묻어버리지, 여자가 혹은 남자가 금방 도구가 되고 말아. 정보의 도구."

"응, 하지만 연애만 그런 건 아니지. 한순간의 섬광도 옅은 빛도 결국은 자신의 의지로 희망하지 않으면 없는 거야. 도구가 된다고 해서 한탄하거나 두려워하는 건 스스로 병에 걸리려 하거나 낫는 것을 거부하는 것과 같은 거야. 알기보다 두려워하기보다 욕망하는 것이 중요하지. 그렇지 않으면 그 무엇도 애매한 꿈으로 끝나고 말아."

"응……. 제법 선동을 잘하는군, 자네."

"그런가? 하지만 난 정말로 그렇게 생각해. 도구화되고 물질화되어서 아무리 비인간적이 되더라도 남는 것이 반드시 있지. 그렇지 않았다면 자네, 우리 둘 다 지난해 겨울부터 그렇게 지옥 같은 시간을 보내놓고, 어째서……."

"그렇군. 비인간적. 그런 말은 그다지 입 밖에 낼 건 아니지…….
그런데 말이야 그 여자, 일본인의 첩이 되었어."

나는 심호흡을 했다. 가을 공기가 내장에까지 스며들어 오는 것 같
다. 명나라 태조의 유골이 매장되어 있는 작은 언덕 아래로 나왔다.

"연인 사이란 게…… 뭐 어쩔 수가 없어. 하지만 이상한 얼굴이었
어. 정 따위는 없는 듯, 무심한 듯, 유달리 게으른 듯했는데, 그러면서
도 뜨겁고, 닿으면 화상을 입을 것 같고, 하지만 또 냉정한 느낌의 관
능적, 뭐 그런……."

"뭐야 그게? 말이 안 되지 않나."

"미안, 미안."

"하지만 사실 뭔가 귀신같은 사람이었어."

"재산 같은 것보다. 그 사람은 어떻게 하면 좋을지 모르는 게 아니
었을까? 타락한 게 아니라 사실은 이상하리만치 슬픔에 빠져 있던
게 아니었을까? 귀신이 나올 계절이 된 거야."

"아직 가을이야, 자네. 그리고도 상녀부지망국한商女不知亡國恨이라
고 할 셈인가?"

"하지만 아직 밤중이라고, 우리는. 자네는 밤에만 그림을 그린다고
하지 않았나?"

"자네, 모처우와 잉우의 묘를 세우게. 빠른 시일 안에."

다시금 석인과 석수의 열을 따라서 성내로 돌아와 나는 병원으로
병문안을 갔다. 병실 앞까지 오니 칼 장수 청년과 양양이 격론을 벌
이고 있었다. 고성이 오간다. 나는 안으로 뛰어 들어갔다.

두 사람은 충칭으로 가야 하는지 옌안으로 가야 하는지를 가지고
논쟁하고 있었던 것이다. 청년은 당연히 옌안으로, 양양은 정통 정부

가 있는 충청으로 가야 한다는 주장이었다. 두 사람 다 서로의 진의를 이해하고 있는 모양이긴 한데, 청춘 특유의 형식론이 아직 그 사이에 자리 잡고 있었다. 청년은 필사적이었다.

나는 아무 말 않고 있었다. 충청에서 형은 사법관의 지위를 악용하다가 드디어 체포되었다고 한다. 하지만 이 소식도 꺼내지 않았다. 그들은 스스로 선택해야 한다. 거기서부터(나에게 있어서도 마찬가지로) 성숙이라는 연극과 운명이 시작된다. 농부가 낙오하거나 걸려 넘어지거나 하면 수확을 올릴 수 없게 된다. 구원이 있는지 없는지 그것은 모른다. 하지만 수확의 그것처럼, 인생은 몇 번이라도 발견된다.

헨미 요邊見 庸

　전후 문예사에서도 매우 특이한 위치에 자리해온 이 소설에 대해서 우선 독자에게 다음과 같이 미리 말해두고자 한다. 패전 후 47년이나 지난 오늘날에 새삼스레 이야기한다는 것, 이것이 단행본으로 출판된 1950년대에 논해졌던 것과는 전혀 질과 양상이 달라진다는 것, 그리고 그 '변화'에 따라 사실은 놀랄 만한 '기억의 위기'가 숨어 있다는 것이다.

　변화란 무엇일까? 그것은 이 책의 역사적 배경인 일제 '황군'에 의한 중국 침략 전쟁 및 난징 대학살에 관한 기억과 인식이 크게 바뀌었다는 것이다. 1950년대에는 1940년대 후반에 있었던 극동국제군사재판(도쿄재판) 등에서 패전국 일제의 전쟁범죄가 재판에 올라 지극히 무도한 살육의 실상이 밝혀진 지 얼마 지나지 않은 점도 있어서 '일제는 중국을 침략하지 않았다' '난징 대학살은 "환상"이고 실제로는 존재하지 않았다'는 식의 논박은 적어도 노골적으로 드러내놓고는 이야기되지 않았던 것이다. 중국 침략 전쟁도 대학살도 일반인에게 기정사실로 받아들여졌고, 『시간』은 그러한 시대 상황하에서 별다른 제약을 받지 않고 자유롭게 집필된 문학작품이라 할 수 있다. 이 나라에 이른바 '자학사관' 비판이라는 것이 등장해 '난징 대학살은 없었다' '일본군 '위안부' 문제는 국내외 반일 세력의 음모'라고까지 주장하는 세력의 움직임이 특히 눈에 띄기 시작하고 그들이 '일본판 역사수정주의'라 불리기에 이른 것은 1990년대에 들어서다. 우리가 사는 공간은, 상징적으로 말하자면 기압, 수압, 기류 모든 것이 서서히 변해가서, 언어 표현의 영역에서도 "점진적 수축"이라고도 불릴 만한 완만하고 착실한 질식 현상이 곳곳에서 보이게 되었다. 『시간』은 자유로운 시대 환경이 길러낸 작품이며, 반대로 말하자면, 요즘에는 여간해서는 탄생하기 힘든 텍스트다. 그렇기 때문에 이 책은 과거를 되돌아보고, 과거로부터 '지금'을 조명하기 위한 귀중한 광원 중 하나인 것이다.

역사 인식이라고 하는, 아마도 사람의 지혜만이 행할 수 있는 뛰어난 고도의 사고 작업은 현재 국가 간의 이해를 반영하는 정치적인 행위로 뒤바뀌어 정치에 이용되는 예가 왕왕 있다. 난징 대학살 역시 예외가 아니다. 과거를 어떻게 되돌아볼 것인지는 원래 정치에 의해 통제되고 좌우되는 것이 아닌데도 말이다. 그것은 인간 개체 각각의 기억, 회상, 상기, 기록, 분석, 전승이라는 잠재력과 영위에 맡겨져야 할 텐데, 현재는 인간 개체를 밀어낸 국가에 의한, 국가를 위한 '과거 확정' 작업이 유례없이 활발하다. 유네스코는 2015년 10월, 중국이 신청한 구일본군에 의한 난징 대학살에 관한 자료를 세계기록유산으로 등재했다고 발표했다. 중국이 '구일본군의 범죄'에 대한 기록으로 삼은 역사 자료가 유네스코에 의해 '세계적으로 중요하다'고 인정받은 것이 되며, 중국 지도부는 향후 역사 인식을 둘러싼 대일 공세를 한층 더 강화할 것이라고 한다. 이에 대해 일본 측은 '일방적인 주장에 기반하여 신청된 것으로, 중립적이며 공평해야 할 국제 기관의 행위로서 문제가 있으며 지극히 유감이다' '(자료의) 진정성에 문제가 있는 것은 확실하다'고 하는 외무성 보도관 담화를 발표했다. 중국 측은 난징 대학살의 세계기록유산 등재를 대일 정치 공세의 신호탄으로 삼고, 한편 일본 측은 사실史實을 과소평가하여 진상 해명에 의욕을 보이는 것이 아니라 오로지 중국 측의 정치 공세에 대한 반발로 일관하고 있는 듯 보인다. 사람의 지혜만이 행할 수 있는 뛰어난 고도의 사고 작업=역사 인식은, 지금은 정치에 의해서 구겨진 종잇장이 되었다. 내가 말하는 '기억의 위기'는 바로 이것이다.

하지만 기억이 위기에 처해 있기 때문에 과연 이렇게 되는 것인가? 지금 『시간』을 읽는 스릴과 충격은 몹시도 신선하다. '무서울 정도로 근본적인 시대다. 지금은 인간 그 자체와 똑같이 온갖 가치와 도덕이 벌거숭이가 되어 몰아세워지고 있다. 어쩌면 지금 가장 괴로워하고 있는 것, 괴로움을 당하고 있는 것은 인간이 아니라 오히려 도덕이라는 것일지도 모른다'고 주인공이 토로할 때, 나는 과거의 시공간을 문득 '지금'과 중첩시켜버려서 가슴이 철렁했다. 그렇다고 해도 참으로 자유롭고 모험에 가득 찬 기법으로 주눅 들지 않고 쭉쭉 이 소설을 뽑아낸 것에는 감탄을 금할 수 없다. 그 누구라도 처음에 놀라는 점은, 주인공인 '나'가 천잉디라는 이름의 중국인 인텔리라는 점일 것이다. '난징의 잔혹'과 '난징 대학살', 나아가서는 '난징의 강간' 등과 같은 최대 악명으로 전 세계에 알려져 '인간의 상상력의 한계가 시험되는 사건'(이안 부루마의 『전쟁의 기억』)이라고까지 부르는 대학살 사건을 제3자도, 가해자도 아닌 피해자의 눈으로 본다면 과연 어떤 광경이 펼쳐질 것인가? 가해자 측의 행동거지는 중국인의 눈에는 어떻게 비쳤을 것인가? 어디까지나 어둡고 무겁고 괴로운 그런 테마를, 가해국인 일본의 작가 홋타 요시에가 이어받아서 자신이 빚어낸 중국인 천잉디에게 의탁한 형식으로 참극을 생생하게 묘사하여, 사람이란 이렇게까지 짐승 같은 면모를 드러낼 수 있는 것인가, 일본인이란 무엇인가, 역사란 무엇인가를 종횡무진으로 사색하게 만든 것이다. 즉, 입장의 교환 혹은 '시점 맞바꾸기' 같은 것이 작가 한 사람의 뇌리에서 이뤄진 것이다. 참으로 담대한 기술이다. 그것이 문학작품으로 성공했는지 여부를 운운하기보다『시간』은 그것이 행해졌다고 하는 용기에 나는 무엇보다 경의를 느끼는 것이다.

'시점 맞바꾸기'란, 인간이라고 하는 터무니없는 생명체의 행동과 언행의 불가사의함을 밝혀내는 데 있어서 아무래도 필요한 작업 가설의 연습演習과 같은 것이다. 원하는 대로 야만성을 드러내 살인하고, 강간하고, 약탈하는 '황군' 병사들이 유린당한 사람들 눈에는 대체 어떻게 비춰지고, 어떻게 느껴지고, 그 결과 피해자에게 어떤 생각과 행동을 떠오르게 했을까? 아마도 근대 일본인 대다수에게는 이런 '타자'에 대한 관점과 상상력이 현저히 떨어져 있었을 것이다. 즉, 침공당하고 정복당하는 사람들의 입장이 되어 절실하게 생각해보는 지성과 상상력이 전혀 충분하지 못했다. 작가 자신이 이 책에서 토로하고 있는 "도저히 글로도 입으로도 담을 수 없는" 만행이 가능했던 것은 그 때문이었으리라.

'도저히 글로도 입으로도 담을 수 없는' 것을 그래도 소설로 쓰려 했던 것은 홋타 요시에 자신의 말에 의하면, 1945년 5월 다케다 다이준武田泰淳과 함께 난징을 여행했을 때였다고 한다. 석양을 받아 보라색과 황금색으로 빛나는 쯔진산을 바라보며, "언젠가는 이것(난징 대학살)을 쓰지 않으면 안 될 것 같은 불길한 예감에 휩싸였다……"(「저자 후기」『홋타 요시에 전집 2』, 지쿠마쇼보筑摩書房, 1993)고 한다. '일분군은 중국군 패잔병뿐만 아니라 일반 시민과 여성, 어린아이까지 마구잡이로 습격하고 방화, 약탈, 부녀자 폭행 등을 수 주에

걸쳐 계속했던 것이다. 중국 군민의 희생자는 수만 명이라는 설부터 43만이라는 설도 있었다. 일본 내에서 이 대학살 사건은 국민에게 은폐되어 있었다. "장난江南의 경관이란 그 무엇과도 비교 불가능한 유구한 일본 역사 중에서도 보기 드문 치욕이었다."(출처 같음) ─ 이것이 그 사건에 대한 홋타의 기본 인식이었다. '불길한 예감' '일본 역사 중에서도 보기 드문 치욕'이라는 표현은 오싹할 정도로 정확하다. 하지만 왜 『시간』의 집필 동기가 홋타 요시에에게 '불길한 예감'을 불러일으킨 것일까? 그것은 '황군'의 '성전'에 있어서는 안 될 일, 결코 있어서는 안 될 일이 그럼에도 불구하고 겉으로 드러나버렸던 때에 일본인이 취해왔던 종래의 '방법', 즉 침묵(내지는 보고도 보지 않은 척)을 정면에서부터 깨부수는 데 뒤따르는 "뒷감당"을 예견한 것인지도 모른다. 그러면 과연 『시간』의 발표에 대한 그 뒷감당은 있었는가? 있었다고도 할 수 있고, 없었다고도 할 수 있다. 이 책의 단행본과 문고본은 많은 독자에게 읽혔다. 그런데 무슨 이유에서인지 이것이 매스컴이나 문단에서 큰 화제가 되었다는 기록은 없다. 여론의 격렬한 공격을 받은 일도 없고 칭찬이나 갈채를 받은 적도 없다. 적지 않은 독자가 숨죽이고, 입을 다물고, 가슴을 두근거리면서 몰래 책의 페이지를 넘겼던 것이다. 『시간』에는 우리 윗세대의 행동이 어렴풋한 그림자처럼 묘사되어 있고, 그것을 큰 목소리로 논하는 것은 망설여졌던 것이었다. 그렇기 때문에 아무 일도 일어나지 않았다. 그것을 만약 '뒷감당한 게 없다'고 한다면, 분명 『시간』이 세상에 질문을 던져 재난은 발생하지 않았던 것이다. 그러나 홋타의 '불길한 예감'은 어떤 의미로 적중했다고 나는 생각한다.

　사건이 이야기를 물어 찢는다. 혹은 사실이 픽션을 압도한다. 그와 같은 일이 인간 역사에는 몇 번이고 일어난 적이 있다. 언어로도 영상으로도 포괄하기 힘든 사실이 지닌 차원이 다른 무시무시함이 오히려 사건을 이야기로 하기에 불가능한 것으로써 미완의 상태로 공중에 매달아버린다. 난징 대학살도 그런 게 아닐까? 미완인 상태로 해질녘의 어두운 하늘에 매달려 있는 한, 난징 대학살이라는 사건은 아직 끝나지 않았다. 결말이 지어지지 않았다. 아니, 끝나고 싶어도 끝날 수 없는 것이다. 홋타 요시에의 '불길한 예감'이란, 지금도 공중에 매달린 채로 끝나지 못하는 이 사건의 절망적인 깊이를 소설로 저술함으로써 알아버렸던 것은 아니었을까? 전쟁이란 연속적인 시간상에서 계속해서 일어나는 그 '전경全景'을 누구의 육안으로도 아직 확실히는 본 적 없는, 인간사회 고유의 보편적인 현상일 것이다. 봤다고 여겨지는 것은 전쟁의 전경 가운데 한 단편에 지나지 않는 것이다. '그것은 전쟁이었기 때문에 어쩔 수 없었다'고 하는 흔해빠진 변명은 전쟁의 전경이 볼 수도 없고 인지할 수도 없는 만큼 기묘한 설득력을 갖게 된다. 하지만 '불길한 예감'을 숨긴 『시간』은, 전쟁의 다반사에다 모든 것을 흘려넣음으로써 사고를 포기하고 책임을 망각 속에 해소시켜버리는 "일본의 방식"에 강하게 저항한다. 홋타의 분신이기도 한 주인공 천잉디는, 전 대학 교수인 일본군 대위 기리노가 "전쟁은 어쩔 수 없다고 해도……"라고 무심코 입 밖에 낸 말에 대해 '그렇다면 수십 수백만의 난민과 죽은 사람들은 어떻게 해줄 생각인가? 일본군의 손에 의해 저질러진 난징 대학살을, 그저 전쟁에 의해 발현된 인간의 잔학성일 뿐이라는 식은 참아주기 힘든데……'라며 가슴속에서 격노한다. 여기에는 중일전쟁에 저항도 반대도 하지 않고 시류의 흐름을 그대로 따르며 대학살마저 단순히 전쟁의 다반사 탓으로 돌리는 일본의 지식인을 향한 천잉디의 분노라고 하기보다 훗타 자신의 고뇌와 자책이 스며들어 있는 듯하다.

난징의 참극에 대해 이 책은 또 하나의 중요한 관점을 보여주고 있다. 그것은 사건의 희생자가 세상에서 말하는 정도로 많지는 않다는 식으로 사망자를 수치화함으로써 사건을 과소평가하는 시각에 대한 반격이다.

"……숫자는 관념을 지워버리는 건지도 모른다. 이 사실을 색안경을 끼고 봐서는 안 된다. 그리고 사람이 이만큼이나 죽어야 하는 수단을 사용해야 하는 목적이 불가피하게 존재할 수도 있다고 생각해서는 안 된다. 죽은 사람은, 그리고 앞으로 계속해서 죽을 사람은, 수만 명이 아니라 한 사람 한 사람이 죽는 것이다. 한 사람 한 사람의 죽음이 수만에 이른 것이다. 수만 명과 한 명. 이 세는 방식 사이에는 전쟁과 평화만큼의 차이가, 신문 기사의 글자 수만큼의 차이가 있다……."

죽은 자의 수가 많고 적음의 문제가 아니다. 한 명 한 명의 죽음에 대한 애도와 죽음의 이유 및 죽음의 의미에 대한 집착, 이것들에 관한 한 명 한 명의 사색. 그것이 사람을 사람이게끔 하고, 살아 있는 존재를 무색무취의 기호가 아닌 살아 있는 가치가 있는 존재이게끔 해주는 증거가 아닐까? 수치와 사건의 본질을 혼동하는 '검은 눈빛'은, 『시간』이 집필된 당시보다 오늘날에 더욱 이 세상에 만연해 있다고 생각된다. 그렇게 만연해 있는 한, 소설 『시간』은 세상 한구석에서 이것이 집필되어야만 했던 이유를 계속해서 주장하고 있는 것이다. 오늘날 난징 대학살은 둘도 없는 기억의 거울 속에 있다. 시간의 거울 속 깊은 곳에 있다. 거기에 무엇이 비치고 있는지 찬찬히 들여다본다. 윗세대는 이전에 그곳에서 무슨 짓을 했고, 무엇을 하지 않았는가? 왜 그런 짓을 했고, 왜 입을 닫고 있는가? 그것들은 어떻게 기억되고, 어떻게 구전되며 또는 구전되지 않았는가? 혹은 어떻게 잊히고, 잊히도록 만들어져왔는가?—그것을 찾는 일은 단절된 과거의 강과 현재의 강을 잇는 일이다. "악몽에 포위된 세상(난징)에도 인간 세상 전부를 관통하는 시간이 존재했던 것이다"라고 홋타는 시간의 신기함을 이야기하고 있다. 혹은 "인간의 시간, 역사의 시간이 농도가 짙어지고 흐름을 빨리해, 다른 나라의 이질적인 시간이 침입 충돌해, 순식간에 사랑하는 사람들과의 영결永訣을 강요한다"라고도 쓴다. 시간이란 공간과 함께 세상을 성립시키는 기본 형식이고, 과거—현재—미래의 불가역적인 방향을 지니고 있다. 난징 대학살은 이전에 불가역한 시간 속에 분명히 존재했다. 그러나 그것이 없었던 것이라고 열을 올려 말하는 사람들 역시 불가역적인 시간 속에서 늘어나고 있다. 이렇게 되면 아마도 우리는 시간의 불가역성도 의심하지 않으면 안 되게 될지 모른다.

그런데 홋타 요시에는 작고하기 4년 전, 위와 같은 시간의 절대법칙에 이의를 제기하는 듯한 메시지를 남겼다. 고대 그리스에서는 과거와 현재는 자기 앞쪽에 있는 것이므로 보는 것이 가능하며, 보는 것이 불가능한 미래는 등 뒤에 있는 것이라 믿고 있었다, 라는 호메로스의 『오디세이아』 역주를 발견하고 작가가 말한 것이었다. "이를 조금 부연하자면, 우리는 모두 등 뒤부터 미래로 들어간다고 하는 게 될 것이다."(『미래로부터 온 인사未來からの挨拶』, 지쿠마쇼보) 말하자면, 미래는 배후(과거)에 있는 것이기 때문에 가시적인 과거와 현재의 실상을 꿰뚫어보는 것이야말로 불가시한 미래의 이미지를 파악할 수

있다는 것이다. 있었던 것이 없었다고 뜯어고쳐진 시간에서는 등 뒤
부터 머뭇거리며 미래로 들어가더라도, 아무것도 보이지 않을 것이다.
전율을 금할 수 없다.

이 책에 대한 정보를 접했을 때 꽤나 신선한 느낌을 받았다. 중일전쟁 당시 난징 대학살이라는 대사건을 다룬 '일본' 작가의 소설. 게다가 참전한 일본인을 주인공으로 한 것이 아니라 '중국인' 지식인을 주인공으로 삼아 그 관점에서 지어졌다는 것이. 즉, 가해국의 작가가 피해국의 인물을 주인공으로 하여 난징 대학살에 대해 다뤘다는 것인데, 과연 어떤 식으로 전개해나가는지가 궁금했다.

그동안 일본에서 제2차 세계대전을 배경으로 하여 제작된 콘텐츠를 여럿 접해봤다. 전쟁의 참상을 다루면서 다시금 전쟁이 일어나서는 안 된다는 것을 호소하는 것까지는 좋으나, 대개 일본을 전쟁 가해자로서의 모습보다는 '피해자'로 그려내는 부분이 아쉬웠다. 그러나 이 소설 『시간』은 그런 틀에 해당되지 않는 작품이었다.

물론 이 소설이 간행된 것은 1955년이다. 책의 해설에도 나와 있듯이, 이 소설이 쓰인 시대적 배경은 오늘날과는 많이 다르다. 근래에 계속해서 보도되듯 일본의 우경화가 심해지는 상황이었다면, 이런 문학작품이 과연 나올 수가 있었을까 하는 생각마저 든다. 그만큼 어떠한 희소가치 같은 게 느껴지는 것이다.

집필 시기가 일제의 패전 당시에 가까운 점, 작가가 집필 전에 실제로 난징을 여행했던 점 때문인지, 참혹상에 대한 묘사는 매우 생생하다. 오히려 번역과정에서 이를 약간 누그러뜨려야 했을 정도다. 그리고 독백 형식으로 전개되는 주인공의 생각들은, 가히 철학자의 사상

전개를 방불케 한다.

전쟁이라는 상황은 여러 부분에서 인간을 극한으로 몰아가기 마련이다. 빠져나갈 곳도 없이 적군이 난징을 포위해 점점 숨통을 죄어오고, 이윽고 점령되고 나서 벌어지는 생지옥과 같은 광경. 목숨을 걸고 포로수용소를 탈출했음에도 첩보원이라는 직무에 의해 다시금 난징의 자기 집으로 돌아가, 그곳을 점령해 개인 관사로 사용하고 있는 일본군 장교 밑에서 하인으로 일하는 모순적인 상황. 그런 상황 속에서 주인공의 사색은, 인간 본연의 모습은 무엇인가, 인간의 행동과 감정이 발현되는 근본적 원리는 무엇인가에 대한 답을 찾는 과정처럼 느껴진다. 단지 소설을 읽는 것뿐만 아니라, 이를 통해 인간이란 존재에 대해 나름의 고민을 해볼 수 있는 물음을 던져주고 있다.

이 주인공의 독백 부분에는 쉼표가 많다. 일본어 텍스트가 상대적으로 한국어 텍스트에 비해 쉼표 사용이 많은 편이라는 점을 감안하더라도 유독 많게 느껴졌다. 번역 과정에서 일부 줄이기도 했지만, 대부분은 살리기로 했다. 그것이 바로 주인공의 생각이 흘러가는 모습을 보여준다고 느꼈기 때문이다. 임신 중이었던 아내와 다섯 난 아들을 비참히 잃고, 주인공 본인 역시 기관총으로 포로들을 집단 살육하는 현장에서 구사일생으로 목숨을 건졌다. 그런 사람의 사색이 시냇물 흘러가듯 술술 자연스럽게 흘러간다면 그것 또한 약간 이상할 것이다. 많이 쓰인 쉼표는, 생각이 여러 갈래로 퍼져가다가 무언가에 툭툭 걸리는, 조금은 투박한 모습을 연출한다.

주인공의 주변 인물들이 당시 중국의 어떤 모습들을 나타내고 있는지를 생각해보는 것도 이 작품을 읽는 남다른 재미였다. 사법관이라는 직책에 한커우로 피란을 간 주인공의 형. 일본군 점령 하에서도 살아남기 위해 발버둥치는 주인공의 큰아버지. 낫과 망치까지도 취급하는 젊은 칼 장수. 당시의 중국사를 조금 안다면, 그들의 모습이 좀 더 흥미롭게 다가올 것이다.

번역을 하면서 또 하나 관심을 가지고 살펴봤던 것은, 이 작품의 제목이 왜 『시간』일까 하는 것이었다. 주인공에게 '시간'이란 어떤 존재였을까? 이 작품 안에서 '시간'이 표현하고 있는 바는 무엇일까? 작가는 왜 작품 내용을 관통한다고 할 수 있는 키워드로서 '시간'을 제시한 것일까? 이런 물음들에 대한 답은 독자 각자에게 맡긴다. 답이라는 것이 존재하는지는 미지수이지만.

박현덕

시간時間

초판 인쇄 2020년 4월 9일
초판 발행 2020년 4월 17일

지은이 홋타 요시에
옮긴이 박현덕
펴낸이 강성민
편집장 이은혜
기 획 노만수
마케팅 정민호 김도윤 고희수
홍 보 김희숙 김상만 지문희 우상희 김현지

펴낸곳 (주)글항아리 | 출판등록 2009년 1월 19일 제406-2009-000002호

주소 10881 경기도 파주시 회동길 210
전자우편 bookpot@hanmail.net
전화번호 031) 955-2696(마케팅) 031) 955-1934(편집)
팩스 031-955-2557

ISBN 978-89-6735-769-6 03830

이 도서의 국립중앙도서관 출판예정도서목록(CIP)은
서지정보유통지원시스템 홈페이지(http://seoji.nl.go.kr)와
국가자료종합목록 구축시스템(http://kolis-net.nl.go.kr)에서
이용하실 수 있습니다.(CIP제어번호: CIP2020014399)

잘못된 책은 구입하신 서점에서 교환해드립니다.
기타 교환 문의: 031) 955-2661, 3580

geulhangari.com